U0484133

风信子 旅馆

梁莉 著

江苏凤凰文艺出版社

图书在版编目（CIP）数据

风信子旅馆 / 梁莉著. —南京：江苏凤凰文艺出版社，2021.11
ISBN 978-7-5594-6178-0

Ⅰ.①风… Ⅱ.①梁… Ⅲ.①中篇小说-小说集-中国-当代②短篇小说-小说集-中国-当代 Ⅳ.①I247.7

中国版本图书馆CIP数据核字(2021)第147954号

风信子旅馆

梁莉 著

出 版 人	张在健
责任编辑	曹 波
责任印制	刘 巍
出版发行	江苏凤凰文艺出版社
	南京市中央路165号，邮编：210009
网　　址	http://www.jswenyi.com
印　　刷	苏州市越洋印刷有限公司
开　　本	880毫米×1230毫米　1/32
印　　张	7.875
字　　数	190千字
版　　次	2021年11月第1版
印　　次	2021年11月第1次印刷
书　　号	ISBN 978-7-5594-6178-0
定　　价	68.00元

江苏凤凰文艺版图书凡印刷、装订错误，可向出版社调换，联系电话 025-83280257

稔熟之年，水滴石穿

梁莉对于小说创作的热心，甚至比过日子还要迷醉。她说那是在虚构另一种人生。她心里一直在期待着某一天小说中虚构的那些人，"全都站在路口，像一个家族的人一样向我走来"。

写小说需要进入一种精神状态。梁莉心中清晰而又朦胧的期待，对于从事小说创作的人来说，可贵而又难能。

可贵的意义自不待讲，难能就很有说头了。过日子固然不容易，却是人之本能，将就一点也能过得去，虚构另一种人生，则完全在于人的悟性，悟性越高，越是不肯将就。只有做到了难以做到的事情，才有可贵一说。凡夫俗子都能生男育女，而像梁莉那样有一群小说中虚构的人物站在路口，一般人是难得养育出来的。

当然那只是梁莉心中的愿景。虚构另一种人生，与生男育女不可同日而语。小说写作有点像群众性的马拉松运动，发令枪响的时候，成千上万参与者挨肩擦背起跑，而跑完全程抵达终点的人毕竟只是少数。对于很多人来说，跑不跑得到终点并不重要，贵在参与其中，图个快乐罢了，文学创作却无多少快乐可言，反倒苦不堪言。马拉松在一定的里程之后有个固定的终点，写作却没有。终点在哪儿一概不知道，全由每个人内心设定。没有一个作家愿意把目标定得很低，尤其梁莉在高等学府博览群书，心气高远，可想而知，一名立志虚构另一种人生的青年作家，人生马拉松终点绝不同凡俗。或许到达终点,发现那只是另一段行程的起点时,她已经停不住脚步,必须动心忍性,必须劳其筋骨,饿其体肤,空乏其身,行拂乱其所为。这便决定了她终将是漫漫文学路上的一名苦行僧。

这本小说集中,真实而明确地记录了梁莉印在文学泥泞上的种种足迹。有轻有重,有浅有深,看得出踉跄打滑的步痕,也看得出踟蹰犹疑的驻足。当跋涉者终于度过体能极限之后,我们也能读出众多的松快和愉悦、充实与自信、坚定以及沉稳。

作家大致有两种类型,一种是读书不多,长期在底层生活中摸爬滚打,写作时无多借鉴,全凭对现实生活的切身感悟。还有一种作家经历过院校文科系统教育,研读大量中外名著,深受经典作品影响,视野开阔,鉴赏品位高雅。我对梁莉的身世了解不多,仅凭她的一些作品,觉得梁莉应该属于后一种类型的作家。

两类作家异曲同工,各有优势。以我一己之见,不同点在于自觉与不自觉。从生活底层拼出来的作家,经历不浅阅历不深,写作素材很多,条条框框很少,不知不觉便完成了脍炙人口的优秀作品。院校走出来的作家从事文学写作,大多都有一种自觉与刻意,尤其对自己的作品要求很高,近乎苛刻,很难得恣肆无惮、任意遨游。我不主张文学写作一定要不自觉或者不刻意,只是觉得过分追求深邃和高远,无疑将给自己的写作平添巨大的难度与变数。

梁莉早期对写作非常痴迷,就跟"打了鸡血似的写啊写……像在煎一锅很苦的中药"。她日复一日地期盼着成功,"然而,这一天始终没来",这是她自己在一篇文章中说的。她挣扎得很辛苦,"写小说这件事,慢慢从我的生活中淡出了。整整十年,我不去想这些事,不去想那些夜晚"。

其实她意志足够坚定,"我的心一直没死。它就像一块看似熄灭的灰碳,只需一滴水,就足以让它冒出热气"。只是读书太过认真,要求太过完美,她追寻着更高品位的写作质量。"越是这样想,那种拔剑四顾心茫然的感觉就越挠人。"

假如梁莉在开始写作的时候就有非常丰富的社会经历,有更多的人生磨难,以她后来对文学经典的海量阅读与精微体悟,也许她就不会有那么多的茫然与挣扎。因此我妄自揣测,经典名著的精彩纷呈,对于读者和社会是一大幸事,对于写作者来说并不尽然。掌握不好,往往容易屏蔽视野,忽略和漠视身边的现实生活。应该认识到,文学名著描写的生活经过艺术加工,已经被作家典型化了,而文学的典型与价值并不时刻显现于日常的生活过程之中。现实生活看上去总是平淡无奇,总是让人觉得并无多少值得挖掘与书写之处。

读梁莉这部小说集原稿的时候,尽管她没有按写作时间排序,却能看出哪些是最初创作的,哪些是后几年写的,哪些是近期完成的。她在写作道路上的困顿与彷徨、发现与惊喜、嬗变与成熟,整个行程无遮无掩,一目了然。

梁莉写小说,语言文字非常洁净,表述也十分准确,尤其在表达内心世界方面很是精道,显现出了某种扎实与丰厚。我猜测,或许她以为这就够了,于是在她的一些作品中,总是有一个不入凡俗的知性女子,站在评判的角度叙述身边的人和事。有愤懑,有嘲讽,有哀其不幸,也有怒其不争。这个女子其实就是梁莉自己,而她作品中被评判的角色,往往也是她自己。这一类作品读起来并不乏味也多有神来之笔,却总是感到缺了点什么。

比如《想变成风的女孩》中的表姐,"当其他女孩子整天热衷于港台片和言情小说的时候,她想到的却是读书可以改变命运这类深邃的问题"。她想读书,县图书馆却在开发大潮中被挖掉了。她有理想,不想过那种庸庸碌碌鼠目寸光的生活,却不被即将下岗的母亲理解。"你给我省点心好不好啊,日子都过不下去了,你还拼命要读书,读书！读书！有个屁用啊！"表姐便对"我"说,"我要是像林道静那样离家出走去革命就好了,可惜我没有她那么大的勇气"。她还说,"我如果是一阵风就好了,谁也看不见我,想吹到哪里就到哪里"。终于有一天,母亲在暴怒中失手砸了一只酱油瓶,"表姐一声怒吼:我再也不要看见你了！然后一股旋风似的从厨房间奔出去,红色的自行车在我眼前一闪,随即就消失在了赤红的晚霞中"。写到这里,小说也如一阵旋风似的结了尾——正好一辆大货车驶过,表姐的生命就那么仓促地结束了。

　　结尾的话很精彩,却让我们清楚地读出了作者的心声,"舅妈得到消息后,哭得撕心裂肺,晕过去好几次,醒来后她抓住我的手说,你表姐难道就这么恨我？我摇摇头说,不,她一直想把自己变成一缕风……"显而易见,这就是梁莉自己想说的话,也是她写这篇小说的终极立意,否则不会如此直白,也不该这般理性。

　　我断定这是梁莉早期的小说作品。还有《牛奶这次没叫》《威斯敏斯特的钟声》几部短篇小说。这些作品虽然耐读但不耐琢磨,作者的内心表露比较充分,人物的内心展现却比较欠缺。多亏了作者阅读广泛,思绪开阔,文字的涓流时时灵光闪亮,却终没能汇聚成更强劲的冲击波。可能是动笔匆忙了些,小说中的人物缺少了体现作者意图的典型细节,作品就显得稚嫩了些。

　　小说集中有一篇小说叫《麦乳精》,一个非常普通的篇名,却读得我眼前一亮。我不知道梁莉的这篇小说是什么时候写的,却明显地感觉到她的创作发生了变化。这是一种质的变化,一群鲜活的人物在作品中出现了。老奶奶、父亲、表哥、母亲和"我",每个人物特性鲜明,活灵活现,细节表达得相当扎实。最可称赞的是每一个人物的内心世界全都透过自身的行为流淌出来,此时此刻,作者已经巧妙而成功地隐匿于作品之外。真是一通百通,做到了这一点,梁莉已运筹帷幄,布局从容,甚至行文遣句也妙趣横生,令人忍俊不禁。到这种程度,她的从不缺乏的心理剖析能力便发挥得更加游刃有余。

当然这篇小说仍然有诸多不成熟之处,相比本质提升而言,已是瑕不掩玉。小说创作的魂魄,开始向她的作品迅即归附。

此后的《七色花》《苏醒》《一个女人的死亡之谜》等等都属于这个阶段的作品。数量之多,令人感觉梁莉的这一步迈得相当结实。她已经从一名书卷气十足且非常自我的写作者,蜕变成面向社会、聚焦生活的现实主义作家。对于一名写作者来说,这种变化实在难得也很了不起,此后将一马平川,一发不可遏止。

随后的几篇小说仿佛在印证这一判断。《在士杰家的那个晚上》明显就有一种自信,写得非常从容。语言雅致,文采卓然,读来极感流畅。我很喜欢在去士杰家之前对欧文和小乔相处的种种描写,处处充满体温。没料想竟然异峰突起,餐桌前陡生变故,令人瞠目结舌。一切的美好顷刻之间被狂风暴雨冲刷殆尽,有如莎士比亚笔下的悲剧情节。这是一篇很有张力的好小说,读毕令人抚卷沉思,心绪难平。梁莉读经典名著的长久积淀,终于融会贯通于自己的作品之中。

还有一篇小说必须提及,那就是《风信子旅馆》。这篇小说写得实实在在,人物和细节处理得极其温馨。慧籽的经历娓娓道来,平实质朴,有波澜但不惊,有苦难却不怨,有追求而不显,有温情又不炫,于淡泊中见真情,于意外中见善心。每个人都有喜怒哀乐,每个人都不形于色,体现出为人处世各种各样的大度。不同的人生,展现出来的是一种本质相同的智慧和安然。小说写到这个程度,表明作者已经到了创作的稔熟之年。一部短篇写到一万两千多字,显然是偏长了,读来却毫无冗繁之感,预示着写作者已经具备了向中长篇小说发展的能力。

果然,文集的压轴之作《锦瑟》就是一部三万多字的中篇小说。

《锦瑟》的内容取材于社会底层，叙述了某服装厂几名男女青工情窦初开时期的爱情经历。描写得非常细腻，甜蜜温馨，缠绵悠长。铺陈手法如抽丝剥茧，引人入胜。平凡人物却并不平静的生活，被描述得波澜起伏。从起初到结局，从平稳到震荡，从积沙成塔到瞬间即逝，突变的情节既在意料之外又在情理之中。读完这出爱情悲剧，不由得令人联想到清代话本小说《镜花缘》。作品对各种人物的巧妙设置、情节发展的悉心铺排，包括叙说的层次，描述的语言等等，都极具传承的韵味。梁莉的第一部中篇小说（我还不能确定是不是第一部）就能写得如此从容不迫，挥洒自如，应该归根于她厚实的文学准备，归功于她对小说写作的矢志不渝。寸积铢累，水滴石穿，拨云见日，可喜可贺。

本文曾提及作家的两种类型，其实都各有千秋，伯仲难分。台湾诗人洛夫出自军旅，同为诗人的余光中终身院校，他们同样诗著等身光耀文坛。可见何种类型并不重要，重要的是取长补短，相互借鉴。人生经历是写作的基石，阅读是领悟人生、走向成熟的必由之路，二者不可偏废，更不可或缺。

王国维先生有感于"佛养心道养性"一说，曾提倡"以出世之心做人，以入世之心做事"，斯言善哉。

借用先生良言，我们作家是否也应该"以出世之心读书，以入世之心写作"？

有感于梁莉的成长过程，我觉得是。

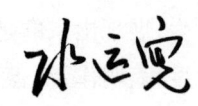

水运宪

目 录

风信子旅馆	001
北方大雪	020
苏醒	040
在士杰家的那个晚上	055
一个女人的死亡之谜	070
企鹅溜冰场的月光	084
漫漫离山路	103
生活不是石头做的	121
威斯敏斯特的钟声	132
七色花	141
牛奶这次没叫	153
黄月亮	161
麦乳精	174
想变成风的女孩	185
锦瑟	193
后记	238

风信子旅馆

1

　　他们等的那趟车还没到站,广播里通知晚点一刻钟,他们只好从站台走回到阴凉处,现在感觉好点儿,至少没刚才那么热。

　　铁轨对面停着绿皮火车,上面空空荡荡的。两个铁路工务人员,一头一尾,从开着的车门跳下来,像两只柔韧度很好的猴子,灵活地钻进车底,这儿敲敲,那儿打打,没发现问题,他们又钻出来,沿着铁轨一路检修过去。

　　他们是为数不多的几个等车的人,她是个孕妇,这谁都能一眼看出来。她的肚子几乎是尖的,腰身还在,这让她的孕相显得比普通孕妇更明显,也更滑稽。可是没人会拿一个孕妇开玩笑,也没人会留意她的身形,包括她站在那儿的样子,像一只迷路的浣熊,显得忧伤得有点儿过了。事实上,她是那种动不动就伤感的人。信号灯闪烁,门砰然关上,人们追着火车奔跑,挥手告别,流泪……这一切,都容易给人造成一种无形的压力。她不喜欢。她猜很多人和她一样。

　　一百里,又一百里,再也回不去了。

不知不觉,我便已离家五百余里。

背负一切,背井离乡。

……

她想起 The Brothers Four 演唱的这首民谣,当年在大学校园里传疯了。悲伤的歌词,隐藏的故事,幻灭的梦想,总会准确无误地找到她,击倒她,不管她正在干着什么。平安是不会懂的,他没有过漂泊的经历,就像他不能从淡淡的烟草味中咀嚼出悲伤——因为他从不吸烟,不喝酒,不崩溃,不做任何过火的事情。眼前强烈的光线把他过滤得颜色更浅了,每一块肌肤,每一个毛孔,都显示出对于外界事物的顺从、淡漠。不像她,太过敏感,以至于怀孕期间都没好好放松过。这不好。

她似乎是临到出发,才意识到对于一个孕妇来说,独自出行是件够冒险的事,可是已经来不及了。其实在怀女儿的时候,她就晕倒过一回,好在那次是产检,发生在医院而不是交通拥挤的路段,否则想都不敢想。她太逞强,不请求,不抱怨,结果呢,她直挺挺地摔倒在楼梯口,朝向护士办公室的方向,门都被她的身体砸开了,里面的人吓了一大跳。倒地的那一刻,她还有知觉,像是挨了一记胖拳在脸上,木肤肤、冷冰冰的。醒来后,她发现自己躺在病床上,被同情和责怪声包围。怎么没有家属陪同呀?她想开口解释一下,泪水却弄得她没法张嘴说话。

"你一个人没问题吧?"同意妻子自己去取回那该死的档案后,平安似乎才想起要表示一下做丈夫的职责。他总是事到临头才关心,却不会付诸行动,仅仅是敷衍,难不成是信任?有意义吗?好在她习惯了,多年的闯荡,已经把她训练得质地相当坚硬了。

打定主意一个人去取回档案,她还有一个没说的故事,一个伤心而不想说的事实。每个人都有一段过去,"过去"其实是"过不去"的,因为没有谁的过去可以完全被抹去或是被抛弃,就像它会以不存在的方式存在,以隐形的方式显形。至于选择以何种方式保存,因人而异。她的方式是假装看不见,不去轻易触碰,她怕自己会猛地垮掉,恰到好处的微笑会像蚁群遭遇到洪水一样,溃不成军。

他把她的旅行包放到小桌板底下,就匆匆下车了,他对她解释说,他不会马上离开,只是担心火车会开。他站在车窗玻璃外,向她挥手,微笑,那一刻,想叫他陪她一起去的想法,突然紧紧地攫住慧籽,但火车已经开动了。

2

平安被抱在手上的时候,他的父母就离婚了。初次见面,她注意到他母亲林荣不是那种很好打交道的人,她握惯手术刀的手碰上去也是冰凉的,包括她看人时候的眼神,是那种缺少明亮度的冷色调,给人一种坚实、强硬的感觉。不过这些都是表面,被一层保护膜小心包起来的,真正接触过后其实还好,她只是对男人和赚钱之外的东西没什么兴趣。只有一次,她情感上闹出点动静——尽管为时过晚——她从医院退下来,是准备颐养天年的年纪,和一个早年来大陆开牙科诊所的台湾人交往过一阵子,但时间很短,他们从花莲结伴旅行回来后,她就绝口不再提那个人。平安有一次无意间透露,他们在钱上闹翻了,台湾人在旅游景点买了条几十元的珍珠项链送给她,她的脸当时就挂不住了。从此把他像灰尘一样从心里吹走了。

这些年,他和母亲之间几乎不提起父亲,那是个禁区,外人不得进入,她很好奇,对那段被尘封的往事。

"你难道不想见他吗?"慧籽有一次试探性地问平安,只要想见,并不难办到,电视里不是经常有类似的寻亲节目吗?

"如果他现在过得很好,为什么要去打搅别人的生活?"

"如果过得不好呢?"

"他不会不好的,他有的是钱。"

"如果他生病了呢?"

"这很正常,没有谁会保证自己不生病。"

林荥决定一个人将儿子抚养成人,在一般人看来,不可思议,整个过程想想都艰难,但是安贫乐道的生活观,让他们过得简单朴素,富有规律,这既让人羡慕,又匪夷所思。以至于平安的年龄超出正常婚龄很多,她才想起她的宝贝儿子该找个女人了。但紧接着她又不无担忧,原因是她在他小的时候,给他吃了太多抗生素,她担心他的肾脏因此给毁了,生不出孩子,这样过错就在她了,尽管她觉得生孩子本身是件自寻烦恼的事情,难道不是吗?难道还需要其他什么证明吗?

"太傻了,去生个孩子出来。"这是林荥经常挂在嘴边的一句话。谁知道,他们结婚当年,慧籽就怀孕了。这让慧籽隐隐不安,她和孩子,对这个家庭来说,都像是一种无理的进入,对正常秩序的扰乱。她从林荥不耐烦的语气和乒乒乓乓的摔打声中听出来了。她为此有过短暂抑郁,加上伤口的折磨和奶水胀痛,有一次她差点想从楼上跳下去算了。不过,那只是很短的一段时间,产后不到一个月,她冲出去大采购了一次,然后就正常了。她本能地排斥压抑、紧绷,她需要张大嘴巴大口呼吸。

"接近中年的男人和母亲生活在一起,看起来心满意足。"她有一次故意拿这句话开他的玩笑,并且暗示他,或许心血来潮,她会把它嵌入某个小说情节。他一点儿也不觉得好笑,他告诫她最好不要这样。表示不满可以,但她的玩笑开过头了。事实是,他们之间有着健康而不失礼节的母子关系,相互尊重,彬彬有礼,对外也不会背叛彼此,保持着不自觉的攻守同盟。这种一致的生活态度,同样出现在他们的脸上,失去血色的性冷淡的肤色,恍惚嘲讽的浅黑色眼睛,保守下垂的嘴角,以及为对抗生活而进化得异常坚厚的肩膀。

"当初为什么要嫁给他?请说出一个理由。"她曾经和两个女同事讨论这件事,她们的答案都和爱有关,唯独她不是。"我需要一张床。"她一说完,她们的眼睛瞬间就亮了,像汽车大灯猛然被人拧开似的。这完全是个误会,她们联想到了性,这足以让人兴奋不已。可是实际上她想表达的是安身之所。她从一座城市漂泊到另一座城市,遇到的第一个男人就是平安。他的名字很契合她当时迫切想要的一种生活状态,所以,她着急地把自己给嫁了。就这么简单。

她的运气还算不错,生活总算有了一点儿新的盼头,印花窗帘下的温黄灯光,散发着樟木气息的高脚橱柜,踩上去轻轻作响的木质地板,细腻温润的白瓷杯碟,这些都能让慧籽停下来,产生一种熟悉的爱意。尽管他们是多么不同,简直是反着来的,走向两个极端。他是工程师,而她是个写小说的,在很多问题上这两种人都容易发生分歧,但最终予以解决的是他的容忍和保持沉默。比如,她喜欢就书里面或电影中的某个情节发表意见,并希望获得他的认可。可是他的回答却总是一般,还行,要么干脆不说。有一次,他们站在电影院门口就开始讨论了。她的情绪还没从电影里走出来,六爷杵着刀,倒在冰面上,死了,这个结局让她一时难以接受。

她冲动地问他为什么不发表意见:"你不觉得现代生活中已经没有这种真性情的人了吗?"

他没有解释,只是笑笑。

"难道你不这样认为?"

"你看,情况不是你想的那样,事实上他就是个流氓无产者,混混。"

"不是那样。"

"好吧,但这只代表你的看法。"

事实证明他是对的。所谓真性情,其实是一个人不成熟的表现和自我保护意识的缺乏。但有时候,这是一个人血液里的东西,和经历多少无关。

3

认识平安时,慧籽在一所私立大学当老师,她给大一学生教公共基础课。她在讲台上念到"氓之蚩蚩,抱布贸丝。匪来贸丝,来即我谋"的时候,发现学生在下面打瞌睡,发呆,坐在最后一排的两个男女生抱在一起像连体婴儿。她不无担忧,以一种过来人的身份。她一心扑上去,想通过她的行动让这些浑小子们迷途知返。她属于那种想做什么就一头扎进去的人,她做到了。但是向上的事业通道突然被一件事打断,她班上的两个男生,在傍晚返校途中,失足跌入学校的人工湖,淹死了。那段时间湖周围正在施工,缺少安全防护围栏,也没安插任何警示标识,导致悲剧发生了。校方连夜找人弥补管理漏洞,把责任推卸到最小化。她无法理解,站在家长一方跳出来指责他们,由于太过激动,以至于摔门而出时,用力过猛,她感觉心脏都快要被震出来了。她一路从台阶上奔跑下来,刹不住车,脸色通红,整个人精疲力尽。

到底要不要发飙?在此之前她也动摇过,她知道这对她来说意味着什么,可是等她看到两个母亲悲痛欲绝的眼神时,就什么都顾不上了,她的感情完全被带入。当着那么多人的面拍桌子,超出她自身所能承受的极限,但质问校方时,她被自己的声音震惊到了。那帮家伙当场蒙了,脑袋没转过弯来,他们之前怀疑要闹事的是几个日常激进分子,谁都没注意到她的存在,这样一来,他们都看见她了,那几个差点撞到枪口上的家伙趁机躲起来,她却因此丢了饭碗。她不后悔。

平安说:"这下好了,你终于可以专职写作了,这些都是你的小说素材。"

她对他说话的语调失望透顶。他认为她完全没必要跳出来,这不是一个普通老师该做的事情,回去,回到课堂上去!待在属于你的位置!这才是他心里想的。

"丁老师,问题得到解决了吗?你为他们争取到最大补偿了吗?"

"没有。"

"那么你这是为什么?"

她倒想问问他为什么,为什么不能理解她,站在她这一边?难道她心里好受,出于正义和良知反而砸掉饭碗?但情况往往就是这样,很多时候,你所做的事情没有办法取得所有人的认同,包括你身边的人,你爱的人。试问,这样做有价值吗?符合常理吗?你给自己留下退路了?等等。他们自有一套评判是非、决定取舍的标准,但解决办法绝不是意气用事,拍拍屁股,扬长而去。而且,去和那些制造麻烦、操控着局面的人讲道理,坚持己见,不懂得转变、圆通,不附和、随大流,那么好,他们会说,再见,下一个!

好吧,那就再见!

然后呢,怎么办?她还没想好,事情来得太突然,她没有做好前后衔接,这样就很被动了,又要重新面对生活,重新调整情绪,就像当初想也不想就丢掉学校的工作,导致她对生活总是怀有一种焦虑,缺少安全感,尽管她表面上沉得住气。她真是那种擅长意气用事、做事情不留后路的人吗?那就是吧。她开始把自己全身心地投入到创作中,每天写小说写到很晚,起床后坐公交车去图书馆看书,午饭尽量在外面解决,有时候在图书馆楼下吃一份北方水饺,有时候是一碗素浇头面,她对吃什么要求不高,尤其在目前这种境况下。但是回到家里,她明显感觉到他们的态度发生了一些变化,看不见的微妙变化,比如林茱以前会读她写的小说,并且带着某种炫耀心理转发给她的亲戚、朋友,在他们眼里,作家是一种身份的象征,有某种了不起的特殊才能。她是从什么时候开始问都不问了?平安也不问她接下来有什么打算,而且他经常出差,并不总是待在家里,这让她不自在,仿佛她和林茱之间缺少了遮挡物,总是一转身就能看见对方。她报了一个游泳班,掌握一门生存技能,至少可以保证不被淹死,受了刺激后她开始这么想。偏偏她晕水晕得不行,结果一进池子就沉到水下去了。男教练捞起她,像钓起一条缺氧的鱼。她当时恐惧到极点,乱抓一气,隐隐约约感觉触碰到了某种异样的东西,过后才猛然惊醒,那是一个男人的私处!她逃回去继续写她的小说。

4

慧籽和林茱之间迟早要爆发一场争吵,导火索是什么呢?

"你们以为我不读书?我年轻时也是个文学青年,但谁要是指望这个过上好日子,那准会走火入魔。"

"你难道看不出这是化纤面料?我只要一搭手,就能断定这件衣服是不是全棉,反正这种当我是不会上的。"

"这种菜谁会一年四季吃?这可是最基本的生活常识啊!"

"为什么要开空调?天呐,我浑身冒汗,只有不干活的人才怕冷。"

林茱的牢骚怪话远不止于此,说起来能有一箩筐,而且她擅长影射,以疑问、反问句式挑破话题,口气生硬,不容置辩,你就是傻子也能感觉到,那种表面克制着的压抑里,随时随地会蹿出一股让人摸不着头脑的恼火,只要她们一接上头,这种情绪就开始往外"吱吱"冒火花,能在慧籽的沉默上灼出一个个小洞。

那次争吵到底因何引发?想想真是不值一提啊。那段时间,林茱迷上了一档深夜栏目《变形计》,节目播出后,引发了社会争议。城市娃跟农村娃交换体验生活,这种节目设定看似没什么问题,结果却出乎意料。没错,那些城市公子哥、娇小姐是得到了一次成长洗礼,可那些农村娃尝遍各种奢侈生活后,心理骤然失衡,回不去了,有的甚至性格大变,让他们的父母伤透脑筋。这样的节目值得一看?慧籽可不认同啊。但是,林茱坚持认为这是一档结合社会热点、发人深思的栏目,非要她的孙女一起看,那副不肯让步的神气,都能从鼻孔里冒出烟来。或许因为春天容易让人情绪躁动,她们谁都不肯退让,耗上了。慧籽硬生生地把女儿拽回自己卧室,把门反锁住。林茱从床上跳下来,先是拼命敲门,后来改用脚踹,她肯定是气疯了。怎么不是呢,慧籽还嘴,伶牙俐齿,态度恶劣,挑战到她的权威,触碰了她的底线,如果换作平安这样做的话,她会把他打得不成样子。"来呀,你再狡辩试试?"说这话时,林茱的手上好像正上下掂量着一把戒尺,目光凌厉,步步逼近,"你试试看呢!"

她们之间隔着一扇门,不用看着对方的眼睛,更容易进入吵架状态,豁出去,撕破伪装,翻出积怨的内芯,"砰"的一下,炸开花啦。

"难怪你那么瘦,原来你没良心啊!"

"那要感谢您,拜您老人家所赐!"

"别以为自己很了不起,我告诉你,你这样的半吊子现在都烂大街了。"

"那也是我的事,和你半毛钱的关系都没有!"

"除了你自己,你从来没为别人想过!你从来没想过我替你们做了多少事。"

"我从来都没要你去做过什么啊。我倒希望你什么都别做,我天天供着你,替你烧香念经。"

"你嘴巴这么毒,要遭报应的,你记住!"

"没关系,我等着呢。"

当时的场面可真值得一看啊。没人平息,任她们唇枪舌剑,快意恩仇。平安呢,在她们吵得忘我的时候,被围棋的僵局困住了,争吵声太大,大得让他没法集中精力,导致走错一步,满盘皆输。"最近真他妈点儿背,下一盘输一盘。"说完,他抬起头,困惑地望着她们,那神情就好像他刚刚推开一扇门,却发现走错了房间。

万幸,那次争吵过后不久,创作把慧籽从精神失陷中拉了出来——她被文化馆看中,正式调令下来了。

接下来,需要她去做一件事情——取回自己的人事档案。她已经了解到,她从南方小镇离开的那一年,档案就被自动退回到当地的教育部门,她得去取回来,否则,就很讨厌了。

我是谁?我从哪里来?谁来证明?她想象着已经从记忆中剔除却非常重要的那些东西,现在正安静地躺在某个冰冷的铁皮柜中,等着她去唤醒。

这就是为什么她现在会坐在火车上,独自一人前往另一座城市。

5

火车开动没多久,她想去趟洗手间,腹部的压迫感增强过后,她的小便次数也比过去频繁。前排座椅的靠背倒下来,几乎挡住去路,她想提醒那个人,拜托,请把靠背移上去一点。他压根儿没理会她,她听到他对着电话那头的人大为光火,大概意思是有几十万元在他眼前正在消失而他只能坐在原地干瞪眼。他面前的小桌板上，放着一个牛皮纸档案袋。他扬言已经拿到了法人变更资料，"潘总，你等着瞧吧!"他气咻咻地挂断电话，回头，这才注意到她。她看到一张年轻的不知天高地厚的脸，她站起来。

乘务员检查完车票后，车厢里重新安静下来。她戴上耳机，把头扭向窗外，耳朵里有了音乐，眼前的村庄、房屋、树木就都不再是远远地待在那里、无动于衷的样子了，它们变得鲜活起来，飞速地向后退去，仿佛一个人正在大雨中狂奔：回去！回去！回去！某种东西，在她体内迅速复活。

毕业离别的那天夜晚，很多人都喝醉了，抱成一团哭着，笑着，场面闹哄哄、乱糟糟的。有人趴在桌上睡着了，睡梦中一条胳膊无力地垂下来。灯光昏沉，离意弥漫，音乐渐起，安奇从人群中晃悠悠地走出来，停在舞台红色帷幕的位置，手抚麦克风开始低声哼唱：

> 如果你错过了我搭乘的那辆火车，
> 你将知道，我已离开。
> 一百里路之外你会听到汽笛在风中长鸣，
> 上帝，我已经离家一百里、两百里、三百里、四百里
> ……

"北冰洋果汁汽水提醒您，章丘站到了。"她猛地惊醒，快速整理好东西，跟在其他人身后下了车，慢慢往出站口走去。有那么一刻，从容不迫的人流，缓慢上升的电梯，迪奥香水小姐的烈焰红唇，让她一度怀疑自己的记忆误入歧途。我曾经在这里生活过？我们之间有过某种勾连？哦，不是，不像了。它过于崭新，同质化，以至于她的记忆完全被颠覆。她感到脚底发软，心跳加快，胎动也比之

风信子旅馆 / 011

前明显,她有些吃不消了,不得不靠边停下来,看着其他人从身边走过去。

安奇!安奇!是谁的声音在耳边哭喊?是我吗?十年前的那个场景回来了:狭窄的过道,昏暗的灯光,吵吵嚷嚷的人群,泡面、茶叶蛋、汗臭混杂在一起的气味……她和安奇,扛着大包小包,去赶火车,人流把他们挤散了,箱子太重,她根本跑不起来,她都要哭出来了。一对男女挽着胳膊从她身边经过,男的回头,他肯定想帮她一把,却被女的强行拉跑了。临发车的那一刻,她几乎要绝望了,一双大手却在她没来得及反应的情况下将她拽上车,行李箱被人从打开的车窗扔了进去。一顶白色草帽坠下铁轨,日影转暗。绿皮火车缓缓启动,仿佛某个世纪消失在落日中……

她从出站口出来,拦住了一辆出租车,报了一个地址给司机,车子从黑暗的隧道开出来,七转八绕地上了高架桥。她向外望去,看到一座规模不大但节奏明快、色彩鲜亮、设计一新的城市,抹去小镇特征、焕然一新的城市,你的从前在哪里?时间,是从什么时候开始重新涂抹油漆、盖过所有的底色的?一如眼眶里升起的薄雾,盖住了那些个爱与忧愁?她摇摇头,闭上眼睛。没过多久,车子驶进一条名为苍梧街的小路。看到她要找的那个门牌号码后,她让司机把她放在路边。

这是一条弯曲的带有斜坡的小路,路的尽头可以望见一座木拱桥,桥上走过一个弓下身子、推着自行车的老人,一条转弯即消失的河流,微微皱起的波纹仿佛一张卷起的毛边纸。小路上几乎没有过往的车辆,没有行人,也没有随时蹿出的猫狗。绿化带里种满红花檵木,细长条形状的花,看上去更接近叶子或剪纸。梧桐树的枝丫伸向半空,产生出一种惊人的雕塑般的视觉效果。头顶不时有直升飞机飞过,沉重的轰隆声像阴影压过来。几乎每隔一两分钟就有一架飞机飞过。这附近曾经有过机场?她的头简直像蒙在一团雾里。他们当年千里迢迢奔赴而来的人生第一站,没记错的话,应该就在此地,她停留的路口,旅行箱靠在脚边,热风中的蝉鸣飞鸟般掠过时间之河。那些个青春的迷惘啊,憧憬啊,艰辛啊,谁会轻易丢掉呢?你以为这些早已自行消失了,但那只不过是蒙上了岁月的灰尘,让你无法轻易辨认罢了。

6

那一年大学扩招,毕业分配政策一律取消,铁饭碗没了,他们这批师范生被一股脑儿推向市场,双向选择,突然扩大的自由度让人来不及反应。校园里一夜间贴满花花绿绿的招聘广告,四面八方的学校都涌进来,像自由交易市场,所有的机遇都在面前打开,相互打量和甄选。北上?南下?命运转折的渡口,他们既从容应对又摇摆不定,他们的内心是迷惘的,青春没有方向又处处是方向啊!她想起斯坦因小姐曾经对海明威说,"你们都是迷惘的一代……你们不尊重一切,你们醉生梦死……"

哦,我们也是迷惘的一代!何去何从,一切都是未知!最后,很多人选择北上,靠近北京,靠近天安门,是多少人的梦想啊,尽管听说那是些待开发的处女地,和首都有着天壤之别,但青春不就是挥洒汗水的季节吗?没有疯狂地奔跑过,怎么会领略绚丽缤纷的世界?他们渴望去追逐梦想!可是,慧籽太向往南方了,她把南方和小桥流水,和江南水乡,和古老的诗意联系在一起,和西南联大,那些民国大师们,盈箱累箧、千里迢迢南渡的场面联系在一起,她总是容易感情用事,被文艺情怀牵着走。安奇呢,因为爱,他别无选择。

他们是为数不多的几个南下的大学生,其他两个男同学去了沿海地区的一座小县城,从此音讯全无。彼此失去消息的故人,犹如被风吹散的蒲公英,飘到哪里,哪里就是故乡。两年前,她在一个名气很响的文学期刊上发现其中一个人的名字,他已经摇身一变成了著名诗人,照片上的他,发福后棱角消失了,暮气沉沉,像个老者,自我陷落在阴影里。听说他是从抑郁症中走出来的诗人。不简单。那么,究竟是诗歌治愈了他的伤口,还是诗歌让他更为敏锐地感知到了那些隐藏的痛楚?她想知道。北上的一批同学倒是抱成一团,醉卧沙场君莫笑。好几个后来调进北京,名字前面的头衔多得像拆不完的包装纸。

如果再给你一次选择,你的答案是?慧籽在心里摇头,不,我从没后悔过!

难道她和安奇是混得最差的两个?他们是那年秋天来到南方一个小镇的,但很快又离开,去向不明。这中间到底发生了什么?这些当然不会写进她的人生履历,那是一段断档期,被剪辑掉的、私人化的东西。她唯一告诉的人是平安,但是具体细节没讲,因为他也没多问,他对诸如"为什么放弃那一段感情""你前男友去了哪里"之类的话题,兴致不高。

7

万一他们扣留档案,怎么办?越是走近那栋灰色大楼,慧籽心里就越是七上八下。她的担心不是没有道理。他们完全有理由这样做,招呼不打就走是吧?很好,请你吃毛栗子!

一个年轻的保安带路,档案室就在一楼,幸好不用爬楼梯,万一再晕倒就难看了。没想到,那个在电话里哇啦哇啦的胖女人,看到一个挺着大肚子的女人站在面前时,都有些不知所措了,也可能是同情心泛滥,总之,一切顺利得不可思议!没有想象中的刁难、挖苦、指责,也没有扣留档案、缴纳罚金一说,甚至连点儿难看的脸色都没摆,就这么把一个密封得严严实实、盖着重重印章的牛皮纸档案袋交还给她。捧着她的"过去"时,慧籽晕乎乎的,还以为大梦不醒呢。不是吗?一个人的成长史,被挤压、浓缩、抽干水分、剔除色彩,像一垛毫无生机的干柴火,你打死也想象不出,那里面省略了多大的信息量,那些青涩,那些绚烂,那些枯萎,你想都不要去想,没必要呀,毫无存在的意义,在你眼前,现在就是一堆柴火而已。但你如果因此小瞧它,你就又大错特错了,因为一旦烧起来,它的火势也够你受的,足以让你无处逃生,当然,也可以让你死里逃生。接过档案袋时,慧籽显得芥蒂心过重,握得紧紧的,生怕对方变卦。她纯粹想多了,胖女人好人做到底,又把她送到门口,问谁陪她来的,要不要帮她叫一辆出租车。她真是幸运到家了。

"哦,不,谢谢。我想——我应该说声'对不起'。"她欠他们一个迟到的道歉,现在总算两讫!

像沙画一样,当年的率性就这样被轻轻抹去。她一路羞愧不安,恍如隔世,仿佛从不堪的过去走过,那些跌跌撞撞,踉踉跄跄,她自己知道,只是难以言说啊。

她从路边的绿化带走过,下了桥,沿河没走两步,就看到路边一块灰突突的牌匾,写着"教师进修学校"的字样,透过铁栅栏,能看到掩映在树杈间的楼房和窗户。这个突如其来的信号让她的心缩成了一小团——看到曾经熟悉的名字,看到锈迹斑斑的铁栅栏,她的心疼得缩了起来。

这里明显人去楼空,因为没有人走过来询问,大门也没有用铁链锁起来,只是虚掩着。爬山虎沿着墙角疯长,地上的杂草都有半人高了。那年报到后,她和安奇就是在这里,参加了教育局组织的新上岗教师培训。后来他们才听到,他们和另外三四个人,是少数几个从北方招聘来的教师。培训结束后,在一个能容纳一两百号人的体育场馆内,所有人都像急着脱线的风筝,等待宣读分配名单。几分钟过后,她和安奇同时听到一个陌生的校名,等到了那里才发现,竟然是一所比预想中还偏远落后的学校。真实情况是,学校还在改建中,他们看到的仅是一片泥泞的工地,歪斜的脚手架,以及散了架子的桌椅板凳、零星可见的几个上了年纪的老师。一个巨大的落差砸过来,彻底蒙了!

晚上,校方负责人在一家小饭店举行了简单的欢迎仪式,并且给他们找了个临时住所——一家名叫风信子的小旅馆,和学校间隔几条马路。

"学校没有住宿条件,暂时先委屈一下你们。"尽管校长的语气里不无歉意,他们仍有种被一勺冷水兜头浇下来的沮丧感。但是还有更好的选择吗?

风信子,多么富有诗意的名字,代表生命之火?重生的爱?还是阿波罗内心永远的怀念,抑或永远的伤痛?这些都没用,现在看来,越是理想化的东西,此刻越是带有某种讽刺意味和欺骗性质。房间小得不行,还很陈旧,散发着一股霉味儿。天知道这里都住过些什么人,低矮的单人床上,铺着一条汗渍斑斑、显出可怖人形的旧凉席,除此之外,就只有一张桌子、两把椅子,没了,其他什么都没有!他们就这样被打发了?见鬼!门上的玻璃开口很低,黑乎乎的楼道里灯火摇晃,人影幢幢,不时走过趿拉着拖鞋、肩挑毛巾、目光可疑的男性住客,他们有的甚至停下来,肆无忌惮地往里面张望,难道他们是一对怪物?还是下一个被伺机下手的猎物?她真想抄个家伙砸过去,让你们看!她没法让自己坐下来,安静了一会儿,她只能在地上来回走动,像只小兽,随时会反身咬人一口,或者用头撞击铁笼,她找不到发泄口,她不知道该拿眼前的一切怎么办。

安奇走过去,熄了灯,从暗中走过来,抱住她。那一刻,她整个人松懈下来,"哇"的一声哭出来,伤心和失落从黑暗中止不住地倒下来。夜深了,他们像坐在一条失去方向、找不到岸的船上,漂流了一夜。

第二天天刚蒙蒙亮,下着细雨,他们离开风信子旅馆,没留下任何交代。

8

慧籽在路边拦下一辆出租车,告诉司机带她去一个地方。"你不是本地人吧?"接近老年的男人转身看了她一眼,又回过头。"那里早就拆迁了,不过那个村的居民还住在那里,你还要去吗?"

"去吧。"她说。她已经没刚才那么难受,她想去看看,否则这辈子可能就错过了。

"你要找的村子,就在前面,不过,都变成高楼了,要开过去吗?"出租车司机问。

"开过去吧,绕一圈,然后我们就走。"慧籽说。

车子很快兜了一圈,没看到那片长方形的鱼塘,自然不可能还有什么鱼塘啊,以及像明信片里那样升起的薄雾,包括那些村民自建的木质阁楼、延伸向村口的崎岖小路、路两边的菜地、成片成片的稻田,全都消失了。高楼竖起来后,村子也就竖了起来,唯有记忆没办法推倒重建。

她没有告诉过平安,当年离开风信子旅馆后,他们去了哪里。很久以来,她都不去想那些事,但是在欹歔的梦里,常常会碎片化还原,她才意识到,那些东西注定不会消失,只不过隐藏得更深,遗留在大脑皮层某个在黑夜才可见的褶皱里,艰难地打开,又轻轻地合上。

她有一次差点煤烟中毒死掉,但她肚子里的孩子没那么幸运。那天她一个人在阁楼上洗澡,冬天,房间里生着一只小得可怜的煤球炉,她担心煤球很快烧尽,于是多备了几块在炉火边。由于门窗紧闭,导致未完全燃烧的煤烟不能马上散掉,而她因为沉浸在对未来的忧虑中,压根儿没注意到,整个房间已经笼罩在浅蓝色的烟雾中,她估计要接近半昏迷状态,但突然就醒了,挣扎着冲过去,一把推开窗户……这种情况下,孩子肯定没法保了。倒霉的是,药物流产不全,医生得帮她把那些残留的胚胎组织处理干净,不然子宫也保不住。她痛得简直要从床上跳起来,不然就一头撞到墙上,如果不是安奇死死摁住的话。后来,任何金属碰撞的声音都会让她心惊肉跳,哪怕在梦里。在梦里,她丢失了一个孩子。

那一阵子,她先有工作,但安奇没有。她找到当地一家报社,负责每周三专刊其中一个版面的新闻采编,听上去挺光鲜的,但其实活儿并不好干,动不动被毙稿,危机感时刻都在陀螺似的转啊转。这还不算,最要命的是得四处觅食一样拉广告、找赞助,维持报纸生存。过了一阵子,安奇说这样不行,他不能靠她养活,为了自尊,他需要马上找到一份工作,干起来再说。就这样,他上门推销起了保险。

那时候保险业才刚刚起步,需要招聘大量扫楼人员,就是那种出现在陌生小区里、西装革履、夹着公文包的人,到处跑上跑下,挨家挨户地敲别人家的房门。刚开始的时候,他干得不错,他很灵光,很快就摸到了窍门,赚到了一笔在当时看来数目不小的钱,他用其中的一部分,抱回来一台大彩电(他们后来手头拮据的时候又以很低的价格转让给别人)。问题是他们那支队伍很不稳定,人员总是变来变去,很多人干着干着就坚持不下去了,有人干两天就不见了,甚至也有卷了保险费跑掉的。安奇就属于干不下去的那种,他说有时候,他会突然僵在那里,无法去按面前的门铃,很多次他按了却希望里面没有人,这样他就可以心安理得,避开说一些毫无意义的话,不那么难受地被人用戒备的眼神盯着看,或者干脆"哐"

的一声关上门。很多次,他做梦都梦见自己在推销保险,在梦里他一份保险都没推销出去。醒来后他很疲惫,情绪低落。在与生活的正面交锋中,他不知道自己能坚持多久。

从保险公司辞职后,他决定换一种方式,透口气。他从朋友那里借钱开过一家书店——文艺气息十足的那种书店,但说倒闭就倒闭了,倒不是经营不善,而是他点子背,书店所在的整条街遇到修路,一夜间被掘土机开肠破肚地挖开来后,整条街上的店面就都瘫痪了。先开始,他们互相打气,拥抱,说一些亲爱的别难过之类的话,后来,他们之间变得没有耐心和好脾气,他们开始争吵不休,互相不理对方,打冷战,故意消耗着彼此之间的感情而不为所动,直到最后谁都撑不下去,眼睁睁地看着虫豸一样的东西把生活咬得千疮百孔。再后来,安奇独自一人去了另一座城市。

慧籽是在当天夜晚来临时到站的,她下了火车,乘上自动扶梯,电梯缓慢上升,她望见暮色苍茫间,万家灯火渐次亮起,犹如正在升起的星河,闪烁着人世间的温情,她不由得看得有些神往了。

电梯停住后,走在她前面的人流开始散开,被等候在出站口的人陆续接到,那些人叫着名字,接过了他们手中的箱子。现在也有人接过她的旅行包,并且上前搂住她,第一次,轻轻地吻她的额头,"我们回家吧。"

"平安——"她叫了一声,眼泪旋即流了出来。

北方大雪

明　湘

整个二月，我感到刻骨铭心的寒冷。

约莫凌晨两点，我和川水刚躺下。铃响了，是母亲。我有一种不祥之兆。果然，在那个大雪纷飞的冬夜，母亲带来了一个坏消息。她的声音像一团不明飞行物，在黑暗中来回撞击后，噙在了半空。良久，我才回味过来——父亲死了。

几分钟后，川水到楼下，发动好车子等我。一场罕见的大雪正在降临这座小城。我闻到空气中一股雪的腥冷，兀地，暗夜后的那些山峦，在我眼里愈加肃杀了。

一进门，我们愣住了。你猜，我们看到了什么？

——我父亲，当时躺在玄关冰冷的地上，身体蜷缩的形状，酷似一只僵死的仓鼠。拳在胸前的胳膊，形若仓鼠的两只前爪。裸露在外的光脚，状如未及缩回的后腿。浮肿变形的面部，近乎仓鼠贮藏食物的颊囊。暗红色的血珠，正不断从他脖颈的破溃处渗出来，仿佛滴漏，记录下了死亡的最后一刻。

爸爸怎么会躺在地上？我们惊得举目四望，忘了悲痛。

他……摔死了，一个声音幽幽地传来。我循声找去，阴影笼罩下的母亲,让人有些害怕。他说有……鬼……母亲啜嚅道,语气含混,目光躲闪。

昏暗中,我和川水互相瞪大了眼。如果说真有鬼,母亲晦暗不明的身影,的确给人一种毛骨悚然的感觉。

爸爸还有呼吸吗?我跪在地上,哀求着问川水。

川水将手从父亲鼻孔上移开,神情严肃地摇摇头。

几个小时前,我和川水刚把父亲从医院接回家。父亲微驼却不失体面地走完医院过道的背影,还在我眼前摇晃。我极度困惑,盯着脚下,这个形如仓鼠、拖着后腿、做出逃亡姿态的身体,和平日里那个梳着奔式头、戴着金边玳瑁眼镜、醉心于白酒与古典文学的父亲,有何关联?难道父亲前世是一只仓鼠,死亡不过是他早就计划好的一次逃亡吗?

一年前,父亲查出淋巴癌,晚期。那段日子,他的病情骤然加重,再次住进肿瘤科病房。那天下午开始,他变得情绪反常,盯着对面空荡荡的病床时,神色黯然,背脊僵直,像是有把枪抵在他的身后。病床上的那个中年男人,早晨坐着轮椅给推去动手术,临走时,他笑着,冲朝他喊"祝你好运"的父亲挥手,却再也没回来。窗外暮色渐至,父亲仿佛窥见大敌来临,神情愈发焦灼,不断重复着一句话:我要回家。在等川水汽车的半个多小时里,他已经被折磨得不愿与人交谈了。

到家后,父亲对死亡的恐惧再次以饥饿的方式显现。他埋着头,大口吃面,胡须都掉进了碗里,让人担忧得手心冒汗。终于,父亲抬起头,从蒙蒙的镜片后露出一丝满足。我长长地出了一口气。天知道几个小时后,这竟然成了父亲的最后一次晚餐。

我留意到,阴影里的母亲,身体垮下来,双手掩面,头发灰乱,肩膀颤抖,酷似一只悬于岩壁的猫头鹰,正在被黑暗中的一把猎枪瞄准。

我把母亲想象成猫头鹰,并非出自恶意,而是母亲身上的某些特征,有着与这种动物极为相似的地方。比如,她宽大的头颅,如果被覆以褐色羽毛,无异于一只猫头鹰的脑袋。她的眼睛圆圆的,像一架微型望远镜,不动声色地转动时,放射出一道阴鸷的冷光。尖尖的耳朵,总是出于对外界过分的防备,而暴露出动物所特有的警觉。尖如鸟喙的嘴里,喜欢发出"欧欧欧"的怪叫,甚至常年能闻到一股腐烂的气味。令人捉摸不定的行为,让人很容易联想到猫头鹰的昼伏夜出……总之,很多人和我一样,有着惊人一致的看法。

一阵不知所云的呓语后,母亲从深埋的脸下,腾出一只手,在介于摇摆和催促之间,示意我们把父亲抬上床。

接下去发生的事情,现在回想起来——更蹊跷。你明白我的意思吧?按理说,作为女儿,我不应该怀疑……这显得天理难容。可是……算了,我还是继续说给你听听。

盯着渐渐僵硬的父亲,我陷入了恍惚和自责。愣着干什么,穿衣服呀!母亲低叱道。我不自主地低下头,一摞叠放整齐的寿衣,不知何时,已出现在面前。丝绸质地的面料,摸上去有种死人的冰凉。为父亲净身时,我大为惊骇,父亲的胳膊、胸口有大片淤青,比纹身还刺目。还有好几道被硬物划伤的痕迹,像是被动物强健的钩爪抓伤的。其中一道极为明显,从颈部肿瘤的凸块处砰然崩裂,仿佛一朵罂粟花,异常妖艳邪恶。

我的心在滴血!

我熟悉这种抓痕。过去,它们总是出现在父亲的脸上,像刺青一样,导致那张脸看上去既可怜又滑稽。然而,抓破一个校长大人的面子,玷污他惜之如命的羽毛,践踏他所剩无几的尊严,是母亲惯有的一系列疯狂举动,伴随着父亲比苦艾还要苦涩的人生。

你母亲是个疯子。对于擅长猫在书橱后面、小心翼翼地比画两下子的父亲,这句话算是这个可怜的人最强烈的不满了。

我觉察到,龟背竹后面的母亲,正在企图用悲伤掩饰偷窥。就像猫头鹰岑开一身羽毛,在仓鼠出没的洞穴口来回盘旋,一刻不停地窥探,随时准备伸出钩爪……

这些抓痕是怎么回事?我透过泪眼质问母亲。

他自己抓伤的呀……母亲反应敏捷。我想拦都拦不住……他疯了……

你错了。爸爸一辈子都没留过指甲!我噙满泪水,多年的委屈,在那一刻,决堤了。

在那个死寂的夜里,或许担心我们的争吵像一个可耻的告密者飞奔到门外,母亲的语气明显软和下来,甚至带上了哀求。但是,谎言已灼伤我。我流着泪,轻轻替父亲阖上眼,像是用一片羽毛,盖住了他受尽折磨的一生。

摄像机可以记录下当时的画面。周围灯火忽明忽暗,像茫茫石壁前一只祈愿烛的火焰。父亲躺在床上,穿戴整齐,一幅白绫盖在身上,身体的轮廓大致显现,如同照片的底片,模糊难辨,也如同被掩盖的真相,令人心碎。

遗体安排好后,母亲之前发白的脸色,哆嗦的身体,游移不定的目光,也很快回到平静的步调。她清清嗓子,理理头发,两手一划拉地开始安排后事了。

给你哥哥打电话吧。她说。记住,天亮以后,再通知其他人。

川　水

关于岳父之死,我和明湘一致认为,这里面疑点重重。

我的这位岳母大人,是一个攻击性十足的女人。

小心,她会咬下你的一块肉!明湘开玩笑似的说。真的,第一

北方大雪 / 023

次登门拜访,她险些用门夹扁我的脑壳,痛得我一点面子都没有了。在岳母的印象中,通信兵是那种只会接打电话的小喽啰,而她一心指望女儿巴结上一个有钱的军官。

明湘一边帮我涂青草膏,一边安慰说,还好啦,她没把开水浇在你头上……

慢慢,我才意识到,这句话绝不是唬人。

那晚接到岳母电话,我们脚不沾地地赶到,给眼前的一幕吓傻了。岳父躺在玄关里,头朝向紧闭的防盗门,大概仅两三米的距离吧。从倒地姿势判断,他当时是想逃出去。因为过后一次,一个自称是岳父邻居的退休教师,在小区的健身步道上拦下我,又是咬耳朵又是挤眼睛地提醒我,那晚他爬起来找安眠药,隐约听到楼道里传来哭声。先开始,他以为野猫在叫春,听着听着,哭声给风刮散了。

撇开这个不说,让我最感诡异的是,我凭借一个军人的警觉,捕捉到岳母扑闪不定的眼睛里,隐匿着一个悄然不觉的幽灵。我和明湘料理岳父后事的时候,这个可疑的幽灵已经尾随而至,并先我们一步,清除了作案痕迹。不过,我还是从门把手上的血迹,地面的划痕,一只挣脱的塑料钮扣,一副断腿的老花镜以及五斗橱上打翻的插着孔雀羽毛的花瓶等蛛丝马迹,嗅出了种种可疑。

这些迹象表明,那晚发生了一场严重的争执,而房子是事端的主因——我终于意识到岳父内心的痛苦了。

我回忆起我们之间为数不多的谈话中的一次。那天,岳父面带一丝苦涩的微笑说,川水,我马上就要成为贫民窟的一员了。

我听得一片糊涂。出了什么事?我问。

岳父的额头看上去又高又凸,像一块被河水冲刷磨平的石头。一小撮被汗水粘住的乱发从上面披挂下来,让整张脸看上去伤心又滑稽。他说,你们难道不知道吗?教师住宅区面临拆迁。你岳母自作主张,买了"乱河滩"的房子……我这种人……竟然要混到和小流氓门对门的地步……

我惊讶极了,那里过去可是法场啊!是传说中的"龙须沟"和"骚臭洞子"。这一带,现在住的可都是社会的渣滓和贫民,城里的居民与他们远远保持着距离……

岳母又在动什么脑筋呢?我机械地转动着手中的帽子,百思不得其解,不知如何安慰岳父,因为我也无能为力。在岳母面前,我们人人都像老鼠遭遇天敌,唯恐避之不及,祸害缠身。

看到岳父放弃地走向门边,缓慢地,低垂着头——这时,从镜子的深处,有个背过身的人,也在迟缓地走远——走向一重重不存在的空间。

回到出事的那天晚上。岳母安排好后事就回房休息了。我仔细酝酿一番,掀开窗帘,看看外面的天色,觉得差不多可以了,于是拨通了明凯在X市的电话。

现在是几点,你知道吗?明凯这种故作姿态的语气,我早已习以为常。想到我只是负责通知到他,就只在心里嘟哝了一句。与此同时,电话那头传来小孩扯着大嗓门的哭声,以及坏脾气女人的喋喋抱怨。

我尽量克制,保持平静,说:有件要紧的事,我必须现在告诉你……不及我说完,女人的不满已从电话里跳将出来。

——什么?现在过去,有没有搞错……孩子这么小……接着是明凯的哀求。

我燃一支烟,等。

地板的咿呀作响声,从岳母的起居室传来。寂静的夜里,声音格外清晰。

在吗?明凯的声音再次响起。我们中午到,谢谢你通知我。

不客气,我说。放下电话,明凯没有表情的面庞在我眼前晃动。想起那次，岳父查出淋巴癌后，我陪他去X市复查。我和明凯约好在医院门口碰头。过了约定时间，他打来电话，说出门时脚扭伤了，来不了了。

吕明凯！我终于被激怒了。你有没有搞错?！叫完，我不禁抬头，望了望不远处、被人流冲刷到门诊大厅的角落、像刺猬团成一团的岳父，压低声音：你爸快死了，你知道吗？

一阵忙音。

我抬脚踢飞一盆西府海棠。

周围一圈眼睛，刷刷地扫来。

半小时后，一个表情僵硬、遇到病人插嘴就用拳头敲击桌面的主治专家，把X光片从亮着灯的小白板上取下来，将眼镜推至发亮的额头，冲我摆摆手，带病人回去吧。

从X市回来的路上，透过汽车后视镜，我看到岳父被一大团绝望的空气笼罩着，目光仿佛坠入了死寂的水底，嘴角凝固着没有说完的话。我看着看着，几乎要掉下泪来。

那晚和明凯通完电话，我思忖着，天一亮，吊唁的宾客都要来了，而这方面我半点经验没有，于是拨通了大哥川岳的电话。

川　岳

川水打电话来时，我刚联合两个当值的保安，将三个伺机趁着雪夜出逃的中度癔症患者抓了回来。我是精神病院的院长，处理各类突发事件是我的职责。当然，拯救患者更是我的业务强项。明湘曾向我咨询过一些事情，有关她母亲的种种疯狂举动，试图让我从医学角度予以判断。

唔——这种情况，药物治疗恐怕起不了任何作用。我这样说时，看到她站在医院鹅卵石的台阶下，错落拖曳的榕树垂绦的阴影打在仰起来的脸上,面目愈发模糊了,身影也被光影切割成破碎的无规则的图案,仿佛被一整片看似平静实则动荡的威胁包裹着。

那晚冒雪赶到后,我找了几个人手,帮川水两口子连夜设好灵堂,搭起灵棚,又联系上花圈店和殡葬管理处。一切处理停当,才见到明湘的母亲——我的这位老姨,从卧室里探头探脑地移出来,轻手轻脚地环视了一圈,转而撞见我时,像是被无可救药的悲痛猛地击打了一下肩膀,立刻泪水盈眶、鼻息滞重、双唇颤抖着做出了痛苦缠身的表情。

坦率一点说,我面前的这位老姨,机智过人,反应超群,如果放在我的那些病人当中,我敢说,发起一场带有蓄谋性质的混乱,组织一次病人之间的大串联,甚至带领一批狂躁症患者飞越疯人院,对她来说,估计不会是什么难以办到的事。除此之外,她还有一种超乎常人的情绪自控能力。她能随时根据周围情况变化,瞬间进入表演状态。尽管她的演技看上去拙劣无比,漏洞百出,甚至令人作呕,但谁也无法当场打断或戳穿她。因为那是一种介乎于正常人与精神病患者之间、难以明确划分的模糊地带。你会陷入一团迷雾——究竟是人性中的恶在蠢蠢欲动,还是患者病情发作导致的可怕后果在煽风点火?

令人瞠目结舌的事情还在后面。那天,前来吊唁的宾客并不多,或者说寥寥无几。

香烛摇曳,祭幛拂动,人影幢幢。

我注意到,老姨先是进入了一种看似冥想的状态,可是,一旦门口发出任何响动,她会立刻放声哀号,头也不动地转动眼珠,紧张兮兮地窥探来人,尖溜溜地竖起耳朵聆听动静,时不时地抽搐两下肩膀,不动声色地松动一下屁股。她的这些诡异得近乎滑稽的表现,只要稍加留意,便会让人觉得匪夷所思。直至中午,她的儿子——吕明凯一家驾着奔驰越野车,穿戴得像一组俄罗斯套娃一样出现在门口时,老姨的表演才彻底演变成了一场单纯由娇滴滴的哭诉主导的情感大戏。这让在场的所有人都难为情地别过脸去。

谁都没料到,从老姨嘴巴里诉说的经过,与事实如此颠覆。我看到川水夫妇一语不发地听着,先是面露惊讶,继而满脸愤怒,最后垂头丧气。而明凯在听到母亲那悲伤、低沉的嗡嗡声时,眼皮被旅途的疲倦拖垮了似的,时而沉重地耷拉着,时而费力地抬升着。偶尔空洞地点点头,虚情假意地贴上去,低声耳语一番。间或,用略带谴责的目光,微微咬紧的牙关,朝川水夫妇远远地抛出不满。总之,这个某牌石油的大中国区总经理,利用他对母亲心理的熟稔拿捏,以及虚与委蛇的惯有手腕,使老姨那张因为丧偶而灰暗发皱的脸,因为得到安抚而泛红舒缓。绞着的双手,慢慢松开,放平在了大腿两侧。而后呢,他例行公事似的,来到灵柩前,磕头,进香,然后就一滴泪都没流地走开了。

哥,我看到明湘在转弯处轻轻叫住他。你不能相信妈妈的话,明湘低声说,四下里紧张地睃睃。

明凯站住了,回过头。哦!你还真是没完没了了——你不想让这一切赶快结束吗?他说着,不动声色地瞥了一眼明湘,那一瞥自有深意。

明湘仍一脸迷惑,你看不出来吗?妈妈疯了。

我看你们都疯了。明凯松了松领口,左右探视一番,低下身体轻声叱责道,爸爸已经死了。死了,懂不懂?你想让我说几遍才明白?

明湘瞪着他,犹豫了一下才开口,爸爸死得不明不白。

你就像个脑袋不会分叉的笨蛋。明凯不无讥讽地摇摇头。有区别吗?结局都一样。你希望他一直痛苦下去?

明湘后来陷入了沉默,看上去就像被淤泥封住了喉咙。

明　凯

那是我第一次，也是最后一次端详父亲的脸——在那个冷得要疯掉的守灵之夜。

忽然间，我看到了父亲。他的肩膀以下迷失在烛火摇曳中，头像漂浮物一样悬浮在空中。

我呆住了，被他的眼神钉死在地上，像是被一条水蛭钻进身体。

那是一张流浪汉或者说酒鬼的面孔。凌乱如衰草的灰发上，覆着厚厚一层雪花，连茅草棚似的眉毛上也是，连老山羊似的胡须上也是。鼢鼠一样的脸上，裂开一道道沟壑般的纹路，像是被犁镐深深地犁过一遍，而黑色的泥浆向外翻溅时，几乎吞噬了他的脸庞，让那些纹路的走向支离破碎，扭曲变形。唯独不变的，是他的眼睛。他幽深犀利的目光紧紧咬住我，那里面有着极端的绝望或不甘。

他盯着我，似乎又没有盯着我。我看着他，似乎又看不到他。

猛地，他不知从什么地方伸出来一只大手，死死地攥住我。一股雷击电鸣的感觉，立刻遍布我的全身。我战栗不已。父亲！我失声叫道。

他的怪脸上，虬结的皱纹忽然舒展开，逐渐向外扩张，面积越来越大，终于爆发成一声凌厉的大笑……

我不由得缩下去，试图转移他的注意力。就在这时，我看到一道白烟，从那风暴般的笑声中抽离出来，借着烛烟的摇曳，一阵风似的，消隐在茫茫黑夜中。

我坐起身，惶惶地避开父亲的遗像，再也不敢与那深渊般的眼神对视。

爸爸死得不明不白。明湘这句话,再次随着雪地里在空中飒飒的白幡,在我眼前抖动个不停。

关于父亲和母亲,我想说的话实在不多。他们之间的争吵,对我来说,是一场无休无止的战争,从小到大,我做梦都在逃避。我早已在自己和这场战争之间,筑起了一堵墙,既高且厚——我渴望遗忘。

18岁那年,我高考失利,复读在家。那件事对我来说,是和夏天同时到来的一场打击。我的成绩一向名列前茅,考取重点大学,几乎毫无悬念。在父亲失意的人生中,有一个出类拔萃的儿子,恐怕是他嗜酒之余最得意的一件事。

但是,随着落榜消息的传来,父亲对我的态度骤然变得冷漠。得承认,这件事对我们父子关系影响很大。

明凯,你太让我失望了!父亲借着酒劲,满腹牢骚地发泄,像一匹老马那样喷着浓重的鼻息,手在空中不停地来回挥舞。

求求你,闭嘴好不好!我从椅子上腾地站起来,羞愧难当,恨不能当场掀翻桌子……

有段日子,我沮丧得毫无想法,还偷偷抽上了烟。

可即使烟抽得再凶,我也滴酒不沾。我憎恨酒精。我们整个家庭每每陷于散架的状态,没有一次不是因为父亲酗酒。事实上,他不能像正常人那样喝几杯就不喝了,他总是喝得醉醺醺的,不省人事,丑态百出。有时不是掉进沟里,就是睡在路边,被人找到后拖回来,像拖着一具尸体,歪歪扭扭地穿过校园那道铁锈色散发着刺鼻气息的橡胶跑道。在知识分子扎堆的学校家属区,久而久之,他活成了一个笑话——人们背地里议论纷纷:惧内……偷腥……酗酒……懦弱……

我曾经对自己发誓,即使死,也要死在外面。

想到父亲已经不在人世,我完全有种释然感。这种感觉和后来考上重点大学、第一次离家的感受如此相似。在我的面前,出现了一列列绿皮火车,我搭上其中一列,列车开始加速启动。房屋、山峦、麦田、白桦林、河流,一一消失。黯淡无光的回忆,呼啸而过……再见了,父亲。永别了,我再也不想见到的小城。

明湘怀疑母亲害死了父亲,纯属无稽之谈。依我来看,他们是一对宿敌。是命运把他们捆绑在了一起,谁都无法挣脱,只能自生自灭。

这么说或许过于深奥,以至于明湘——这个长着蜥蜴那么大的脑袋、只会一根筋抽住的女人,根本无法领悟其中的要义。这一点,我从她茫然无措的眼神中就能辨认。她只能跟着我转。因为她和她那个矮矮胖胖、肩膀很宽、蓄着黑色胡须的男人,在很多事情上,还得依赖我——比如——对金钱的渴望。

父亲葬礼结束后,打算回 X 市的头一晚,我拦住穿好外套、一只手搭在铁门栅栏上正打算离开的明湘,轻轻地说,先坐一会儿吧,有件事我们一起商量一下。

我甚至都没去提"财产"这两个字,她立刻就猜到了,神情尴尬,垂下双眼。我为了进一步试探她的想法,故意让这种默不作声的局面拖延了更长时间。然后,我取出事先准备好的协议与笔,递到她面前,平静地说,你看一下,没问题的话,在我签过字的地方,签上你的名字就可以了。

她的表情先是惊诧得变了形,接着就飞起了愤怒。

什么意思?她问,抖了抖手中如沙漠干得沙沙作响的纸张。放弃房子的继承权?为什么?

不为什么,我做了一个习惯性的动作,让食指在鼻翼下方停留了片刻,语气尽量平缓。这样做的意义,无非是让妈妈不用担心什么——她已经够胆战心惊的了。

原来,你们都串通好了!明湘的脸涨得通红,嘴唇哆嗦。恐怕她害怕的还不止这个呢！她说着，脾气上来打翻了一只杯子。

水，滴滴答答，沿着桌脚流下来。

你这样理解，我也没办法。我感到悲哀，不想多说什么，也无须过多掩饰。我不过是在执行母亲的意愿。放弃房产继承权，有什么不对？

其实——我停顿了一下，用舌尖抵了抵上颚因疲惫引发的口腔溃疡，想尽快结束这场谈话。其实你根本不用担心，我继续说，我每个月可以给你5000元。你只要负责打打电话，万一有什么事，通知我就可以了。

我是你花钱雇佣的保姆吗？

随你怎么想。说话间，我已经站起来，向门外走去。

8000。身后响起她的声音。

成交。我边回答边带上了门。

小区的泊车位上，我一搭眼就望见了川水的黑色雪弗兰。驾驶位上的车窗缓缓下降，大块雪，粉碎落下。川水探出圆圆的脑袋，似乎想跟我说话。

我在车边站住，冲他打了个招呼。

明天一早出发？他问。

是的。我回答。

高速会不会封路？他问。讨好地递过来一支烟。我皱皱眉，示意了一下口腔发炎的部位。

这个嘛——估计得查一下。我说着向四周略略一望。

雪地里，一只通体墨黑的野猫，猛一蹿，进了冬青丛。雪，簌簌地阵落。

这时，他有些犹豫地凑过来，表情还算自然。上次说的那件事，还有下文吗？

什么事？我完全忘记了。

袁大头银圆哈！他不禁抬高了嗓门，又警惕地往四下里瞅瞅。很快换上了一副洽谈生意的语气，我手头就等着出货呢……这可是笔大买卖啊……你那边能不能抓紧了联系……

这个——我恐怕帮不了你。我内心不胜其烦地摇摇头。黑市交易可是犯法的，你不知道吗？

当然了。不过——如果好出手的话，我也不会……他颇有意味地眨眨湿漉漉的小眼睛，并且将手伸到后座。我估计他又想递过来一条利群或者两瓶赖茅什么的。

我正想阻止他，听到身后雪在咯吱咯吱作响，一回头，明湘小心地弓着身子，踏着茫茫的雪过来了。

母　亲

自从老头子走后，今天和明天，白天与夜里，对我这个孤老婆子，有什么区别？对明湘，我又能说什么？我怎样形容她对我的态度才好呢？

有一回，她凉凉地抬起眼打量我，眼神里的那股怀疑劲儿都戳到我了。从那一刻起，我就晓得说什么都白费唾沫。

有人散布谣言说，老头子是因为买"乱河滩"的房子气死的。说这话的人要被拘留才对。没错，那里过去是乱人坟，臭水流得满大街都是，苍蝇蚊子用手轰都轰不散。但这些年改造得也挺像那么回事的。房价又低，我们都不需要向儿女伸手要钱。就算差个四万五万，老头子也是背着他们兄妹，厚着老脸皮从亲戚那里打借条。自从老头子生了场大病，他把有些事想开了。不然，他也不会和我一条战线。

年轻那会儿，我和老头子闹，还不是因为他出轨。人呢，是学校的一个女老师，住一幢楼上的，趁我外出买菜的时间，就那么一会儿工夫,跟那个不要脸的女人就搞上了……好啊,他倒舒服了!对家里的事不管不问,把所有的责任和麻烦事都推给我,自己做甩手掌柜,装模作样地钻在破纸堆里,却在我眼皮子底下干出通奸那档子事。我嘴上不说,心里难受着呢。我知道,他心里压根儿没我,娶一个工厂女工让他很没面子,搞砸了他的人生。

行啊,既然不让我好过,我就撕破脸给你们看看。我跑到他们学校,大闹了一场,出够了他的洋相。那个不正经的女人,臊得差点跳楼,他也因此丢了官——闹完了我才听到消息,他们正打算提拔他做教育局副局长呢。

我痛快是痛快了,只是,还真有点后悔——尤其是看到他驼着背,像是被人抽了一鞭子。

他是个大学生。那个年代,有几个像他那样的读书人?少得可怜啊!他一心想做上去,他这个瘾比烟瘾酒瘾大多了。几个根本不如他的同学,一个比一个爬得快,最大的一个,都升到县委书记了。就他,还在坐冷板凳。他跟我讲什么"垂钓者""羡鱼情",我哪里听得懂?依我看,他的官运,是喝酒喝掉了,是乱搞搞砸了,是他自己的命,赖不到旁人身上。

好吧,当官梦破了,他趁机变成了一个彻头彻尾的酒鬼。口袋里一有钱就烧得慌,想方设法都要弄点猫尿来喝。东藏藏,西躲躲,醉了就撒酒疯。有一次,他醉醺醺地回来,我随手捡起一只葡萄糖瓶子打他。结果把他打倒在地,头上鲜血直流,孩子们吓傻了,我也脑袋"嗡"的一声。后来仔细一瞅,才发现不是血,是瓶塞掉了,腌的西红柿酱洒了出来……

别人背后戳戳点点,我倒能接受。我的亲生女儿,竟然背地里说我的坏话,疑心我害死了她爸。要不是别人都跑来问我,到底怎么一回事啊,你们家,闹得如此不可开交,我还蒙在鼓里呢。

我咽不下这口气,堵得慌。我一个一个打电话给那些人,我说你们怎么能相信明湘嘴巴里的话,是她老公在背后挑唆,她没主张,她良心坏了……我把外孙女一手带大,伺候她一家子吃吃喝喝,到头来……太让人寒心了!

他们说,我们就说呢,明湘这孩子不懂事,好歹是自己妈……

我养了个白眼狼。

钱钱钱钱钱!她满脑子想的尽是这个。前几年,他们两口子和别人合伙,投资了一家洗浴中心。没想到,那人拿浴场偷偷抵押贷款去放高利贷,结果掺和进了一桩民间借贷案,不但人进去了,浴场投进去的钱也全打了水漂。他们伤了元气却心不死,削尖脑袋想各种事情来做,还号称尽是些大项目。想钱想疯了,都开始胡来了。好了,越折腾越穷。

一次,我和明凯刚通完电话,她就凑上来问,我哥每个月到底赚多少钱?

我马上一警觉,说,你打探这个干什么,想抢人家的钱吗?

她哭丧个脸,怨我重男轻女,每回和明凯打完电话都拿话糟蹋她。

老头子一走,我就和明凯合计,让她在协议上签字,别再打房子的主意。我真是不得已才想这么一出呀!

那晚究竟发生了什么?我一想头就痛得跟地裂似的。

睡到半夜,我听到隔壁床垫发出嘎吱嘎吱的声响。忽地,黑暗中发出吓死人的号啕。

我从床上跳下来跑过去,问他,你怎么了,老头子?你哪里痛吗?

他喘着大气,爬起来,把我递给他的杯子碰翻在地。我弯下身子捡杯子的当口,他从床上一头栽下来,血不知怎么回事流得到处都是……

老头子,你别吓唬我,你要吓死我吗?我拍着床铺叫唤。没想到,他自己又跌跌撞撞地站起来试图往外跑。眼睛血红着,张开的嘴边挂着一条唾沫,手在空中胡乱挥舞着,全身颤抖着叫道,放开我,你这个恶鬼……

这之后的那些个夜里,我来来回回做一个梦。我梦见老家伙一推门又回来了。我吓得半死。我战战兢兢地问他,你怎么刚走就回来了?

他笑得像个黑脸的叫花子,唯独牙齿白得闪闪发亮。穿一身像铁路职工服那样的破烂衣服,脏得就像在泥地里打过滚似的,还有一股子地下水的臭味儿。他只一把手就攥住了我。我惊得叫不出声来,好像他攥住的是我的喉咙,我那严重的哮喘和肺气肿的毛病,给他这么一吓唬,气都差点儿喘不上来。他身上带着比石头还重的寒气,力气比他喝醉时扯住我的头发往墙上撞还要大。

幸亏一声狗叫救了我。我用掀开一座大山的气力睁开眼,眼前除了黑夜还是黑夜,除了残影还是残影。过后我寻思了半天,跑到白云庙里请了香,在老头子的坟头念叨了一阵。回来后,又在铁门上钉了五根手指那么粗、削成木尖的桃木桩。

鬼,果然没再找上门来。

亡　灵

农历十月初一,俗称鬼节。通常这一天,人们会为亡人送寒衣。可是,随着夜色黯沉,我愈发感到冰冷,悲哀像细水一样流遍了我的全身。因为我看到每个墓前,都有他们的亲人前来祭扫,唯独我这里,一个亲人都没有。

挨到半夜,我的灵魂飘飘忽忽出了坟墓,在空虚混沌的小城道路上孑孓而过。我要去的地方叫"乱河滩",也就是我后来的家。穿越那片区域的广场时,我呼吸到一股令人寒瘆、阴郁的气息。我看到一个个孤魂野鬼,和我一样,衣衫褴褛、悄无声息地在那些灰色的建筑物之间、昏暗的路灯下面、空荡荡的巷子深处穿梭。他们回头时,对着我,露出灰色的、没有五官的、可怖的鬼脸,发出惊悚的、乌鸦般的笑声,双手像念出咒语似的慢慢伸过来……我沿着店铺和灯箱广告牌,在发出空洞回声的街道上奔跑起来,却总感觉马上有一只紫色的大手,从后面一把抓住我的衣领。

终于,我惊魂未定地到了家门口,却又给钉在门楣上方的几根桃木桩吓得倒退了好几步。那桃木削得像把把利剑,寒光四射,根本无法近身。我只能倒退着,蜷缩到角落,在警告似的北风呼啸中,慢慢蹲下身子,后背处感觉到那里凝结了一整个冬天的寒冷。

当我重新置身于浓雾弥漫的街道时,雪花不知何时,已漫天飞舞了起来。我冷极了,可不知道去哪里。

我知道我死了,可我是怎么死的?

记忆在纵横交错的街道上空旋转,渐渐形成一股龙卷风似的旋风带,将我裹挟回了自己的死亡之夜。

那晚我躺在床上,觉得气力在一点一点恢复,而死亡的威胁感也在逐渐消失。这时,我又想吃东西了,我已经好久没这么好胃口了。

老太婆。我叫。

我等了一会儿,没有响动。我再叫,这回明显提高了嗓门,这对我来说,已经算用尽全身力气了。还是没动静。我明白,老太婆听见了也当没听见,她经常这样。我好的时候,她就没对我好声好气过。我大病一场,她态度越发糟糕,巴不得我早点死掉的样子。在她眼里,我感觉自己纯粹是个拖累。

我叹口气,只好自己爬起来。可就在这个当口,老太婆一头冲进来,一把把我掀回到床上,指着我的鼻子问,钱呢?快点拿出来!

什么钱?我完全给弄糊涂了。

不要装傻！是不是你让明湘偷的？

噢,老天爷,你疯了吗……

我明明放在五斗橱的花瓶里的,为什么不见了?!

你看,我都是快死的人了,我会偷你的钱吗？

明湘呢？她会偷。她整天盯着我那点钱不放。

你疯了,她可是咱们的女儿呀……

好吧,你不信是吧,我带你去看看你就知道了。老太婆说着,卒然拽住我的胳膊把我往床下拖。我们扭扯起来,她忽地一撒手,我一个倒栽葱,眼前顿时一黑,就什么都不知道了。

不知过了多久,当我醒来时,感觉仿佛有锐利的刀片划过我的脖子。我不感到疼,用手摸摸脖子,对着月光举起手。满手都是血。我被搞糊涂了,到底发生了什么？我究竟在哪里？模模糊糊听到有人在我脚边哭。是老太婆。

想起来了。

我挣扎着坐起来。血更快地从脖颈处流出来。我害怕极了,感到死亡正在一步一步地威胁着走过来。如果我不马上逃离,就一点机会都没有了。

这时老太婆察觉到了,立马尖叫着扑过来。我拼命掰开她的手。那一刻,我脑子里只有一个念头:逃！我拼命想逃。我已经想了至少 30 年了。

我根本看不清眼前的一切,只是一个劲地跌跌绊绊地向前冲。我感到越来越衰弱了,整个人像被抽离到了太空,虚乏得像一只握不起来的拳头。

我倒了下去。

明湘的呼喊,犹如空谷回声,遥远而虚无,可是无论如何,我已经睁不开双眼了。

我能回想起的最后情景就是这些了。

雪花还在飘落,浓雾依然迷茫。我踽踽独行,在疲惫里越走越深,脚步再也没有来时那么急切了。我举头望望天空,幽暗的云层里隐隐透出一丝亮意,想到如果在黎明到来之前,取不到寒衣,这个冬天将注定是刻骨铭心的寒冷。我只好继续摇摇晃晃着,像拱起背坐在一条斑驳不堪的小船里,一路朝明湘家的方向过去了。

我远远看见那幢灰旧的楼房,在雪花飞舞的路灯下面时隐时现,不由得涌起一丝亲切。我记得,当初他们买这套临街的楼房时,我偷偷塞给明湘十万元,那可是我攒了多年的私房钱。

到了她家门口,我发现过去白色鞋柜的位置,被一辆橘红色的电瓶车占据,门上的福字和对联也全都不见了,取而代之的是一个大大的喜字剪纸。斑驳的楼道里,打满各种小广告,其中一条,贴在消防栓上,用黑色碳素笔,画了一个加粗的三角符号,后面歪歪斜斜跟着一组词、一串电话号码。

试管、代孕、供卵、包性别
刘经理　15×××××543

昏暗中,我呆望了须臾,再出了楼道,绕进楼后的院落,摸黑找到她家那面铸着铁栅栏的窗户。我踮起脚尖,轻轻向里面张望。透过窗帘的缝隙,正好可以望见卧室一角。床上躺着一对陌生男女,身体扭绞着,像两条响尾蛇。我这才意识到,明湘已经不住在这里了。

我重新回到路上。此时,大雪开始纷飞,天际仅存的一束微光,也很快被乌云遮蔽。踏上归途,我感觉自己正在一点一点地走出与人间的连接地带,像一个被命运放逐的人,开始了一场无家可归的流亡生活。

苏　醒

1

这个冬天，瞿大南遇到些麻烦，他的婚姻正在濒临破裂，出租车生意也遭遇到了前所未有的滑坡，这让他对整个冬天的感觉糟透了。他和裴文洁在北寺塔附近有套商品房，首付三成，九十几个平方米，装修没两年，新添置的家具还泛着油光，挂在链家房产中介没几天，已经有几拨买主看过，现在只是价格问题，一旦商定下来，离婚手续就该办了。

这段日子，多多暂时住在阿婆家，瞿大南前几天就把儿子的东西收拾好送了过去。他家里客厅的地上，堆着好几件包裹和行李箱，这些东西裴文洁一个礼拜前就在打点了，房间突然变得空落落的。

他送儿子去母亲家的那天，临上车，裴文洁蹲在地上抱住儿子，反复亲吻他的脸颊，她说对不起的时候，眼泪就流了下来。车子开出去一大段路，儿子回过头，妈妈还站在原地，变成了一个伤心的小圆点。

"妈妈是不是不要我了？"儿子问，然后把头转向车窗，不想让爸爸看到他的眼泪。

冬天的太阳,又冷又硬,像枚闪闪发亮的银币。

"妈妈爱你,"他回过头看了儿子一眼,"她会经常来看你,你一想她她就会来的。"

"你和妈妈真要离婚吗?"儿子又问。"西西表哥说你们要离婚了,我们的房子也得卖掉。"

"我们现在先不谈这件事,"他说,"你还小,这件事以后我会和你讲清楚的。不管怎么说,我们还会和从前一样,只不过,不住在一起,你明白吗?"

"和从前一样一起去打球吗?"儿子问。

"当然,"他说,"和从前一样,没什么区别。"

"这个暑假,"儿子说,"我还想学游泳,我希望带上妈妈——"

"只要你喜欢,怎么都行。"他说。

那是一个礼拜六的早晨,路上车子不多,他们很快就到了阿婆家。远远地,阿婆已经在向他们的车子招手了。

老人知道他们家的情形,她早早就做好了孙子去的准备,和所有的母亲一样,她希望帮助儿子渡过眼前这个难关。她开门时,那条叫卡卡的泰迪犬,猛地扎到男孩怀里,哈哈地喘着热气,舔他的脸和手,男孩终于笑了,他们也跟着笑了。

多多就这样住在了阿婆家,那天晚上,他梦到他们一家三口像从前那样,坐在沙发上看电视,他坐在爸爸腿上,爸爸的手搭在妈妈肩膀上。醒来后,他发现这是一个梦,就又哭了。

星期三下午放学,这个七岁的男孩跟在表哥后面,路过全家时,注意到海报上的火腿三明治正在推出新品。他因为一心想着怎么开口让他的表哥请客,没留神被一辆急转弯的白色奥迪撞倒了。他侧身摔倒的时候,头磕在水泥台阶上,胳膊压在身体下面,两条腿交叉着伸向马路。走在前面的男孩,听到"砰"的一声闷响,起初并没反应过来,看到两个穿白大褂的女人,突然从对面的药店冲出来,朝这边张望——他这才有些莫名其妙地回头,发现他的表弟躺在地上!男孩肩上的书包滑落下来,哭了起来。

　　白色奥迪继续向前开了几十米,停在路边,车窗落下,一个中年男人探出脑袋,向后看着。大约两分钟后,男孩身子先抽动了一下,随后从地上站起来,摇摇晃晃地走下台阶,看样子,他被撞晕了,情况还好。中年男人升起车窗,踩下油门,一溜烟跑掉了。

　　表哥哭着问表弟有没有事?被撞的男孩像是没听到,也不哭,盯着他的表哥,过了一会儿,才像是从梦里醒来。他们慢慢往家走,一路上,谁都没说什么。到了小区门口,表哥再三打量表弟的神色,确认没事后,才和他挥手道别。

　　男孩一进家门,就断断续续地把刚才被车撞的事情讲给阿婆听。可是他的话还没说完,就吐了起来,紧接着,头往边上一歪,人顺着椅子往下滑。老人吓蒙了,给儿子打电话时,都语无伦次了。

2

　　母亲打来电话时,瞿大南刚把一对老年夫妇送到火车站,正准备给方媛——他正在相好的那个女人打电话。他想告诉她,他和裴文洁之间一切都结束了,他现在非常想她,想跟她倾诉。方媛是个离异的女人,有一头栗色的波浪卷,一双斜吊的柳叶眼和一颗善解人意的心。他去办理汽车保险时认识了她,她说他这一单给她今年的业绩画上了一个完美的句号,因此,她要为这个完美干上一杯。她最后说:"来吧,我们都需要在现实之外的世界里多待一会儿。"那段时间,他正在酗酒,对未来毫无把握。最后这句话,他听进去了。那天,他们都喝断片了。

　　事后,他们从宾馆的大床上醒来,她把一只手搭在前额上。"你知道么?"她说,"我看你的第一眼,就在想,我和这个男人之间会发生点什么——"

"是吗?"他笑了,闭上眼,摸摸她的头发。

"没办法。"她说,"感觉一旦上来了,你躲也躲不开,它追着你跑……"她嘴巴里咝咝地往外吐气,眼睛里泛着浓浓的醉意。

他躺着没动,等着她继续说下去。

她突然一跃而起。"说说你的妻子好不好?"她说,"我想听,我特别想听,她漂亮么,是不是比我漂亮?"

"别傻啦。"他说,"你们不一样,没有可比性。"

"讨厌!"她皱起眉头,歪着脑袋继续想,"那你爱她么,我的意思是你现在还爱不爱她?"

"我还爱她么?"他问自己,想到自从她叫他"懦夫""可怜虫"的那一刻,他对她的爱就死了,那个眼睛里曾经闪着光的自己也死了。那天早晨,他站在镜子前刮胡须,发现那些衰老和忧伤,正在他身上发起猛攻,他把它们连同那些泡沫冲进洗脸池,感觉自己也正在打着漩儿流入下水道。

裴文洁在一所中学当老师,她是一个高个、长腿、性感的女人。因为过于热爱她的工作,而常常忽略他的感受,尤其是他的公司倒闭后开上出租车,他们之间就越来越难以互相包容了。直到这个冬天,他们觉得如果这些问题再不解决,所有的精力都要被耗尽。

忧伤的时候,他总在想,所有那些他们曾经有过的爱情,现在回想起来,只不过是一种记忆,甚至可能连记忆也算不上了。他们是大学同学,他比她高一届。最开始,他们并不认识。他当时有个女友,他们从大一就开始谈,到了大二,才第一次接吻,然后就僵在了那里,他说不上是怎么回事,那股子热劲儿就是上不来。那天他在图书馆看书,随手把一本书放在边上,替女友占座。一个女生来后,二话没说,就把那本书推到对面,一屁股坐了下去。他看了她一眼,没说话,继续低头看书。几分钟后,他的女友来了,他努努嘴

苏 醒 / 043

示意她去对面。他的女友人是坐下去了,眼睛却上了铆钉似的死盯着他们。没过多久,她突然从椅子上弹起来,一头冲了出去。

那个女生——后来做了他的妻子——很快也抱起书走掉了。一路上她都在想,多莫名其妙啊,头一回这样直白地被人当作情敌!

后来,有一次学生会开会,她去晚了。学生会主席正在台上拿两个迟到的男生开刀,她猫着腰溜进去,前排一个男生直起上身,替她打掩护。"谢啦,同学!"她在他身后压低声音说。他一扭头——怎么是你——那一瞬间,"啪"的一下!——电光石火,爱情说来就来了!

那时候,裴文洁留着长发,喜欢穿白色的高领羊毛衫,她的脖子长长的,眼睛大大的,像一泓秋水,无论谁瞟上一眼,都会情不自禁地爱上她。他们几乎天天见面,分手后却还要煲很长时间的电话粥。这场非常认真的恋爱,当时在校园里还轰动过一阵子。然而,让他触动最深、铭记在心的、像某部电影中的一幕画面,是有一次,他穿过一条林荫小道向她走去时,看见她正手扶栏杆,站在湖边,一动不动地凝视着远处。她的长发被风吹起,白色裙裾,衣袂飘飘,他能看见她娇美的身形在裙下微微显现。她的身后是湖水和倒影,再远处,有一座桥,横卧在湖心,仿佛一把竖琴正在拨弄粼粼波光。天上的晚霞,被乌云揉碎了,撒在天幕上,落在柔波里,大半湖的绯红的霞光,在她的身后,就那么荡啊荡啊,把他的心都弄醉了。

结婚的那天夜里,他发誓要给她一场世界上最幸福的婚姻。

十年后,这场最幸福的婚姻正处于解体的边缘。

眼前起雾了——

3

母亲在电话里一哭,瞿大南就意识到情况不妙,他把车子开得要飞起来了,因为高度紧张,一路上,他的身体绷得紧紧的,牙齿也在上下打战。他在心里反复对自己说:没事的,这不过是一起普通的交通事故,虽然生活接连不顺,但不至于糟糕到摧毁人的地步——这简直是不可想象的事情!现在重要的是,面对它,解决它,用不了多久,生活会重新对他露出微笑!

半个小时后,他们的儿子被送进了市立医院。

裴文洁在第一时间赶到,医院给孩子做了各种化验、检查,孩子从CT检查室推出来时,他们迎上去。情况似乎没想象得那么可怕,他看起来只是睡着了,而且很快就会醒来。

那位女医生也是这样讲的,她的口气,听上去像是一个普通病例。她说颅脑CT、全身扫描下来,都没什么异常,只是轻微脑震荡和身体擦伤。用不了多久,也许今天晚上,最迟明天早上,他就会清醒过来,所以你们不用过于担心,甚至这里只需要一位家属陪护,其余的人都可以回去。人太多,反而会影响孩子休息。

他们和两个护士一起把孩子推进病房,护士从医用推车上,拿起一瓶药水,核对姓名后,挂在输液架上。液体顺着细细的管子滴落,他们轻轻地舒了口气。

"孩子现在需要消炎,"高个子的年轻护士说,"而且要增强营养,这样他醒过来后,会恢复得很快,没几天就又活蹦乱跳了。"她这样说时,他们同时听到了孩子均匀的呼吸声,他们的儿子——不过是暂时性昏迷——他很快就会醒来。

瞿大南总算说服母亲回家,他把她送到电梯口。那里站着很多人,从他们的脸上,他看到了同样的焦虑和病容。他第一次感到,自己正置身于一个庞大的病人群体,他把头扭向另一侧,仿佛这样就可以远离不幸。

"多多——"母亲一开口就哽咽住了,从她脸上,他看到那些因为过于焦虑而加深的皱纹,像是用刻刀一下一下刻上去的。他拥抱母亲,她哭了。过去他从来没有做过这样亲昵的举动,甚至没有拉过她的手,从小到大,他觉得这是件很难为情的事情。并且,他始终认为,父亲的意外身亡,母亲有着不可推卸的责任。他记得那天晚上,父亲在外面喝得醉醺醺的回来,母亲把所有的门窗都从里面锁上,并且警告他不许开门。父亲在外面大喊大叫,拼命踹门,整个房子差点要被他踹塌了。母亲那次失望透顶,嫁给一个酒鬼,也许是她这辈子做得最坏的一个决定。后来,外面安静了。天没有亮的时候,警察就找上门,说他们在觅渡河里发现了他父亲的尸体。

电梯门"叮"的一声关上后,他闭上眼,深深地吸了口气。

4

他向病房走去,C区住院部那儿,挤着一堆人,剩下半圈围着屏风隔断,他慢慢踱过去,发现地上躺着一个男人,脸对着墙,身体蜷缩着,拐杖压在腿下面,一只脚光着,鞋子遗落在不远处。两个男护工正手忙脚乱,想着怎么把他从地上搬到轮床上去。

"他怎么了?"他问边上一个老人。

"他去世了。"老人平静地说。

"几分钟之前,这个人还在走廊里走来走去,几分钟之后,他就躺在地上死了!"他听到一个人对另一个人说。

他被震惊到了,疾步向儿子住的那间病房走去。一进去,就大声问:"多多醒了没有?"

裴文洁猛然抬起头,眼圈红着,眼睛肿着,神情异常憔悴。他们迅速地将目光转向孩子,和之前一样,孩子依旧睡得很沉,小胸脯在白色的被罩下面,一起一伏,仿佛那里有只鸽子正在拍动翅膀,正要起飞。

他从孩子的额头一直摸到脸摸到脖颈,然后又试了试自己的体温。"他不发烧。"他说。"你看,小家伙的脸色比刚才红润了些,这些都是好兆头。"

裴文洁吸了吸鼻子,抹抹眼睛。"你去吃点东西吧,"她说,"我一个人在这里,我可以的。"

"我不饿,"他说,"我什么也不想吃,你想吃什么?我去买。"

她摇摇头,不无忧虑地盯着那条细细的长长的管子,通到儿子的胳膊上。那里面的液体,真的能让她的多多醒来吗?

"你这样紧张不是办法,"他看了她一眼,倒了杯热水说,"喝点热水吧,这样会好受些。"他见她没反应,就走过去,想把杯子递给她。她却站起来,走到窗边,呆呆地望着窗外。

对面楼上,许多人家已经亮起了灯光,非常柔和、温暖。她能看到模糊的人影在窗帘后面来回走动,他们都待在自己家里,走来走去、健康地活着。她的儿子,现在却躺在医院的病床上,不知道什么时候才能醒来。她想到那天早上,隔着车窗,他向她挥手时说:"再见,妈妈!"她多么希望听他再叫一声"妈妈",天哪,她的心都要碎了!

这时,门开了,主治女医生走了进来。后面跟着两个值班护士,手上拿着病历记录簿和笔。

"孩子的情况怎么样?"她看看夫妻两个,回头问护士。

"下午到现在,已经用了消炎药和营养液。"其中一个护士说。"情况很稳定。"

"脑压和脉搏呢?"女医生问。

"都测过了,一切正常。"另一个护士回答。

"好吧,"女医生说,"我们再来看看。"她走到床头,摸了摸孩子的额头,仔细地查看了眼底,又用听诊器听了听心跳。"没有什么问题呀,"她取下听诊器,抬起手看了看时间,"看来,我们还是需要一点耐心。按照以往的经验,他现在差不多该醒了。不过,也没关系,我们再等等,也许用不了多久,他就会睁开眼睛叫妈妈了。"

"如果一切正常,他不应该这样呀?"裴文洁叫起来。

"这也不一定,"医生说,"每个人情况都不一样,但只要孩子生命体征平稳,就不要担心啦。"

"对了,"她走到门口又回头说,"你们要注意,他醒过来后,可能会头晕、头痛,甚至还会呕吐,这些都没关系,是脑震荡过后的正常表现。到时候,我们会有辅助措施跟上去,比如说,用一些镇静剂之类的药,这种情况不会很长,三到五天症状会自然消失的。"说完,她走了出去。

"那我们再等等吧。"他说,"不然你先回去,休息一下,吃点东西,我在这里,一有情况,我就打电话给你。"

"不,"她摇着头说,"我一分钟也不想离开,我不想他醒来的时候找不到妈妈……让我一个人待一会儿,好吗?"

他默默地点头,提起外套,走了出去。

夜已经深了,她站在窗边,机械地听着病房呼叫,从护士站那边传来,一遍又一遍。现在,除了等待,她什么都不能做。一弯下弦月挂在天空,那么苍凉,那么孤寂,真让人难过啊!她想起多年前,他写诗给她:

"无限悲伤"传染到草木
河水平静,鸟儿在叫
似曾相识的场景

被记录在云端,飘来飘去
你仿佛没有离开
因为"我在"
……

她哭了,现在,她根本感觉不到"我在"!自从公司倒闭后,他完全像换了一个人,他再也写不出诗了,他的脑子已经被酒精喝坏掉了。生活也全乱了套,但是还有比这更坏的事。有一次,她在车子座位下,找到一支口红,还有一小瓶香水——"看看吧,他竟然外面有女人了!"她对自己说。那晚发生激烈的争吵时,她把结婚戒指扔出了窗外。

5

瞿大南感觉被人从腰间捅了一刀,惊醒后发现,一个穿蓝色制服的清洁女工正躬着身体,在他睡的那把椅子下面拖地。她的身后停着一辆移动清洁车,上面立着拧拖把用的水桶。他揉搓着眼睛,从椅子上坐起来,走廊尽头,一辆早餐车正迎着光缓缓前行,停在中间位置后,陆续有人从病房走出来,围过去。

他站起来,向过道最顶端的那间病房走去。眼前的一切和离开时一样,仿佛什么都没再发生过。

"医生刚才来过,"他听到她站在窗口背对着他说,"他们会诊过后,觉得有必要带他再去做几个化验,包括头部CT。"她咽了口唾沫。"他们说,得检查得仔细一点,不能麻痹大意——"她的声音开始艰涩,"他们还说,可能——他的颅骨那里——出了点问题——我很害怕,我真得怕极了!"她停下来,开始大口地喘息。

他向她走过去,脑子里一片空白,像是落了一地霜。她转过身,伏到他的肩头抽泣起来。"怎么会发生这种事,天要塌下来了,真的不知道该怎么办了!"她吸了一下鼻子,继续诉说:"我做梦都没有想到过,怎么会碰到这种倒霉的事情,怎么会是多多,我觉得——我们已经非常——非常对不起他了!"她又哭起来。

"这是两回事——"他拍着她的肩膀想说下去,却突然卡在了那里。

那天深夜,他失眠症发作,坐在卫生间的马桶上给方媛发微信。突然间裴文洁在外面又拍门又拧把手。

"开门!"她叫道,"让我进去。"

"我在拉肚子,"他说,"你等我几分钟,我马上就好。"

"瞿大南,"她突然喊道,"别以为我不知道你在里面干什么——我什么都知道!"

"你让我安静一会儿好不好?"他说,"我现在可没心思跟你吵。"他把所有的信息删除后,从马桶上站起来,提好裤子,又扭头照了照镜子,这时她开始踹门了。

他刚一开门,她就把手伸到他眼前。"拿来!"

"什么?"他嘟哝道,"你让开,我要过去。"他试图绕过她走出去,她突然像一架飞机直冲过来,"啪"的一声,手机摔地上碎了。

"这下好了,"他说,"你想看也看不到了。"

她直勾勾地盯着他。"瞿大南,你卑鄙!无耻!"她吐出这几个字后,用力地把戒指从手指上退下来,扔出了窗外。

那一刻,他们彼此都认识到,生活正在以一种无法逆转的速度訇然坠落。

他这样想的时候,昨天那两个年轻护士推着轮床进来了。"现在带孩子去做检查,"那个高个子的护士说,"我们得抓紧时间,所有的项目都要再做一遍,检查室那边已经取过号在排队了。"

孩子被抬上轮床后,他们寸步不离地跟在两侧。站在走廊里的病人和家属,时不时回过头看着,他知道那些人在想什么。但是不管怎样,这些都不是他想要的,包括各种药水的气味、毫无血色的苍白、银色金属碰撞的声音、忽明忽暗的紧急按钮、呻吟、针管、仪器、禁止标志……所有的东西都在发出一种可怕的暗示,都在铺天盖地地压过来。很快,又像眼前的射线防护门那样,缓慢而沉重地合上了。

过道的椅子上坐满了等候的人,他们互相打量着,没有人说话。每个家庭都在经历生活的考验,他想。他们找到位置坐下去,像是和那些人一起——等待裁决。有那么一刻,他感到手抖得厉害,两只手来回搓着,夹在两腿之间,摁在椅子上,撑住前额,但都不行。后来,他把她的手,握住后放在自己膝盖上,感觉好受了很多。有多长时间,他们已经习惯各自面对生活的种种变故,习惯任由事态的发展而只会眼睁睁看着。现在,他们因为生活中正在经历的一件重大事故,重新变得柔软、透明,他惊异于这样的变化。只要这次能跨过去,无论以何种代价,我都愿意! 他真想喊出来。如果可以,他还想再开始写诗,"诗可以驱除寒冷",他想对她再说一次。

不知过了多久,所有的检查都做完了,他们跟着轮床回到病房,等待最后的结果。

他听到手机响了,母亲打过来的,她说她昨晚一夜没睡,现在正在赶过来。他刚挂断,她的手机又响了。

她快速擦掉眼泪,"喂——"

一阵沙沙的噪声过后:"您是裴文洁裴女士吗?"她立刻紧张起来。"你是谁?是不是我儿子……"

"我是链家的小金呀。"对方说,"您忘记啦?有个浙江人想买您的房子,他一大早就打电话过来,价格比之前多出五万,五万呐!您得赶快过来签字,机会难得……"

"链家打过来的。"她用食指按压住太阳穴,缓过神后又说,"有人想出高价……"

"别说了——"他打断她,走进卫生间,拧开水龙头,把冷水狠狠地浇在头上,然后快速地向后甩了一下,对着镜子里的人咬牙切齿地说:"你他妈是个混蛋!"

几分钟后,他听到她在外面叫喊,瞬间冲了出去。

"快看!"她叫道。"醒了!多多醒了!"

他们几乎在同一时间扑了过去。

孩子的眼睛睁开和闭合了几次过后,终于睁大了,望向天花板,却像是停留在一个任何人都看不到的地方。

"多多!宝贝儿子,你醒了吗?是爸爸妈妈呀,你能看到我们吗?"她拼命地亲儿子的脸,摸他的头发。

"嗨!儿子!你有没有听到?"泪水迷住了他的眼睛。

孩子像是听到了呼唤,眼睛开始缓慢地转动,终于落在了他们身上。但是很快,又像一种很轻的物体,无声地弹起来,向上飘浮,又向下飘落。飘落的过程,那么漫长,那么游移,仿佛是在做一次异常艰难的挣扎。当最后一丝力气耗尽过后,儿子的眼皮终于疲惫地合上了。

6

接下来的几天,他们毫无知觉地被各种力量推着走,通知亲戚朋友、选墓地、遗体告别、火化……一个星期后,所有的事情都处理得差不多了,快到深夜他们才从殡仪馆回来。

"我太累了。"她无力地靠在门上,用袖子擦她的眼睛,"我要去睡了,明天早上之前,你最好别来打搅我。"她摇着手走进了浴室。

他在客厅的沙发上坐下,不久就听见水的流动声和低低的啜泣声。黑暗中,他吸着烟,心里独自流着泪。电话响了很久,他没有去接。沙发的转角处,放着一只大纸箱,儿子的玩具都装在里面。月光照在地板上,几块多米诺骨牌无声地散落在那里。去年一个夏天,他和儿子都在商量着各种玩法,先开始摆成一条长龙,比赛谁推倒得更多、更远。后来,组成一些文字和图案,推倒时,还录制了视频。他甚至能回忆起最后一块骨牌倒地时,儿子直接蹦上了沙发。

他续了一支烟,听到她从浴室里出来,随后是卧室门关上的声音。他站起来,走过去,把骨牌捡起来,放在手心,怔怔地盯着发了会儿呆,又把它们丢回原处。他听到骨牌落地的声音,每一响都是一个空洞的毫无意义的符号。他在地板上漫无目的地转着圈子,身体像浸在冰里,他终于支撑不住,就去洗了个澡,换上睡衣,然后坐在阳台上,又点了一支烟。

一钩弯月,清冷如冰。他深深地吸了几口烟,白色烟雾忧愁般缭绕着他。无意中,他看到一颗流星,化作一道白光,划破夜空,坠至远方。他长叹一声,起身想离开,突然听到一阵低低的咕咕的叫声,伴有枯草叶的沙沙声,借着月色,他的眼前出现了一只鸽子,不知从什么地方飞来的,正伏在一只废弃的花盆里。他打开灯,在它面前慢慢地蹲下来,它的头紧张地转动着,眼神清醒、警惕、不安。他试图凑近它,它立刻对他发出咕噜咕噜的鸣叫,没过片刻,它扑棱了几下翅膀,飞上了花盆的边缘,用它那黄豆大小的黑色眼珠与他对峙着。可是,就在它刚才伏过的枯草枝上,出现了两只黄黄的、毛茸茸的、吱吱鸣叫的小肉球,那么慌乱、无助,摇摇晃晃地,根本无法站立的两只幼子——他变得兴奋起来。

他走进卧室,去叫妻子。"嗨!"他摇晃着她的胳膊,"快醒醒,有个东西我猜你一定想看!"她的眼泡虚肿得都快要睁不开了,床头放着安定和治胃痛的药。

"又发生了什么?"她用手按住太阳穴,"别打搅我,我什么都不想看,你让我睡一会儿好吗?"

"相信我,"他说,"是好事,你看了就知道了,我们必须快点!"

他帮她披上了一件厚厚的棉衣,她跟着他来到阳台上。"天哪!"她失声叫起来,"它们从哪里来的?太可爱了!"

"它们肯定是从什么地方飞来的,"他说,"应该是没什么地方可以去了,我想。"

"你们从哪里来的呀?鸽子。"她喃喃低语着,蹲下来,轻轻地摸着它们身上那些软软的、黄黄的茸毛,"别害怕,我保证不会伤害你们的,小可怜,你们的妈妈在保护你们呢。"

"这里太冷了,"他说,"不行,我们得把它们搬到屋里去。"

"你快去把暖气打开,"她冲他摆摆手,"再拿点水和米,它们现在一定是又冷又饿。"

他很快找来一只纸箱,用棉毯垫厚实了,把两只幼崽小心翼翼地放进去。母鸽子先开始叽叽喳喳,焦虑不堪,等它饱餐一顿,重新孵上窝后,一切都归于平静了,暖气也渐渐升起来了。

"谢谢你,"她说,"我现在感觉好多了。"

"我也帮你弄点吃的吧,"他说,"你现在想吃点什么,最好能让你暖和一些?"

他从烤面包机里拿出几片热面包,又帮她和自己在电咖啡壶里煮了两杯冒着热气的咖啡,端了出去。"来,"他说,"我们一起吃点东西,不管怎么样,我们先要填饱肚子,让自己的身体热起来。现在没有比这个更重要的了。"

他看着她,把面包一口一口地吞下去,把咖啡全喝光了。"再给我来一杯,"她说,"我觉得没那么冷了,现在舒服多了。"

在士杰家的那个晚上

圣诞节,欧文在犹他州的鹿谷滑雪,从陡峭的山顶滑下来。他感到自己就像一只金色的巨鹰。冷静,警觉,笔直地刺向谷底。他曾经尝试乘直升机滑野雪,凌驾于风雪之上,颇有"蜀烟飞重锦,峡雨溅轻容"之感。只是危险重重,撞到一块石头上,虽无大碍,也逾一月才恢复。这件事,他没敢告诉母亲,生怕吓坏她。上次在圣地亚哥冲浪十多天,两颊晒伤生斑,回到国内被她看见,已经遭其大骂了。

这几年,他母亲为他的事情操心操过了头,已经经不起任何刺激了。她曾经逼他立下誓言:不玩冒险过头的游戏,每年存十万元用以养老,四十岁之前结束单身生活。这些他都作了口头保证。对于最后一条,他也正儿八经地考虑过,到了一定岁数,像士杰那样,过一种其乐融融的家庭生活,也未尝不可。

算起来,欧文和士杰的友谊已经超过十年。他们最早在一所高校任教,后来跳槽到同一家律师事务所。再后来,欧文去了美国。每年回国,他和士杰都会碰头。每次过后,他都感觉像是为一幅老画抹了一层新油彩,过去静止的美丽瞬间又放出光芒,然后再把画放回角落,下次再看时,或许已是数年之后。所幸的是不会褪色。

这次他们约在外滩边的一家印度餐厅碰头。他们找了个安静的角落坐下来,点了印式烤鲜蘑菇、南印度咖喱蟹芝士、碳烤大虾,还有一种烤得热乎乎的薄饼。蘸着咖喱蟹黄汁吃,比单纯地吃饼或汁要好吃很多。吃好过后,他们又要了两杯威士忌苏打。喝到第三杯的时候,士杰就说要回去睡觉了。

欧文指着手表叫起来,没搞错吧,现在还不到九点呢!

士杰说,我老了,没法再和你们这些过惯夜生活的人比了。

欧文说,你主要是太胖啦!

尽管士杰的穿着还是很鲜艳活泼,但欧文感觉他确实老了。眼睛没神了,眼袋变大了,体积看上去差不多有半只大象那么大。他应该是夸张了,可是事实就在眼前,士杰进来时坐下去坐得太快,结果把椅子都压得开裂了。

欧文扭头,对那个受了点小小惊吓的侍者说,这位伟大的律师需要一把配得上他身份的椅子。

伟大的边缘。士杰补充道,眨眨眼睛,他的幽默感又回来了。

欧文大笑起来,他想起士杰刚干律师那会儿,曾经说:一旦我赚了吨量的钱,就请你们去夏威夷海滩狂欢一个月。他知道他这几年很拼,但离成名貌似还差一丢丢。看来,对于夏威夷海滩的派对得多点耐心。

士杰说,不管怎么说,我可不喜欢挨饿的感觉。想想看,如果你整天饿得发慌,人生的乐趣还有什么?

饥饿也不失为一种很好的锻炼呀。欧文想起海明威在饥饿的时候,那些名画在他眼里全都显得更加鲜明,更加清晰,也更加美了。

士杰说,我不需要锻炼,我需要好好睡一觉。他说着,像个倒置的大口径酒瓶,摇摇晃晃地站起来往外走。

别太辛苦,老兄! 欧文拍了拍他的肩膀。

士杰以前可不是这样。那时候他们都是通宵干的,有时候一口气代理好几个案子,查档、立案、收集证据、写材料等等,每个案子都不允许出半点差错。一桩官司打下来,半条命都搭上去了。但是,第二天,士杰照样满血复活地投入战斗。

见面的前一天,士杰发来几张早些年的照片,其中一张是他们俩在西湖划船时拍的。那时候他们真年轻,一脸的冲劲儿和孟浪。他看完后想,这些年的时间,都他妈的去了哪儿?

他们从餐厅出来,绕着江边又走了一圈,有的没地聊着以前的事。分手时,士杰说,对了,小鱼叫你明天晚上带小乔一起来家里吃饭。说完,他冲他挤了挤眼睛,流露出一个胖子所特有的那种狡黠,等欧文回过味儿来,他已经从之字形的石桥上走过去了。

他已经好几年没见小鱼了。上一次还是她生第一个宝宝,他送完礼物就匆匆赶往浦东机场。当时觉得她除了少妇的风韵感浓了之外,变化不是很大。她现在的模样体态,他不大能想象得出来。不过,她可是当年他们那批新入职教师中最漂亮的一个,嫁给士杰时,一度在同事间引起轰动,他们都替她惋惜,谁也不看好这门婚姻。可她现在已经是三个孩子的母亲了。

他慢吞吞地走着。他对这一带很熟悉,沿着江边大道走不远,有外滩美术馆和几家小众画廊,小徐的画室就开在边上。待在国内的日子,他每天早晨经过安培洋行,去星巴克咖啡馆喝咖啡,看书,写作,看上班族从周围林立的大厦进进出出。或者美术馆有国内知名艺术家的作品展出时,他会走进去看看,吸收一些国内绘画界的最新灵感。在国外的时候,他经常去画廊,看达·芬奇、塞尚、马奈等大师级人物的画作,以期获得一些绘画上的启发。而通过他们,他仿佛被矫正了视力,对光影的处理,对晕涂的手法,以及动感的表达,等等,有了更为清晰的理解。等到小徐的画室开门,他就去那里画画,然后四处走走看看,感受一下人们日常生活的点点滴滴。

他很享受现在的状态,像毛姆小说《刀锋》中的人物拉里那样,晃着膀子,无拘无束。他喜欢云游世界,去那些只要他想去一抬脚就能去的地方,品尝鲜美的食物,喝美妙的在味蕾上一点点绽开的美酒,听格莱美音乐奖的获得者们的音乐会。他酷爱任何美好刺激的东西,任何风景的变换,以及有新面孔的地方,有愉快事情的地方,以至于他的脚步,不!应该是他的翅膀,始终处于张开状态,偶尔也会栖息,但那不过是为下一次飞翔在储存能量。

下一次飞翔!一想到这里他就兴奋。他要带上小乔,这次他可真给这个女孩子迷住了。

小乔是欧文新结交的女友,比他整整小一轮。她业余教几个学生钢琴,也喜欢画画、读书,属于90后中比较成熟有自己思想和品位的女孩,又偏偏生得很美。相处下来,他发现他们都属于那种为了追求理想而全力以赴并愿意付出代价的人。就像他当年放弃律师转行学画画,小乔也是因为不堪忍受朝九晚五的办公室工作而辞职,一心一意搞起了音乐,专注于任何她喜欢并擅长的事情。

在上海,欧文更多的时间是画人物。画完身边的熟人、建筑工地上的工人、古屋里的老人,他想找专业模特来画,却发现上海模特的要价高得简直有些畸形。那天,碰巧遇到小乔。她偶尔会来小徐的画室画画。他们一拍即合,共同雇用了一个绘画模特。作完画,小徐做东,请他们去附近一家音乐酒吧喝酒。她频频和他举杯:欧文哥,走一个!他觉得好玩,第一次听人用这种敬酒词。那天喝酒不多,但也和她走了好几个。她后来弹了一首韦伯的《邀舞》,弹得还挺华丽的。

因为同画一个模特,画的好坏很容易见分晓。在画人物方面,他暗自觉得小乔画得比他好,尤其在取舍方面,做得恰到好处。

可是她对着他的画,仔细地审视一番后,说,你画得比我好。沉吟片刻,又说,只是人物有那么一些 severe,你觉得呢?

他听后颇为吃惊。他对此从不自觉,以为这是他的个人审美倾向,和费钦及苏汀的风格一脉相承。后来,他专门去博物馆看他们的画作,才发现他和大师的出入颇大。自己的 severe 在光影对比上,的确过于强烈,结构和转折上也过于夸张。他看过之后不但不气馁,反而兴奋起来。遇到小乔,比他过去遇到所有女孩加起来的兴奋都多。

这些年,想和他谈恋爱以及谈过恋爱的女孩子,已经不是以个位数计了。他和她们中的很多人都上过床。其中有一个,摸起来和看起来一样柔滑,像蜜汁,像玫瑰花瓣,像熟透了的果实,胸部饱满,腰部有力。可是,他从来没有动过心,从来没有。她们都太物质,兴趣点永远在豪车、别墅、名牌等物质上。她们的内心却是空的,就像他随便提起莎士比亚、博尔赫斯、索尔拜娄、菲茨杰拉德他们中的任何一个,他们的谈话就继续不下去了。

说实话,他不想刻意追求了,在这件事情上。可是小乔出现了。

一个月前,小乔瞒着家人从朋友那里搬过来和他住。哇!当他进入她已半打包的房间时,差点惊呆了,没想到她这么瘦弱的一个人,竟然有那么多东西。当然,大部分是书,他发现他们的藏书大部分类似。她开玩笑说自己深受文学荼毒,以至于身心失衡。

她说,对了,还有一架钢琴,反正你喜欢干体力活!她咯咯地笑着,整个人吊在他身上,像一只壁虎。楼下的邻居嫌她每日练琴烦,好几次她正在弹琴,听到楼板被捅得"嗵嗵"乱响。她只好逃跑,但又不想跑回家和父母住。她说,他们唠叨起来真让人受不了。

欧文觉得这样好,每天有个人和他探讨文学、艺术,然后做爱、遐想。他喜欢他们躺在床上讨论理想和人性的复杂时,身体和思想保持了高度契合。

她也说，爱情至上！艺术至上！

晚上，他们各自躺在床头看书的时候，他告诉她去士杰家吃晚饭的事情。

她说，他们为什么要请我去呀？我和他们一个都不认识。

他说，去了就认识了。他冲她摆摆手，示意她朝他这边靠过来一点，让他一把就可以抱住她。

她对着他的脸美美地亲了一下，说，行！反正我也无所谓。她嘴巴里的呼吸清新得像夏季里的一杯饮料。

不过，她想了想又说，我们总得带点什么吧？我记得你说过，他们有一堆孩子，带玩具和图书怎么样？

他说，三个，可我一个都没见过。最大的那一个，因为早产，一生下来就进了保温箱。后来，他们几乎没喘气地又生了两个。停了一下，他又说，你想带什么就带什么吧。不过，我觉得无所谓，他们估计只是想见见你，士杰知道我们的事情。说着，他捻起她的头发，使劲儿地闻，生怕她头发里的味道漏掉似的。

她知道他有多喜欢她的一头长发，不然他也不会把对她头发的感觉和爱慕之心画进作品里。他用了夸张的金黄色，使用了调配得极为丰富、极为强烈的蓝色，涂出无限深远的背景，使她的美丽头部，在蓝色的背景上发光，像星星嵌在深沉的碧空中。

她抬起头，看着他的眼睛，说，亲爱的，你想要小孩吗？

他说，我不知道，可能以后会想要吧。我从来没想过这个问题。

她说，以后是什么时候？

他把她的脸捧到眼前，说，你不是想去美国深造吗？我希望你能有更大的创造和突破。

他的女孩，他的朱丽叶，他内心激荡无比，他们高贵的灵魂将一起振翼而飞！向上！向上！

第二天，他们按士杰提供的地址，很快就找到了那里。那是一大片环境相当不错的别墅群中的一栋，周围有喷水池、大花园、平整的大草坪、各种健身娱乐设施，还有高大的看起来还挺名贵的树木，在别墅区的周围，迎着风，散发出植物所特有的香味。

这个地方真好！小乔回头看了一下说。

他对此不以为然。相比之下，他更倾心于自然和谐之美，而不是人为的雕饰与摆布。

他在费城的房子坐落在一个植物园里。夏日炎炎，院中时有小动物来往，每每他作画之际或檐下休息，动物们便一一出场：野兔奔跑，火红色的狐狸轻巧灵敏，梅花鹿母子结伴，或在橡树荫下吃奶，或吞食玫瑰花瓣，令他觉得内心平和，生命拔节的自然形态，仿佛睁眼就能看到。

他们站在门廊下，准备摁门铃，忽然听到里面传来刺耳的尖叫声，类似于马的嘶鸣。只不过，那声音对于马来说未免过于尖利了。

什么声音？小乔问。

话音刚落，那声音又来了，这下他们听清楚了，是人在叫，声音够吓人的。

小乔说，怎么回事？干脆我们别进去了。他们迟疑片刻，正打算离开，房门开了。士杰一边系着睡衣扣子，一边向门廊上走过来。他头发乱蓬蓬的，像是刚从梦里被人拖起来似的，半边脸上还印着压痕。

第一次见老朋友穿成居家男人的样子，他觉得很不自在。他自己穿着西服，里面是一件挺括的浅灰色衬衣，还有一双质量不错的皮鞋。

士杰说，嗨！小鱼老远就看到你们啦。来，进来吧。他朝小乔咧开嘴笑，好像他们早就认识了似的。

你好,士杰哥！小乔冲他打着招呼,趁机把东西递给他,给你家宝宝带了点儿东西。

太客气啦！士杰说着,伸手接过东西,又说,我和欧文用不着这么客气。快进来吧,小鱼在等着你们。

他们一边在门口换鞋,一边往里面张望。这时,从楼梯上匆匆下来一个女人,欧文差点没认出来,直到她走到他跟前。真没想到小鱼变化那么大！最明显的是她的腰身,整个儿胖开来一圈,把她那一身红绸缎衣服撑得鼓鼓的,像团呼啦啦的火。她化了淡妆,涂了口红,这样看起来脸色显得好看些,但也仅仅是不那么难看。

他正在吃惊的时候,听到她叫他的名字。欧文,你吃长生不老药啦,还那么帅！小鱼说着,像老朋友那样朝他凑上去,抱了抱他,他都能闻到她身上的那股子奶腥味儿了。然后,小鱼像刚刚注意到小乔就马上起了热反应似的说,小乔妹妹,士杰提起过你,他说你是个真正的才女。她说话时,没松开小乔的手,一个劲儿地盯着她看,直到发觉她的脸都红了才移开目光。

士杰说,别光站着说话了。进来坐吧,别客气！或者先带你们参观一下？

好啊！小乔说道。话音刚落,就发现楼梯拐角处,被他们忽略的那片阴影里,还站着一个小人儿,又瘦又黑,一副发育不良的模样,小脸上却有着一双鹰隼般犀利的充满敌意的眼睛。

士杰招了招手,说,别站在那儿,贝贝,过来和客人打个招呼。

女孩没动。

士杰摆摆手:不管了,带你们先到楼上看看。

小鱼说,不要介意啊,这孩子今天有点不对劲儿。我就不上去了,我去准备点水果和点心。

他们绕过女孩,上楼时,欧文总感到身后像是有把刀子,闪着寒光追过来,真让人不敢回头。

你们的房子真不错哎！转了一圈,小乔恢复情绪后说,真令人羡慕呀！你觉得呢,欧文？

欧文说,当然啦。

房子是不错,但他不明白小乔怎么会喜欢这样大杂烩似的房子。成套的欧式家具,从不同国家觅来的摆件以及纪念品,壁上厚重金镜框里的油画,堆得满坑满谷的艺术藏品,都快要使人挪不开脚了。所有这一切只能看成是主人生活的一部分,但绝对不能说成有品位。他差不多要怀疑小乔是为了讨好主人才故意这么说的。

士杰说,这里还有一个大露台呢,在上海,能有这么大的一个露台,也是很不错呢！

欧文说,是的,光线不错,空间也足够,很适合画画！

小乔说,对呀,你不是一直想在这样一个环境里画画吗？

前几天,他带小乔去看房,打算有合适的就买下来。他刚把这个想法说了,他母亲的头痛病马上就好了,从床上一骨碌爬起来要帮他张罗着办事了。但是,他们看了好几个地方总是不满意,不是房间太小放不下画架,就是露台采光很差,根本达不到他想要的效果。而且,上海的房价高得简直没道理。

他们从楼梯上下来时,贝贝不见了。

小乔说,我去帮小鱼姐打下手吧,你们聊。

就在这时,小鱼端着水果盘从厨房走出来,说,不用帮忙,保姆全都弄好了。我们先坐着吃点水果,等时间差不多再开饭怎么样？

先喝一杯吧,她们吃水果,我们喝酒。士杰说着,从酒柜里取出威士忌,给欧文和自己倒上,加上冰块。

欧文说,孩子们呢？他扫视了一圈,目光落在电视柜上带镜框的照片上。小乔也注意到了。照片上除了欧文、士杰、小鱼,还有一个她没见过的女孩,头歪在欧文肩膀上,表情暧昧得像对情侣。

照片背景是树林围起来的湖水。

小鱼对欧文说,这张照片是不是挺有纪念意义的?然后把脸转向小乔,说,欧文那会儿可是我们学校的风云人物呢,很多女老师都追求他,可他一个都看不上。

欧文吃了一惊,他没想到小鱼会这样说。

小乔重新打量起照片。是吗?他可从来没和我讲过这些。

小鱼说,你可千万别多心啊,欧文对你可是真心的,我们了解他。

小乔盯着欧文,那副神情好像他们才刚刚认识似的。

欧文笑笑。

士杰说,小乔,你别看他现在西装革履的,他以前进教室给学生上课,都是背心大裤衩,趿拉着拖鞋,校长都拿他没办法。这叫什么,这就叫个性!

欧文端详着士杰,有那么一刻,他觉得这张脸简直讨厌!

的确,过去他在着装上是一个很不注重仪表的人,衣服、头发、还有胡子都是随机主义。可是,士杰完全没必要当着小乔的面提这些呀。他想站起来,小乔却突然兴致大增:士杰哥,欧文的故事听起来还不少呢。说完,她回头不无深意地看了他一眼。

欧文在沙发上挪动了一下身体,听到士杰又说,张教授你还记得吗?

见欧文一脸茫然,他又说,他以前不是老看不惯你吗?这老兄现在可惨了。

欧文没吭声。

小鱼挖了士杰一眼,可是他没注意,继续说,这老兄前些日子找到我,准确地说,是一周前,他要和他的妻子离婚,他这次死了心要离。他们已经结婚二十年了,再高的律师费他都肯出,你知道是为什么吗?

小乔问,为什么呀?

欧文看着他们三个人,喝下去一大口酒。

士杰说,他和一个女学生的事,给他妻子发现了,散布到各处,全系的人都知道了,他的脸丢尽了,回家一通好闹。他妻子命令他立刻滚蛋,但就在这老兄往外走的当口,她朝他砸过去一个烟灰缸,好了,他现在人躺在医院里,昏迷不醒呢。

太恐怖了!小乔说。

欧文没说话。他想起和士杰第一天去淮海路一家律师事务所面试,士杰双眼泛红地从应聘处走出来的情景,不知道他还有没有印象?

卧室里传来哭声。

小鱼站起来,说,小坏蛋终于醒了,你们先坐会儿,我去把他哄高兴了,这样我们就可以安心吃饭了。说完,她走向客厅边的房间,轻轻走进去,带上门。不久,哭声消失了。

门铃响了。

他们回来了。士杰说着,走过去按了开锁键。不一会儿,两个孩子出现在门口,站在男孩身边的女孩,一比较,发育明显出了问题。

小乔站起身和孩子们打招呼,你们好!

你好!男孩说完,突然像只青蛙蹦跳过来,横在小乔面前,摆出一副决斗的架势。

我是正义的奥特曼!我要打败你们这些怪兽!

哈哈哈,小乔肆无忌惮地大笑起来。欧文第一次注意到小乔的牙齿有些发黄。

别闹,马上洗手吃饭!士杰说着,把假奥特曼推进洗手间。女孩则一声不吭地坐到餐桌边。

小乔回头对欧文说,好可爱啊!你不觉得他太可爱了吗?

在士杰家的那个晚上 / 065

欧文笑笑,说,可爱啊,只不过有一点 boring。

小乔冲他做了个并不认可的表情。

这时,小鱼抱着孩子出来了。来,宝贝儿,见一见叔叔阿姨。小鱼把孩子抱过来,他们看了一眼,深吸了口气。毫无疑问,这是他们见过的最难看的孩子了。大红脸,肿眼泡,脑门大得出奇,头发只有几绺,又稀又软地挂下来,真还不如直接剃光了显得干净。他把一根胖乎乎的手指含在嘴里,导致那里始终有口水流出来,这样一来,说难看都是说轻了。

他们凝视着他,不知道该说什么好。

小乔扭头对欧文说,他个头可真够大的,是不是?

欧文不置可否地笑笑。

士杰说,你不知道他的腿,踢起来多有力,以后说不定是个足球健将呢。

好像为了证明他爸爸的话,小家伙连续做了几个蹬腿动作,差点从小鱼怀里蹭到地上。

小乔说,太可爱了!让我抱抱他好吗?

小鱼把孩子递给小乔。

孩子一到小乔手里,立刻像变了个人,用他的凸眼泡一眨不眨地注视着她,好像在她脸上发现了很有趣的东西。

小乔把脸贴到他那张难看的大红脸蛋上,说,小宝贝,你知道我是谁吗?

孩子嘴里呜哇呜哇的,天知道他想表达什么。后来,他抓起一把小乔的头发乱晃起来,硬生生把它摆弄成了一堆乱草。小乔居然一点儿也不生气,好脾气地说,把我的头发借给你,好不好啊?说着,她把头埋在他那肉乎乎、腻哒哒、搞不清到底有几层的下巴下,她的发梢痒得他咯咯直笑,这样一来,他实在是难看到家了。

欧文想不明白,她那么爱惜自己头发的人,怎么肯让那小脏手在上面摆弄来摆弄去的。曾经有好几次,小乔都抱怨要剪掉她的长发,她说她的头发太浓太密,每次洗起来都是个麻烦。她还说,因为这一头长发,害得她的体重只增不减。可是欧文知道,她只是嘴上说说,等她看到他有多喜欢她那一头森林般茂密的头发时,她就只会想着怎么保护了。

然而,小乔的全部注意力被这孩子的模样吸引过去了。她和他轻轻耳语,哼着儿歌,那样子好像她曾经带过一打小孩似的。有那么一瞬间,欧文都怀疑她不是小乔。

他终于听到小鱼说,把孩子给我吧,我们该吃饭了,估计你们饿坏了。

小鱼准备了满满一桌菜,大龙虾、清蒸刀鱼、野生甲鱼、热滋滋的煎牛排、蔬菜沙拉等等,搭配得还挺讲究,看起来她为这顿晚餐花了不少心思。闻到冒着热气的饭菜味儿时,小乔禁不住赞叹道,小鱼姐,好丰盛啊!

小鱼说,哪里,都是家常便饭。

士杰为每个人的玻璃杯里倒上酒,说,我们先碰一下,来,为友谊干杯!

干杯!大家举杯,唯独贝贝坐着不动。

士杰说,来,动筷子吧。

他们正准备夹菜,突然听到一声尖叫,正是进门时听到的那嗓子怪叫。真够呛的!

怪叫的发出者——贝贝,用手指着所有的人,大叫道:不许吃!这是我的菜,你们谁也不许吃!

他们惊呆了!

不许没礼貌!士杰呵斥道。

可是没用。当所有人都盯着贝贝时,这个有着强烈爆发力的女孩子的正式表演开始了。她歇斯底里地哭喊,用筷子敲击所有能敲击到的东西,用脚踢打桌椅直到她觉得这样反而弄疼自己后改为跺脚。反正在制造噪声和无理取闹方面,欧文看得出来,她应该是有点经验的。这时候,贝贝的弟弟——那个奥特曼战士,也趁机加入这场混乱。他爬上椅子,手在空中挥舞着,双脚在椅子上原地踏步,嘴巴里叫嚷着:前进!前进!他们的弟弟,躺在母亲怀里,安静地吃着自己的胖手指,打量着眼前这一切。

团团,下来!士杰指着儿子叫道,脸红得像块大烙铁。

正处于极度亢奋状态的团团,根本拉不回来。而在尖叫这方面,欧文觉得贝贝绝对有本事让每个人抓狂。

小鱼出奇地平静,她冷冷地打量着这对活宝儿女,拿起面前的一只奶瓶,贴在脸颊上试了试温度,确定可以后,将奶嘴塞进孩子口中,小家伙立刻叼紧吮吸起来。腮帮子一鼓一鼓,发出奶水来不及下去时的"咕咕"声。

小乔对贝贝说,千万别哭啦,小乖乖,你一哭就会变丑的。

你才会变丑呢!贝贝的反应快得惊人。她用手指着小乔,一字一顿地说,你——是——个——丑——八——怪!

小乔懵了。

闭嘴!滚,滚出去!士杰突然咆哮起来,吓了他们一大跳。只见士杰手中的筷子飞向贝贝,但是落空了,筷子落在地上时发出一连串嘲笑。

贝贝飞也似的逃跑了。奥特曼战士尾随而去。

后来那顿饭怎么吃的,欧文都想不起来了。他只记得自己站起来时,脸上的笑容都要成块成块地往下掉了。

时间不早了,他说,小乔,把你的外套穿起来,我们得走了。

他们走到门廊下时,听到士杰说,小乔,希望你不要介意哈。

欧文不用看都知道士杰的表情有多难看。在一个长相庞大的人脸上,任何一种表情都会放大。事实上,什么东西在他心里,同样坍塌了。他都能听到那种轰响。对于小鱼，欧文挺佩服她的，她自始至终的表现，都让欧文重新认识了一个真实的小鱼。还有小乔，她的脸庞，和他心里的那个人，怎么都无法重合了。

……

定居国外后，欧文总会想起在士杰家的那个晚上。

那晚注定是一个特殊的夜晚，是一种结束。

感恩节的那天晚上，在零零碎碎的梦里，他又看到了小乔的面孔。

凌晨五点醒来，外面日光未起，近处的树木成剪影，模模糊糊地挂在他黑暗中微启的眼幕上。他听到黑暗中，仿佛窗外松鼠爬行的声音，后来又沉沉睡去，醒来时，天色已大亮。

他回想起那晚，从士杰家出来的路上，很长时间，都是小乔在说话，他没有回答。她的声音像是从很遥远的地方传过来的。他对她想表达的东西已经不再关心，对他们曾经抱有的幻想也已经熄灭。这些年来，画画让他的眼光正在变得更加清晰，更加理性，也更加挑剔。好的东西在眼里会变得更美，不够好的东西会变得更刺眼。

有那么一瞬间，他的眼前出现了荒凉的古道，响着驼铃的沙漠，流浪的歌手，闪耀着金色光芒的巨鹰张开垂天之翼，笔直地刺向天空，凌驾于风暴之上，瞬间就高过低压的云层并消失了。

一个女人的死亡之谜

很长一段时间,一桩扑朔迷离的自杀事件像一团乌云一样,笼罩在丹枫新村的上空。那天中午,新村居民的集体睡眠被一阵横空而起的警车声粗暴地打断了。可以看到,那些肮脏模糊的玻璃窗上,布满了一张张惊惶失措的面孔。

报警人是一名自称雷肖肖的中年男人,民警赶到事发现场的时候,他正在楼道口不停地抽烟,不停地走来走去,神情焦虑异常。他的旁边,站着一个四五岁模样的男孩,冷漠、孤傲,是他留给民警的第一印象。雷肖肖看到民警后,随即扔掉了手中的半截香烟,指了指对面的一扇门,105 室的周围早已被闻风而来的人挤得水泄不通,几个好事者争先恐后地向人民警察报告情况,在 110 开锁匠开锁之际,他们已经七嘴八舌地将掌握的第一手资料汇报完毕。

105 室住着一位叫谢兰芷的妇人。五年前,她的丈夫在一个大雪纷飞的夜晚莫名其妙地失踪了,后来被拾荒者在一条河流的尽头发现,由于河水长时间的浸泡,死者的面目早已浮肿变形。据说,很长时间以来,他一直在为伺机离开这个家庭寻找着合适的机会,严重的抑郁症让他的精神几近崩溃的边缘,而女人对他的病情不但视而不见,反而充满了鄙夷和不满。在一个接一个痛苦难耐的夜晚,男人被失眠折磨得形销骨立,而他的女人却不知为何变得异常娇艳。终于有一天,他怀着一种无比轻松的心情,爬上高高的悬崖,以飞鸟的姿势俯冲而下,从此结束了困扰他多年的抑郁症。

男人死后,谢兰芷一直过着独居生活。她有一个女儿叫丁晓仪,几年前已经嫁人生子。虽然谢兰芷是个上了年纪的女人,但是我们依然可以看得出,这个女人的姿色并没有因为岁月的流逝和生活的变故而日渐衰退,相反,那些悄悄爬上她额头的细细皱纹不但没有向世人泄露她的年龄,反而别有用心地为她增添了一种丰厚的成熟美,再加上她的体态依然轻盈,所以即便这个女人一向独来独往,沉默少言,她的一举一动却还是被无所事事的人们,尤其是那些好色之徒尽收眼底。

说来奇怪,这两天不止一个细心的人注意到,谢兰芷的身影好久没有在小区里出现了。虽然她家的防盗门是紧锁的,可是里面的那扇木门竟然一直都虚掩着,似乎女主人随时都在做着出门的准备,却迟迟不肯出现,这种情形和她向来紧闭门户的情形迥异。临近中午,来了一名邮局的工作人员,去敲105室的门,敲了半天,里面也没有动静。过了一会儿,他又去敲,还是没有动静。这时,对门的张奶奶探出脑袋来,她那沙哑的叫声在沉默的楼梯口仓促地碰撞过几个回合后,回应她的依然是长时间的令人不安的寂静。奇怪!一种不祥之感就是在这个时候骤然降临的。当这个头发花白、精神高度紧张的老人在慌乱之中拨通雷肖肖手机的时候,这个中年男人正带着儿子在菜市场就猪肉是否注水的事情和肉贩子发生了激烈的争执。

雷肖肖是一名人民教师,他平时言语得体,性格温和,很少与人争执,更谈不上吵架。可是今天的他,显得有些异乎寻常。他一面用力挥打着面前蜂拥而来的苍蝇,一面神思恍惚地从一个肉铺游走到另一个肉铺。

这时候,雷小马就躲在不远处,漠然地打量着这一切。临近下午1点,菜市场的高峰时段已过,菜贩子有的三五成群在打牌,有地趴在菜摊前打盹,空气中飘浮着一股腐肉和烂菜相杂的难闻气味,令这个夏日的午后,一时间变得酸腐难耐却又冗长无比。雷小马看到父亲那只握惯粉笔的手,在一团团血肉模糊的肉团之间迷失了方向,显得失落而又无力。后来,他好像看到父亲的嘴巴嗫嚅着说了句什么。

这句话借助一股风的力量,不偏不倚地飘到了摊主的耳朵里。只见那个肥头肥脑的男人一个阔步冲到父亲面前,怒气冲天地吼道,说我的肉注水,我看是你脑子进水了!

父亲的手在衣服上胡乱蹭了两下,脸色紫胀,气急败坏地说:"你们这些人,都是无奸不商,你小心着,我要去工商部门告你们!让他们查封你们!我现在就去!"

摊主盯着父亲的脸足有五秒,轻蔑无比地说道:"明明是想吃肉却吃不起,跑到这里来装什么蒜啊!"

父亲沉默片刻,突然对着面前那张因长期从事屠宰业而横肉四起的屠夫,骂出了平生罕见的一句脏话。

摊主神经质地跳起来骂道:"你×放屁!你敢再放一遍!"

"傻×!"父亲的声音听上去清晰响亮,就像他在课堂上朗诵诗歌一样,极富有质感和力度。

父亲的话音刚落,雷小马就看到他的衣领被对方揪住,整个人被连推带搡,像一片树叶在风中摇曳不定。雷小马的心也仿佛给人一把揪住了,全身立刻变得软弱无力。紧接着,他看到父亲的身躯被高高架起,在半空中滑出了一道优美的抛物线后,随即演化成了一枚重磅炸弹,訇然落地!人群中发出一阵惊叫!

就在那一刻,父亲的手机旁若无人地唱响了。

刚开始,雷肖肖并没有去找手机,他斯文扫地,心情懊糟。可是,那天的电话铃声听起来格外刺耳,有着一种歇斯底里的执着,仿佛一个垂死的人不肯放弃生命的最后一刻。无奈之下,雷肖肖狼狈地从地上爬起来,接通了来电。接完电话后的雷肖肖,脸色阴郁,眉头虬结,只见他拉过儿子,一瘸一拐地离开了菜场。

电话是张奶奶打来的。说来奇怪,按理说,如果有事,张奶奶第一时间打出的电话,应该是打给谢兰芷的女儿丁晓仪,而不是她的女婿雷肖肖。别看这张奶奶年纪大记性差,可她老人家还没老糊涂。据她仔细观察,作为女儿的丁晓仪,基本上是不来看望母亲的,偶尔来一次,也是急急匆匆的,碰到人也不打招呼。倒是女婿雷肖肖比亲生儿子还要亲三分。虽说这小两口离异了,女婿照样像过去那样,三天两头地往岳母家跑。

雷肖肖带着儿子在第一时间赶到了那里。正如张奶奶电话里所讲,门,敲不开,谢兰芷,去向不明。就是在这种情况下,雷肖肖拨通了110报警电话,之后拨通了前妻丁晓仪的电话。

防盗门终于被打开了,里面的情景却让人大吃一惊。只见谢兰芷面目平静地躺在沙发上,像是睡着了。民警上前一试,那妇人早已气息冰凉,死亡多时。

从目睹这骇人的一幕到丁晓仪赶来之前,雷肖肖一直蹲在角落里抱头痛哭。这个一向懦弱的男人被眼前这一幕彻底击倒了。雷小马站在父亲身旁,惊恐的眼睛里不停地有眼泪流出来,残酷的现实让一个年仅五岁的孩子一下子变得成熟了。

丁晓仪出现时,现场周围已全部拉起了警戒线。当这个面色苍白、身材略微发福的女人急匆匆出现在楼下的时候,周围的议论声马上消失了,人们盯着眼前这个不幸的女人,似乎在等待着什么。当丁晓仪看到母亲的遗体被抬出来时,浑身开始剧烈地颤动,几双飞奔而来的手几乎在同一时间将她牢牢按住。面对着呼啸而去的警车,丁晓仪用手捂住了脸,身体一寸一寸地软了下去,紧接着,无声的悲怆从她苍白的手指间一点一点地流淌出来,最后,岩浆般喷薄而出!

这种发自肺腑的痛苦让现场所有的人为之泪下。丁晓仪再无情,说到底,她是死者的女儿,血浓于水,这一点任何人都代替不了,一如她的痛苦无人可以比拟。善良的人们总是很感情用事,他们很快原谅了这个不孝的女人。

作为这起案件的负责人,钱芳菲队长在翻阅案件卷宗的时候,看到里面是这样记载的:经现场侦察发现,所有的房屋和门窗都完好无损,没有任何攀爬、撬窃的痕迹。室内衣橱柜、箱子等处也没有翻动的迹象。尸检报告上是这样记载的:死者胃里发现大量安定成分,身体其他部位无异常情况,属自杀事件。

这起不幸事件在事发第三天的当地晚间新闻里一闪而过,之后很快就被一起离奇的强奸案覆盖掉了。在我们的生活中,即使是形形色色的离奇事件,也会像白驹过隙一样,忽然来临又悄然消失,有谁会在意这样一起普通的不幸事件呢?然而,一个月后的一个举报电话,让这起几乎已经被人们遗忘的事件重新弥漫上了一层扑朔迷离的色彩。

电话是由接线员转给钱芳菲的。举报人的声音听上去有种让人莫名其妙的激动:"天知道你们这群废物是怎么破案的,105室怎么会是自杀?她为什么要自杀,你们到底有没有认真调查?"钱芳菲正要询问他有什么证据证明是他杀时,电话里的人似乎根本不屑于听,继续说:"这个社会就是这样,黑白不分,是非颠倒,凶手整天在你们的眼皮子底下转悠,你们却浑然不觉,你们这群酒囊饭袋!"电话突然挂断了。钱芳菲被这个莫名其妙的电话弄得一头雾水。然而,接下来每隔一段时间,那个人的电话又会打来,说一段令人匪夷所思的话后突然挂断。有一次他在电话里说:"你们是不是以为我有病才打这个电话?我告诉你们,我是个富有正义感的人,我不能眼睁睁地看着凶手逍遥法外!我还可以告诉你们,这是一起蓄意杀人案,杀人不见血,你们明白我的意思么?我只能告诉你们这么多了,否则要你们这群废物干什么?!"

后来,当钱芳菲从暗红色的档案橱里,重新翻出那叠已经蒙上一层细细灰尘的卷宗时,举报人在电话里所说的话,再一次萦绕在她的耳边。

在一个细雨霏霏的日子,钱芳菲在司前巷1-15号找到了丁晓仪现在的住所。和雷肖肖离异后不久,丁晓仪就搬到了现任男友李向前的住处。李向前是个采购,经常在外出差。钱芳菲找到她的时候,这个女人独自在家。

丁晓仪坐在钱芳菲的对面,钱芳菲注意到,女人脸上略施薄粉,看上去精神状态还不错。她还注意到,一条神秘而不失妖媚的婚纱悬挂在床头。墙上,挂着一幅巨型结婚照。只是准新郎的脸隐藏在婚纱背后,若隐若现,仿佛丁晓仪依偎的,是一个缥缈而模糊的梦。谁会想到,一场突如其来的噩耗为这个即将到来的婚姻涂上了一层悲剧色彩,想到这里,钱芳菲不禁感慨世事无常,命运多舛。

当话题涉及母亲的不幸死亡时,丁晓仪马上低下头,记忆重新把她拉回到了不久前失去亲人的痛苦之中。

"你最后一次见到你母亲是什么时候?"

丁晓仪抬起头,抽噎着说:"半年前吧。"说完,旋即把头低了下去。

"半年?可是有人说,就在事发的前几天,看见你从母亲家出来。"

丁晓仪猛然扬起头,悲痛在极短的时间内转换成了愤怒。

"谁说的?他们在胡说!"

停顿片刻,她又极力使自己冷静下来,解释道:"我和母亲关系一直比较紧张,见面总免不了吵架,特别是我离婚后,基本上就不怎么来往了,最起码有半年的时间。警察同志,我说的可都是实话,你说,我为什么要撒谎?难道你们怀疑是我杀死了自己的母亲?"说到这里,女人显得悲愤无比。

"请你不要误会,这不过是一次例行调查,希望你能配合。"

沉默片刻,丁晓仪终于下定决心地说道:"其实前不久我是去过一次,可是待了很短时间我就走了。因为那次我们又吵了起来,吵得很凶。"说到这里,丁晓仪猛然在钱芳菲毫无预料的情况下,狠狠地扇了自己一个耳光。

"都是我不好,如果不是那次吵架,我母亲也不会……"她激动地抽噎着几乎说不下去,突如其来的泪水毁灭性地破坏了她的妆容,使她的脸看上去惊心触目。

"为什么吵?"钱芳菲心头一亮。

丁晓仪的眉峰紧蹙着,似乎回忆过去,对她来说,是一件非常痛苦的事情。

"还不是因为我的婚姻。当初,我母亲就极力反对我离婚,现在又不同意我和李向前的婚事。为这些事,她老是和我吵,那天吵得很凶。她这个人脑子原本就有些问题,那天可能我的话刺激到了她,她很激动,骂了好多难听的话,可我没想到她真的会走上这条绝路!"

"神经病?"钱芳菲感到有些意外。这一点和她所掌握的关于死者的有关情况存在不少出入。据对门那位寡居多年的张奶奶之前报料:"她家的什么事能逃过我的眼睛?这女人苦啊,她家那位先开始是抑郁症,后来抑郁着抑郁着,不知道怎么搞的,又成了精神病。他犯病了就打老婆,我可不是瞎说啊,警察同志,这都是我亲眼看到的。有一次他把女人的头摁在地上一下一下地磕,像鸡啄米一样……"这位神思恍惚的老人一边说着,一边伸出鸡爪似的手在钱芳菲眼前比画着,唯恐自己语焉不详。

还有一位看上去别有用心的老年男子,有一次在丹枫新村的门口冷不丁地截住钱芳菲的去路。他先是神情紧张地向四周打量了一下,然后压低嗓门:"谢兰芷是个好女人,她死得太突然了,为什么说走就走了,为什么?为什么?"这一连串的追问让钱芳菲一时无从回答,直觉告诉她,这位痛苦不堪的男人,大概是那个已故女人的暗恋者之一。

"你知道我母亲为什么反对我和雷肖肖离婚吗?"丁晓仪沉默片刻,神情诡秘地向钱芳菲问道。

"她经常趁我不在的时候去我家,而每次从我家离开之后,雷肖肖的短裤都会莫名其妙地失踪,你不觉得这是件很奇怪的事情么?更无聊的是,有一次,我竟然无意间在她的皮箱里看到了一大堆男人的短裤。我看她病得不轻!"说这话的丁晓仪,和刚才那个痛失母亲的女人简直判若两人。

敏锐的职业洞察力让钱芳菲对这个看似与调查毫无联系的无聊话题产生了浓厚兴趣,她正想追问下去,一个男人突然推门而入。钱芳菲立刻意识到,他就是丁晓仪现在的男友——李向前。

和雷肖肖的单薄瘦弱相比,面前这个男人除了高大强壮之外,眉宇间还有一种说不出的阴鸷。

李向前一言不发地看了一眼钱芳菲,丁晓仪连忙解释道,钱队长是来了解情况的。

"了解情况?"李向前语气怪异,"不都结案了么,自杀,还有什么好调查的?"说完,他往卧室一头走去。

"你觉得她为什么要自杀呢?"钱芳菲颇有兴趣地盯着男人的背影问道。

"为什么?"李向前回过身来,他的手在剃得发青的下巴颏儿上摩挲着,似乎觉得这实在是一个有意思的问题。他看看钱芳菲,又神情暧昧地看看丁晓仪,语气深沉地说道:"绝望,我想是绝望吧。"

"什么绝望不绝望的,你别胡扯好不好!我说过,我母亲这个人脑子有问题,一个脑子不正常的人干出点什么不正常的事,是最正常不过的事!"丁晓仪说着,挖了李向前一眼。

钱芳菲从丁晓仪家里出来时,已经是晚上八点。漫天的星星在遥远的夜空里静静地散发着光芒,一声声蛙鸣从池塘的荷叶下传来,更增添了夜的宁谧。

丁晓仪的变化莫测让钱芳菲心里疑窦丛生。凭她敏锐的职业嗅觉,她能感到这个女人除了痛苦之外,内心一定还隐藏着一个不为人知的秘密,这个秘密究竟是什么呢?如果真是他杀,凶手又究竟是谁呢?

钱芳菲后来又去了雷肖肖家,雷小马一个人在家。一碗方便面,一包榨菜,就是这个男孩一顿简单得不能再简单的晚餐。在很长时间内,这个沉默少语的孩子只顾着低头吃面。

钱芳菲环顾四周,没有女人的家,到处冷冷清清,一片狼藉,报纸杂志胡乱堆放。她注意到,写字台的玻璃板下压着一张家庭合影。照片上的丁晓仪,左半边脸不幸被一摊墨水浸染,整张脸看上去滑稽可笑。雷肖肖的手搭在女人的肩膀上,雷小马当时还被母亲抱在怀里。谁会想到曾经其乐融融的一家人,现在却是陌路。唉,世事难料!有着多年办案经验的钱芳菲,此时也不禁动了恻隐之心。

约莫半个小时的样子,雷肖肖胁下夹着一沓作业本从外面回来了。他胡子拉碴,神情疲惫,身上散发着一股浓重的烟味。见到不速之客时,一丝惊慌从他眼里一滑而过。不过,他很快就神态自若了。

钱芳菲单刀直入:"6月21号、22号这两天你都在干什么?"

雷肖肖稍稍沉思了片刻,就用语文教师那种特有的流畅自如的语言叙述了过去两天发生的事情。

21号下午,雷肖肖突然接到儿子班主任的电话,班主任在电话里火药味十足,一接通就狂轰乱炸:"你们这些做父母的怎么回事?!一点责任心都没有,都几点了,也不来接小孩,不打招呼不请假,当老师一个个是保姆……"

雷肖肖心慌意乱,挂断电话,急匆匆往学校赶,快到校门口时,一眼望见雷小马呆坐在花坛边,目光茫然,神情黯淡。

"外婆怎么没来接你?"雷肖肖语气里充满了对岳母的怨怒。

雷小马不说话,反瞪了父亲一眼,起身就往外婆家走。

父子俩一前一后到了谢兰芷的家门口,防盗门是紧锁的,而里面的门却虚掩着。雷肖肖敲了几下,无人应答。雷肖肖嘟哝道:"毛病!"后来,父子俩就离开了。

晚上十点左右,雷肖肖再次拨打岳母家的电话,电话依然没人接听。十点一刻、十点二十分、十点半,雷肖肖每隔一段时间就打过去,而电话那头像被催眠了,始终处于无人接听状态。时间一分一秒地过去了,雷肖肖再三迟疑,终于耐不住性子,拨通了丁晓仪的手机。

"她是不是出什么事了,我打了一个晚上的电话,家里也没人,会不会……"

几秒钟,也许不到几秒钟,雷肖肖却觉得电话那头的人,似乎昏睡过去,过了很长时间,才听她冷冷地说道:"她能出什么事?她要出事倒是好事,所有的账从此可以一笔勾销!"说完,丁晓仪摔断了电话。

第二天,一整天,雷肖肖都心神不定,他觉得有种不祥之气仿佛天上的乌云一样,越积越厚,越积越多,似乎预示着一场大风暴即将来临。后来,他就接到了张奶奶的电话。事情的经过就是这样,雷肖肖努努嘴巴,以示自己的话已经说完。他走到窗前,点燃一支烟。一簇红色的火光在暗夜里一霎一霎,仿佛一只只诡秘的眼在无边的黑色幕布下大施魔法,不断吞吐出一缕又一缕的烟雾。

"你们为什么离婚?"钱芳菲话锋一转问道。

夜色中,男人的肩膀微微一颤。

"为什么?"雷肖肖的语气颇有些嘲弄,他对着黑暗吐了一个又大又圆的烟圈,说道:"碰到有钱人,哪个女人不想跟了去?"

难道仅仅是因为这个原因?钱芳菲想起了李向前和那幢隐藏在林间的红色小楼。显然,男人在物质上的悬殊差距,让有些女人做出抛夫弃子的举动也不是没有可能。可是,除此之外,难道就没有其他理由?她想到临走时与丁晓仪的谈话,如果谢兰芷的特殊爱好,可以看作是一个精神不正常的人的正常表现的话,那么,雷肖肖呢?难道他作为一个正常人,就泰然自若地接受了这件令人无法启齿的事情?况且,作为一个丈夫,如果发现短裤屡屡丢失的事情,为什么对妻子只字不提?为什么谢兰芷总是挑女儿不在家的时候出现在她的家里?一系列的疑问,让钱芳菲对这个特殊的家庭充满了疑惑。

"听说,丁晓仪的母亲一直很喜欢你,几乎把你当亲儿子看待?"钱芳菲假装漫不经心地问道。

"她母亲这里有毛病,"雷肖肖指指自己的脑袋,"她病了好多年,动不动就要发作。我想,丁晓仪可能已经告诉过你了。"

钱芳菲注意到,他点烟的手有些颤抖。

当晚,钱芳菲接到侦察组小刘的电话,他说打匿名电话的那个人查到了。虽然他每次变换使用的都是公用电话,但是因为他的长相过于惹人注目,所以据公用电话亭的一位老人提供线索,这个叫冯一清的男人很快浮出了水面。他在离丹枫新村不远的地方开着一家私人药店。

钱芳菲出现在药店门口的时候,这个长阔脸,狮子鼻,年过半百,已经谢顶的药店老板,正跷着二郎腿横躺在树荫下,屁股底下的藤椅随着他身体的摇晃,不时发出一连串扭捏的叫唤。他斜扫了来人一眼,嘴角得意地向上扬了扬,似乎对她的到来尽在意料之中。

他那只胖得出奇的大手在玻璃柜台上得意地一拍,说道:"我一开始就觉得奇怪,他先开始在我的店里转来转去,后来说什么要买一瓶安眠药。一瓶安眠药?我说你开什么玩笑?如果我卖给你一瓶安眠药,明天我的药店就可以关门了。他又说,'半瓶呢?半瓶总可以吧?'他揉揉额头,似乎头很痛的样子,说,'我晚上睡眠不好,你总不能让我为买这样一个东西,一趟趟地来回跑吧。'我说你以为这是菜市场买菜,还可以讨价还价?没有医生的处方,别说半瓶,就是半粒,我也不可能卖给你!他后来走了,第二天又来了,手里拿着一张处方,从我这里买走了六粒安眠药。后来,他一连来了好几次,每次都是买六粒。我还好心劝他,这种东西吃多了,要依赖的,你为什么不试试其他方法?比方说心理治疗。他听到这句话居然大为光火,说,'你看我像是有病的人吗?我只是睡不着,睡不着而已!'他后来不来了,再后来,丹枫新村就出事了。"冯一清说到这里,故作诡异地冲钱芳菲眨眨眼。

钱芳菲有种直觉,他所说的这个男人就是雷肖肖。不妨做一个大胆的假设,雷肖肖一次又一次地设法从冯一清手里买走安眠药,不是买给自己吃,而是买给他的岳母吃!钱芳菲不由得为这个大胆的推断感到一震!然而,她还是疑惑不解,因为从现场侦察和尸检情况来看,死者应该是在没有任何外力的作用下吞下了一整瓶安眠药。那么,谢兰芷为什么要自杀呢?毫无疑问,她的自杀与雷肖肖有着剪不断理还乱的勾连。一时间,钱芳菲觉得眼前的一切忽而明亮,忽而迷茫。

"雷肖肖?可是我们凭什么断定他是凶手呢?你知道,法律是讲求证据的,可不容许妄加揣测。"钱芳菲神情严肃地说道。

"证据?你以为我吃饱了在这里胡说?我亲眼看见,亲耳听

一个女人的死亡之谜 / 081

到,这里面难道还有假?!"冯一清一时间激动得额头油亮。

"你看见什么,又听到什么?"

"他们抱在一起,抱在一起你懂不懂?"冯一清说着双臂交叉将自己的身体抱住了。"后来,我看到那家伙又一把把她推开,跪下来苦苦哀求她,我求求你,不要再纠缠我了,行不行?!女人看到他哭,还上去抚摸他的头发,可是被那家伙的手一把挡开了。她还不肯罢休,说'你是不是嫌我老了,是不是?'她紧追不放,一次次试图把他的手抓到胸前,可是他却像躲避瘟疫似的逃开了。女人恼羞成怒,说'你是个骗子!你当初为什么要背着晓仪勾引我,为什么?后来给她知道了,她却认为是我在勾引你,她心里恨死我了。我是个罪人,我真是个罪人!呜呜……'女人说到这里时,不由得失声大哭,后来突然跳起来从对面的五斗橱上抓起一把水果刀就往胳膊上划去,那个家伙反应过来,扑上去一拳打飞了。"

"你当时在哪里?"钱芳菲听到这里时,不由得打断了药店老板的叙述。

冯一清表情讪讪地笑笑,拍拍自己的额头说道:"那天晚上,我正好路过她家,当时窗帘半掩着,我只要头稍稍一探,就可以看到他们扭扯在一起。过了一会儿,我听到那个家伙居然无耻地说,'你想死是不是?好,我这里正好有一瓶安眠药。'说着,他从口袋里掏出一个白色的药瓶,扔到她面前,然后夺门而去。"

听到这里时,钱芳菲的眼前似乎出现了当时的情景,女人饱含泪水的眼睛里,流露出的是一种失去理智的疯狂,这种不伦之恋在给她带来巨大幸福的同时,也挟裹着巨大的痛苦。这种痛苦足以让她做出任何疯狂的事情。而那个弃她而去的男人,恰恰是引她走上这条不归路的罪魁祸首!

"那个家伙走后不久,丁晓仪就来了。她一进门,一下子就嗅出了房间里弥漫出的一股非同寻常的气息。看到母亲坐在床头一

副失神落魄的样子,她迟疑了一下,把一个红色的请柬放到她面前,表情平静地说:'我要结婚了。'

谢兰芷听到这句话时,猛然抓起请柬撕个粉碎。后来,她们母女之间发生了激烈争执。

丁晓仪气急败坏地说:'你别以为我不知道你们俩的那些破事,我告诉你,你们自以为可以瞒天过海,可是瞒不过我,瞒不过你们的良心!你们要遭天打雷劈的!'她说完摔门而去。

我看到谢兰芷当时听到这句话的时候,眼神可怕极了。这个女人肯定是绝望了。"冯一清说到这里,长叹一声,神情变得黯然忧伤。

钱芳菲从药店里出来时,一股冷风冷不丁灌进了衣领,让她不由得从心底升起了一股无法抵挡的寒气。至此,谢兰芷的死亡之谜应该算是真相大白了。然而,这个结果却让钱芳菲的内心沉重无比,一件没有凶手的凶杀案,她明明可以看到凶手亲手制造了一场杀人案,却只能任由他逃脱法律的制裁。这时候,她似乎听到死者的苦苦哀求,一次次地回荡在耳边……

企鹅溜冰场的月光

1

朱荔给人高冷的感觉，但在殷宝珍面前，她高冷不起来，那是因为殷宝珍掌握她的老底。

随便挑一样说吧，朱荔的双眼皮就不是天然的。朱荔从小就比别人多长个心眼儿，表现在行动上，就是超乎常人的敏感。十八岁那年，朱荔离开小镇念大学，用替广告公司撰写文案赚来的钱，偷偷给自己拉了双眼皮，从此就像换了个头，没人识出破绽，因为手术不是一般的成功啊，比朱荔姐姐的欧式双眼皮天然多啦。二十多年后，这种变美的效果，同样显现在朱荔的女儿青玉身上。这就是为什么大老远的，殷宝珍一家攒着劲儿过来，要给女儿菲菲眼皮上划拉一刀。不管时光多么流逝，她们中学时代结下的那段温柔、忠诚的友谊，就像企鹅溜冰场的月光，雪绒花般飘落下来，让亮光光的冰面都晕出茸茸的毛边感。

朱荔很想尽地主之谊，但临近年末，她帮人打官司忙晕了，想不出更好的办法招待他们一家子。要命呀，他们留给她的时间只有半天，明天一大早就要返程。后来，她脑回路清奇，提议去坐摩天轮——她的记忆恐怕还没从旋转木马那个年代缓过神来吧。

朱荔开车,她的车技貌似差得不是一丢丢。总是迷路、看错导航,这让她显得气急败坏,缺乏耐心。她说设计城市道路的人肯定是个大笨蛋、路痴。律师事务所的人或许大抵如此,谈判水平没得说,生活技能可不是一般的差呀。贵气而厚重的发髻,半截白腻腻的脖颈儿,一身价格不菲的浅蟹灰西装套裙,象牙白绉绸衬衫,戴着珍珠母贝腕表的手牢牢把住方向盘不放。从殷宝珍坐的副驾驶这个角度看过去,朱荔是那种不可抹杀的职场女精英,令人担忧的女司机。

"我们就怕麻烦你,"殷宝珍说,"你这么忙,我们跑来给你添乱来了。"

"是啊,我们来的不是时候。"郎坤接上去。

幸亏菲菲术后留在酒店休息,不然他们一家子非整个三重奏出来不可。朱荔可不希望他们把小地方人的那种生分带过来,弄得大家都扯不起闲话。

殷宝珍个头不高,胖嘟嘟的,不过还是挺优雅的。一身杏仁色的好皮肤,不带一点儿雀斑。大眼睛里依然汪着水,只是变浑浊了,好像磨毛的玻璃弹珠。朱荔记得那时候她美丽的小嘴时常迷惘地噘着,好像想起什么伤心事来。现在她的嘴唇变小变薄,时不时发出短促而紧绷的笑,类似于马的轻嘶。包括她的好脾气,也近似于脾性温良的马儿。过去每当朱荔遇到悲伤或过不去的事,她都会温柔地贴过来,握住她的手。朱荔每天早晨醒来,想到殷宝珍,都莫名其妙地开心。

那年夏天的一个午后,在朱荔家院子的榆钱树下,她们偷吃了她爸爸窖藏的一罐米酒。结果吃醉了,倒在床上搂着睡着了。朱荔先醒过来的,她第一次发现殷宝珍都有了乳沟,还是很深邃的那种,她假装翻了个身又睡去,但呼吸已经很不匀了。还有一次,她们躲在学校的女厕所抽烟。殷宝珍偷她老爸的。她趁他午睡,从他眼皮子底下的上衣口袋里摸到香烟壳,抽出一支,把烟盒抖匀放回去,整个过程像个老手。她们轮流吸那支烟,试着朝空中吐烟圈,但每次都失败。朱荔说我们怎么那么像两个女阿飞啊,又说你爸爸的烟可真心难抽。殷宝珍说我看你这个样子很享受呢。结果呢,这些话和烟雾,袅袅婷婷地送到隔壁男厕所,很快她们俩就臭名昭著啦。

2

郎坤走出站台时,让朱荔大吃一惊。他那么瘦,像纸片人,风衣鼓起风包来。殷宝珍解释说大前年他去工地查看工程进度,忘记戴安全帽,工程监理给他汇报工作时,他边走边听,结果一脚踏空,从三米高的平台上掉下来,后脑勺先着地,摔坏了。"那是一次变故,像死过一回。"殷宝珍补充道。朱荔拢住她的肩,感觉那肩膀比她能承事多了。

朱荔找泊车位时,郎坤已抢先买好门票,朱荔脸上一阵烫,但她没说什么。走到检票口处,郎坤说:"我就不进去了,我正好坐在外面吸两口烟。"

"你不会因为害怕吧?"朱荔目光锁定他说,"那可完全没必要啊。"

"他有点恐高呢。"殷宝珍回答。

"我自个儿在这里坐会儿好了。"郎坤说。

殷宝珍笑了:"自个儿坐着,就是我老公现在最大的乐趣呢。"

那可是全球最大的水上摩天轮,坐落在粼粼波光的湖面上空。远远望去,犹如一架缀满百宝箱的大风车。吊舱里只有她们两个人。摩天轮似乎根本没在移动,尽管她们知道吊舱正在以令人难以察觉的速度上升。下方的事物也在一点点变化,那些欧式风格的尖顶城堡、小溪、吊桥、树木,所有东西都像玩具一样精巧完美,地面上的人变得弱小。她们升得越来越高,目测都快一百来米了。湖面在眼前铺展开来,深色的水面上,有闪闪发亮的波纹,盘旋的水鸟,竖起桅杆标志的游艇码头,快艇尾后迅速排出的白浪。

"你不怕吧?"朱荔说,"我保证不会有任何问题,还可以一清二楚地看到风景变化呢。"

"真棒啊!"殷宝珍感叹道。"我真高兴没白来,想想天堂也不过如此。"

"哦——当然。"朱荔说,"很快我们就要到达至高点啦。瞧见没,整个儿湖面像一只金鸡,这里面可都是有来历的。传说当年吴王夫差的女儿琼姬,就是从这里跳湖自尽的。对面那个鸡心似的湖心岛,是琼姬面湖思过的地方。她老爸那会儿可给西施迷惑得五迷三道,连女儿的话都听不进去了。还有左首那条长堤,是清代的商业街呢,待会儿带你们去那里。"

"那个岛能上去吗?"殷宝珍问。

"当然,我们待会儿就可以去。"

"哦,还是算了,以后有的是机会。"沉默了一会儿,殷宝珍又说:"看到你真高兴啊,以后我们要多找机会聚聚。说实话,除了你,我这些年好像都没什么真心朋友。"

"记得我们过去有多疯吗?"朱荔感慨道,"那个溜冰场还记得吗,还有溜冰场的灯光?怎么都忘不了呢。有时候,我头一抬,总以为是一轮月亮在我眼前明晃晃地照着。"

"怎么会不记得呢,那些日子一去不复返啦。"殷宝珍说着,摸索出包里的纸巾,用力按压了一下眼角。

那会儿,就在吊舱小小的天地里,在被悬空的世界里,她们沉默下来。望着远处无法确定的东西,一种从地面缓慢剥离、飘飘忽忽、难以言喻的感觉,在朱荔心中升起。从十几岁到四十几岁,这中间有多大的跨度啊，属于她们共同的东西，却只是其中很小的一部分，现在这部分被凸显出来，就像这会儿，被高高地举在半空，几乎是停滞的状态。那些梦想、誓言、谎言和错误，仿佛就在变幻不定的云层背后，一直都在那儿，从来没有发生过变化。唯一变化的，却是她们精心雕饰的面容下，那些一不留心就暴露出来的衰老和恐慌，那些谢幕了却还留下影子的白月光。

3

那时候，朱荔家有个带花园的院落，她父母住东厢房，她和姐姐朱樱住西厢房，殷宝珍经常去她家蹭吃蹭住。白天，她们三个假扮仙女下凡，披着纱巾，爬上土丘或矮墙，飘飘然飞下来。鱼池边洗濯一番，无病呻吟两下，再假装父王召唤，匆匆飞回天庭。朱荔很容易入戏，表演过头。有一次，她嫌不过瘾，爬高了，飞下来的时候，崴到脚脖子，一夜之间肿得像条瓠瓜，变成了瘸腿仙女。夜里，她们躺在床上，互相讲述最喜欢的颜色、花朵、迷恋的电影明星、流行歌曲。讲到兴头上，会像猫头鹰那样叫上两嗓子。朱荔的母亲把窗玻璃敲得砰砰作响，威胁她们再敢叫一嗓子就把她们统统扔出去，或者用针把她们的嘴巴缝住。有时候，她们半夜结伴去小便，蹲在苹果树下，借着月光看那些发亮的液体，怎么像蛇一样蜿蜒着消失了。偶尔会听到苹果落地的声音，那闷闷的一响，都把朱荔的记忆砸出陨坑来啦。

关于朱樱和她男朋友的新鲜事，朱荔总会第一时间告诉殷宝珍。她表演他们亲嘴的动作，形容他们像两条饿疯的小狗，啃在一起，互相蹭来蹭去。"真让人恶心。"朱荔说。她猜他们肯定做过那种事了，不然她们盖的粗羊毛毯上怎么会有股怪味儿，难闻死了！"他们真不知道羞啊，"朱荔说，"我还要在那张床上睡觉呢。她以为把床单拉拉整齐别人就不知道了？我去！"

她们经常趁朱樱跑出去和男朋友约会的机会，把她的化妆盒抖翻在床上，拼命往脸上抹那些个粉饼啊、睫毛膏啊、口红啊。朱荔的脸，苍白得都足以友情出演恐怖片里的女鬼。殷宝珍的嘴巴，涂抹得像小说《德古拉》中的吸血鬼。她们笑抽成一团，刺猬那样在床上滚来滚去，眼泪都飞溅出来了，可就是停不下来。她们真是臭美到家啦，用烧红的火钳互相给头发烫卷，那股臭烘烘的煳味儿，朱荔可真是永生难忘。每年夏天，她们都把花园里的凤仙花采下来，加明矾捣碎，包进绣球花的叶子里染指甲，睡到半夜手指肿胀得难受，都不肯前功尽弃。朱樱说你们的指甲一定是给屁熏黄了才这么难看吧。她把一瓶涂上后显得手很白的焦糖色指甲油，藏得比耗子洞还深。但那有什么用呢，朱荔总有办法搞到手。

朱樱有一件钴蓝色的羊毛大衣，带着一个很奢华的白狐狸毛领子，是她男朋友送的。朱荔有一次偷穿出来，站在殷宝珍旁边，心里有一种深深的、不由自主的、无法言说的优越感。殷宝珍显得有点儿不知所措，只好去研究路边的电影海报。

她们试着改过名字。朱荔是从朱丽变来的，殷宝珍变成殷希众。在没正式公布之前，她们已经开始用新名字互相打招呼、写便条了。在学校里，她们把作业本和教科书上的名字用削笔刀轻轻刮掉，重新写上新名字。

"殷希——"老师晃了晃作业本，红了脸，"好古怪的名字，我们班里根本没这么个人呀。"

朱荔这个名字却没遭到任何非议，因为她的长相啦、性格啦、举止啦，和这个名字毫无违和感，发音也一样。谁都不觉得别扭，而且他们更喜欢和现在这个叫朱荔的漂亮女孩做朋友。没过多久，朱荔把家里的户口本偷出来，自说自话地去公安局改了名字，等于板上钉钉。这件事，她没告诉殷宝珍。

殷希厶这个名字就不好说了。从宝珍跳到希厶,除了有种怪怪的、不搭调的感觉外,还有点故意为难人的味道。既然殷宝珍的新名字没得到大家认同,她改名字的心也就死了。

4

冬天来了,那些下河摸鱼、进树林摘野草莓之类的户外活动都只能停了。她们无聊透了,晃悠到溜冰场附近时,给场上劲爆的音乐、男男女女的尖叫、口哨声和风一般的速度吸引过去。她们的脚立刻就绊在那里,尽管她们谁都不会溜冰,连冰鞋都没摸过。

溜冰场在南寺桥桥堍,离朱荔家只有两条大街远,中间隔着一个农贸市场。在朱荔的记忆中,溜冰场大门口,立着一对半米来高的石膏企鹅,笨笨的、傻傻的。她们管它们叫企鹅先生,因为溜冰场的老板是兄弟两个。溜冰场过去是一所小学的操场,后来经过一番改造,变成了一个长方形的大冰场。四周用铁栏杆围起,冰场中央高悬着一只大射灯,打出一轮月亮般的白色追光。周围是忽明忽暗的小彩灯,制造出流星划过夜空的灯光效果。录音棚里一首接一首放着音乐,《野人的士高》《越夜越有机》《摇啊摇》《兔子舞》。兄弟俩雇了几个小青年,专门控制灯光、音乐,清理冰面、积雪,以及到处乱扔的香烟头、饮料瓶、包装袋。还有一对老夫妻,从穿着打扮上估摸,和这对兄弟应该没什么关系,负责收售门票和日常管理。

"你猜他们是亲兄弟吗?"在溜过两次冰、摔痛过好几次屁股、出过一番洋相后,她们汗津津地靠在桥头的栏杆上,望着往来的车流,朱荔问殷宝珍。"我看不像,"朱荔自问自答,"弟弟像从泥地里爬出来的,哥哥像草地里的蛇。"

"我猜是表兄弟吧,"殷宝珍说,"哥哥像蛇么?他只不过是瘦而已,像被风抽打过。"想了一会儿又说:"他都不怎么说话,眼睛都不带瞄一下人,好像瞧一眼别人会立刻要了他的命。"

朱荔眼前浮现出哥哥的样子,高而瘦的身体,失血的肤色,冷漠的细眼睛,看人时意味深长的眼神。"我猜他注意到我们了,你摔倒时,我看到他往我们这边使劲瞧呢。他又不是第一次见人摔倒,肯定是你裙子张起来的时候,给他看到啦。"

"看到什么呀,我穿着牛筋裤呢!难道你没摔过?你的尖叫也够夸张的,我估计没人会听不到吧。"

"反正我不想再去了。"朱荔说,"你以为那帮家伙推推搡搡,像发情的狗似的哇哇乱叫,是因为好玩、带劲?他们想勾搭漂亮女孩子呢,他们满脑子就想着干坏事呢!"

"他们觉得我们算是那种漂亮女孩?"

"他们算老几呀!"朱荔扬起头,附上一脸正经,"反正我是不会再去了,我发誓我这辈子都不会再去溜冰了。"

朱荔确实没再去溜过冰,但她后来经常有意无意从溜冰场经过。有一次,她从那里走过,看到企鹅哥哥正一个人坐在溜冰场的后门看书。

"嗨!"破天荒的,他冲她打了个招呼,旋即又把头埋下去。

朱荔都忘记她当时是怎么走过去的,她瞥了一眼书名:《飘》,玛格丽特·米切尔著。"这本书我看过。"她假装漫不经心地说。

"是吗?"他抬起头看着她,目光没之前那么冷,而是闪过一道亮光,"说说看,里面你最喜欢的人是谁?"

"白瑞德。"朱荔脱口而出。但她马上又想改口,觉得自己想说的人其实是郝思嘉。

"白瑞德?"他沉思片刻,"那你印象最深的是哪一段呢?"

朱荔一下子紧张起来,天呢!她根本想不起"哪一段",好像谁把她的头打漏气了。

"爱女夭折那一段?"他扬起手中的书,"我刚看完这部分。你想说的是这一段吗?"他这会儿露出微笑了,好像把她逼入死角后又伸出援手。

"不是。"朱荔答道。她现在没那么紧张了,尽管她已经回想起来。当时看到邦尼死后、瑞德被击垮那一章时,她都有点痛不欲生了,但她不想去证实他的猜想。"郝思嘉后来自己经营锯木厂那件事,我觉得这部分写得不错。"她说。危机解除后,她的思路哗啦一下畅通无阻,很想和他继续聊下去,关于郝思嘉的反叛行为、个性刻画,以及性格中那些给人鼓舞、为人称道、毫不虚伪的东西,她觉得自己能谈点看法出来,毕竟她不是那种空长着漂亮脑壳的女孩子。可是随着她的滔滔不绝,她发现他的注意力已经没刚才那么集中,甚至微微蹙起眉头。她隐隐懊恼,旋即意识到自己在故事情节上犯的错,然而,机会已经在草草收场了。回家的路上,她想,也许只有拼命读书才能博取他的关注。可是,她又觉得他真够讨厌的,她真想在他的轻蔑上啮出一个洞来。

5

"我有个秘密要告诉你。"殷宝珍说这话的时候,春天刚打头,冬天的痕迹还未完全抹去。"有人想和我交朋友,他说第一次看到我的时候就喜欢上我了,问我愿不愿意和他一起去看场电影。"

"谁呀,哪个家伙脸皮这么厚?"朱荔一脸惊讶地问。

殷宝珍随即说出一个名字。"我们学校有这么个人?你答应他了?话说他追求女孩子的手法也太缺乏想象力了吧。"朱荔说。

"他是企鹅弟弟呀!"殷宝珍不满地叫起来,神情开始发窘,就好像刚刚受到侮辱和意识到可悲似的。"我有那么蠢吗!你不是说他脏兮兮的,像在泥地里打过滚吗?"

"我也要告诉你一个秘密。"朱荔说。这样说她自己都大吃一惊。但是一个突如其来的想象,正用力推着她走,想退缩都来不及了。

也有人追求你?你没告诉过我!他是我们学校的?我见过吗?殷宝珍盯住她不放。"你太不够意思了,朱荔!我们答应过彼此之间要分享秘密的。"

朱荔咬咬嘴唇,似乎打算把秘密咬碎吞掉。

"快说!"殷宝珍发起狠劲来,伸出手,把朱荔的两只手锁在自己膝盖上。"他帅吗?高大吗?你是不是也喜欢他?你为什么不说话?"

朱荔憋住笑,她只是想逗逗殷宝珍,没想到她这么容易上当。朱荔只好继续编织下去:"我们相爱了,彼此爱得很深,都到了失去对方就没法呼吸的地步。但这件事他不想让其他人知道,他说伟大的爱情通常会隐藏在深处,像谜一样的大海,要学会倾听——"

"哇哦!"殷宝珍明显被深深刺激到了,好像她从来没有这么大开眼界过。但如此一来,她更是备受煎熬。"朱荔,我难道这么不值得你信赖,我们到底还算不算好朋友?你这个重色轻友的家伙,我早就知道你留着一手!"

激将法在朱荔身上根本不管用。殷宝珍只好改变策略,用银手镯啊,镶假钻的发夹啊,一套精美画册附带一支派克钢笔啊,展开一连串诱惑。"这些统统归你,这下你总该从实招来吧。"

"我可不是贪你这些东西啊。"朱荔很不情愿地说。这次她可不是假模假式,因为即使背叛想象出来的爱情,她认为也是对爱人的不忠,她宁愿在想象中展开的爱情,是严肃而忘我的,是彼此信誓旦旦而绝对忠诚的。但是她再不说出来,殷宝珍就要急哭了。"如果我告诉你,你必须烂在肚子里,不然我们就友尽!"朱荔说。

"我发誓,我要是说出去,出门就被车撞死!"

"别说得那么吓人好不好,你好好活着,遵守你的诺言就是了。"朱荔说,"是——企鹅哥哥。好了吧,我们撞到一家人了。"说完,朱荔自己先惊一跳,天呐,她居然不知道"爱人"叫什么!好在殷宝珍已深陷其中,压根儿没意识到这一点。

"什么,你不是根本瞧不起他吗?你说他瘦弱得像被人拖出去揍了一顿,你在开玩笑吧!"

"我这样说过?但他博览群书,无所不知,精神上的富有完全可以抵挡一切啊。"

"我真是给你整晕了!他像块生铁,我无法想象他能说出那些让人恶心的话来。"

"这你就不懂啦。"朱荔说。

6

那年春天,对朱荔来说,可真是个烧脑的春天。她与企鹅哥哥陷入了一场由她自导自演的恋爱幻想剧,并且感到了前所未有的幸福。她一定是脑子烧坏了,不然不会自我编排得那么投入,以至于她不允许自己把它作为一场想象中的事情来看待。她坚信它是真实可信的,只不过提前发生了。于是,她开始穿凿附会,安排各种情节故事,添加种种细节和插曲。既满足了殷宝珍的窥探心理,在假戏真做中,她也醉心于教科书式的爱情戏剧。事实上,他们之间的对话常常是东搬西抄、有一搭没一搭的,有时候需要视情节而定。但最终都会绕回俗套,免不了羞羞答答、搂搂抱抱那一套。她觉得这其中很重要的一点,是受朱樱和她那个红鼻头男朋友影响太深,害得她仿佛已经被企鹅先生逼入死角,只好乖乖就范。

同样,在她的想象中,企鹅哥哥也一改冷漠,被她的美貌、超凡脱俗的气质所打动。他对她的爱,与日俱增,难以自拔,爱到后来都禁不住忧郁了。他的眼睛意义无限地注视着她,慢慢俯下身子,虔诚而无法自持地吻她美丽的眼睛、圣洁的额头、柔软的头发。但无论发展到哪一步,他都不会乱来一气。他会尊重她的意愿,等待她的下一个暗示。

"你让他吻你了?"殷宝珍穷追不舍,不肯漏过任何一个细节。

"如果吻额头也算的话,那就是了。"朱荔回答。

"可他明明知道我们是好朋友,为什么对我连招呼都不打一个?"

"什么,你去溜冰场了?居然不告诉我!"

"我没去。"

"那你怎么会碰到他?"

"话说你那位企鹅先生的脚不可能被溜冰场的冰给冻住吧,他总有别的地方去,也许他正在找你去的路上呢。鬼才知道!"

"哦——"

企鹅先生会来找她吗?或许只是时间问题,他太专注于起步不久的事业,还有手头的大部头读本,导致他暂时腾不出手来思考另一件人生大事。这样一想,朱荔就原谅了他的缺场。但困于缺乏临场经验,导致这场恋情的场景总是在原来的套路上来回打转,满足不了她的更大渴望。于是,她把沉甸甸、毛茸茸的头发塞进爸爸的鸭舌帽,套上朱樱的派克服,打扮得古里古怪的,在夜晚溜出去,沿着溜冰场后门一带晃荡着。隔着一堵围墙,尖叫和冰刀刮擦声时不时钻入耳朵,弄得她心里刺痒痒的。她顺着一棵槐树的粗枝丫,爬上去,拨过那些恼人的枝叶,看下面溜冰的人。冰场中央,那道追光非常炫目,影子似的飞来飞去,彩灯也很美,忽明忽暗,流光溢彩。两队人马在打比赛,他们在安静的恋人和一排排摇摇晃晃的女生之间来回穿梭,以旋风般的速度,炫弄各种花样滑冰。张开双臂,在冰面上突然腾空一跃,再不就是打着旋儿,停不下来。

朱荔看了一会儿,觉得没意思了,并没有她感兴趣的东西,她打算离开这里。就在落地的那一刻,突然听到暗处,有人警告地喊了一声,她慌得差点一头栽在地上。

原来是企鹅哥哥!在距离不远处,等他认出她来,他突然说:"你过来,我问你一件事。"

朱荔走过去,心跳加快,两腿发软,脑袋一片空白。不过,她是谁呀,她是响当当的朱荔,拎得住世面的朱荔。即使幻想中的爱情真的来了,魔力骤显了,她照样能表现得矜持而不为所动。

"你说,媚兰如果知道她丈夫在外面有女人了,她会怎么想?"

"啊?"

"你忘记了?《飘》里面有没有写到这一段。发现卫希礼和郝思嘉之间的私情,那个可怜的女人她会做些什么呢?你的小脑瓜子里面有没有想过这个问题?"

"哦——我不知道。媚兰最后不是死了吗?她都死了,还会有什么想法呀。"

"你可真是个残忍的女孩子。"他的微笑渐渐消失了,眼神变得严厉起来。"现实中呢,如果她还活着,她会不会非常痛苦,痛恨那个给她制造伤害的人?"

"我不懂你在说什么啊,制造什么伤害?到底谁伤害了谁?"

"好吧,让我来告诉你。"他走近了,凑在她鼻子下面,她几乎能嗅到他呼吸里射出的冰冷的白色火焰。"停止那些谎言吧,小姑娘!不要再抱任何幻想,这对你没什么好处。我相信你这么聪明的脑壳里,不会想不明白这里面的道理吧!"说完,他拍拍她直愣愣的肩膀,走开了。

她居然在没搞清楚他是有老婆的情况下,就忙活着搭建属于自己的爱情殿堂了,真是鬼迷心窍、魔鬼上身啊!尤其让人羞愧难当、毫无准备的是,被人当场逮着,赤裸裸地戳穿谎言,一针见血,句句扎心,她恐怕至死都难以忘记啊!如果可以的话,她想立刻从地球上消失。

7

殷宝珍已经连续迟到几次,班主任清点黑名单时,叫到她的名字,抬起头。"怎么回事,你又有了?"全班同学哄堂大笑,殷宝珍的脸霎时红成烙铁。她的作业本上经常沾满墨水和污渍,被各科老师打出一个个鲜红的大叉或者一连串惊悚的问号、感叹号,课本也总是丢三落四,她解释说背英语单词背得太晚,落在枕头上了。老师考她单词,她不是张嘴结舌,就是陷入一团迷雾。殷宝珍瘦了,苍白了,眼睛里没光了,甚至连头发颜色也变浅了。

殷宝珍生病了,请了一周病假。生病期间,朱荔去看望她。她没精打采,一脸消沉,正望着窗外发呆。朱荔帮她把落下的功课补上,一起做完家庭作业,又打了一会儿俄罗斯方块。见殷宝珍的情绪有所好转,朱荔就回家去了。

第二天是个礼拜天,殷宝珍突然来找朱荔,提议去展览馆看怪胎。她说这话时,好像胃痛发作,表现出一种夸张的焦灼和难耐。朱荔记得那天,她们走在大街上,在午后阳光的追逐下,像两条各自心怀鬼胎的小狗。

穿过展览馆那条阴森可怖的过道时,隐隐约约闻到空气里有股怪异的气味,仿佛是走在叶的腐烂和尿的气息里。她们在这种空气中走了很久,又好像走了没多久,一个闪烁着诡谲光线的房间出现后,她们不由自主地被那种奇特的光吮吸而进。然后,她们看到眼前这一幕:在光怪陆离的长方形展台上,放着许多盛满液体的透明玻璃瓶,每个瓶子里面都悬浮着一个静止不动的婴孩,看上去仿佛是浸泡在陈年老酒坛里的人参果。他们形状怪异可怖,柔软的藻类似的身体蔓延出一股腐烂的死亡气息,紧闭的双目和面带圆满的微笑,仿佛在不动声色地召唤着某种神秘的魂灵。她们无声地穿行在瓶子与瓶子之间,看到自己苍白失血的脸在上面闪烁不定,被不断切割成各种抽象的形状。她们听到自己的心跳,仿佛冷漠的石头,在一下一下重重地敲击身体。她们感到呼吸快要停止,喉咙口有一股难闻的气味即将喷涌而出。这时候,她们开始往外走,越走越快,后来几乎是一路奔跑着,冲向花坛边的石凳。殷宝珍趴在那里,痛苦地呕吐起来。

太阳照在身上,朱荔感到一种坚硬的冰凉。

在回去的路口,朱荔听到殷宝珍的声音在身后嗡嗡响起:"朱荔,我肚子里好像有个东西。"

"什么?"朱荔回头,诧异地盯住她。

"有个东西,在我肚子里,老是在动。"殷宝珍一脸痛苦地说。

"你到底在说什么?"朱荔瞪大了眼睛。

"朱荔——"殷宝珍几乎带着哭腔了,"我怀上娃娃了,我要死掉了!"

朱荔倒吸了一口冷气。

两天后,朱荔陪殷宝珍坐着大巴车,到另一个镇医院打了胎。

那是朱荔第一次了解到,殷宝珍迟到都在干什么。一开始,殷宝珍对企鹅弟弟的纠缠表现得像一条戒备心十足的小狗,后来就暴露出她小女孩的幼稚。他是靠激将法解除她的武装的:"你该不是害怕了吧?"

"别以为我是个胆小鬼!"

"我打赌你不敢和我去一个地方。"

"现在就去!"

从医院回去的路上,朱荔对殷宝珍说:"那件事是你告诉他弟弟的吧?我其实第一个应该想到的人就是你。"

"你可千万别生气啊,我知道我错了……但是,我不得不告诉你,如果不是因为你的那些话,我怎么会答应他弟弟呀!"说完,殷宝珍把头偏向窗外,无声地啜泣起来。

朱荔没说话。关于她和企鹅哥哥之间的恋情,她压根儿没意识到,那些想象出来的痴情告白,让人脸红心跳的示爱动作,电击一般的身体反应,会把殷宝珍刺激得理智失控,引火上身。但是,无论如何,她都不打算原谅殷宝珍的大嘴巴。她被人当场揭穿后的无地自容、尊严扫地,可真够她这辈子消受的。殷宝珍背叛友谊,违背诺言,打破游戏规则,为此付出的代价,只能由她自己承担。尽管她道歉了,但这于事无补啊。望着她颤如蝉翼、备受折磨的肩膀,朱荔隐隐感到满足,她在友谊上占了上风,赢得了主动权,并且超越了她。此刻的殷宝珍,在她看来,已经变得可有可无,她再也不会被那美丽的脸蛋和温柔的性格所打动了。

8

从摩天轮水上公园出来后,朱荔又带殷宝珍夫妻俩在湖边走了走。看看时间差不多,开车返回酒店,接到菲菲,打算带他们去月光码头一家露天餐厅酒吧,那边风情浓郁,晚上客人多,有菲律宾歌手驻唱。朱荔清楚年轻人就喜欢这一套。不过,她也是这边的常客,白天事务缠身,晚上一个人过来透口气,听听爵士乐,喝一小杯杜松子酒。有月色宠爱,她甚至都觉得再去找个男人,等于是跑来添乱的。那种侯麦电影《绿光》中对爱情的"伟大期待",她早就失去了。

朱荔第一眼看到菲菲,略略吃了一惊。是因为看到殷宝珍的女儿都长成大姑娘了?可青玉不也十八岁吗?或许因为她在国外留学,长期不在身边,没这么强烈的刺激。但是难道非得对比才会警醒到时光流逝得如此惊心？她想起有一次,和事务所一个年轻女孩去上海出差,朱荔自以为手脚麻溜利索,没料到在乘地铁进站出站这种事上,她都慢半拍,脑子不够使。如果真到老得被嫌弃的那一天,也就算了,最怕这种半吊子。

菲菲坐在汽车后排,显得过于兴奋,以至于都紧张得冒汗了。镜片背后的眼皮虽然肿浮浮的,却已经能看出不小的变化。朱荔想到自己当年,和她一样,为了脸蛋儿,也是够豁出去的。

菲菲已经交男朋友了。他们邂逅于大学餐厅,菲菲在那里打工做收银员。他们认识不到一个礼拜,就搬到学校宿舍外面租房子住了。

她男朋友当时点了份芝士猪柳蛋帕尼尼汉堡套餐。她建议他不妨换个套餐,好吃还分量十足。他要么是太窘迫,要么是太固执,不愿意更换。"我吃过,味道不错。"他说。打包拎走的时候,他又在柜台边磨蹭了一会儿。"如果愿意,晚上一起去看场电影？"

她愣了一下,但很快说:"OK。"

放暑假,菲菲没打招呼就带回来一个男孩子,殷宝珍当场就炸了。"女孩子家最重要的是什么？自珍自爱！"

"噢！亲爱的妈妈。"菲菲搂住她的脖子,"您已经 out 了！您以为我们还要像你和爸爸那样,'从前的日色变得慢,车,马,邮件都慢,一生只够爱一个人'？太酸啦！我们的爱情观是,爱情来得太快,就像龙卷风！"

这些都是殷宝珍在车上告诉朱荔的。"那边是不是出事故了？"郎坤突然说道,同时揿下车窗玻璃。

朱荔扫视了一下后视镜:"我们可以从前面那个路口掉头,没关系,时间来得及。"

他们就餐的位置很不错,坐拥大半面湖景。夜晚的湖面,经过灯光点缀,和白天相比,又是一番风情,有点水上夜巴黎的迷人气息。露天遮雨篷下,坐满客人。餐车底座上,伏着两只慵懒的文艺猫。客人中不少是恋人,依偎在一起,耳语低笑,碰着啤酒,等待乐队演奏开始。背景音乐是一首浪漫蓝调,《I believe》。

"朱荔阿姨,"菲菲笑道,"您比我妈小资多啦。她老人家现在是追剧达人,《大宅门》都扒出梗了。一到晚上,就惦记着'拉闸'这回事儿呢。"

"编排自个儿的老妈,是菲菲的拿手绝活儿。"殷宝珍说。

"菲菲说的也没错啊。"郎坤说。

菲菲点单,三下五除二,不到两分钟,就在 pad 上下好单了。一会儿工夫,女服务生送来煎恩利蛋、菲力牛排、西班牙海鲜饭、南瓜浓汤等各式餐点,郎坤点了一大杯扎啤,朱荔陪殷宝珍喝阿萨姆红茶。七点左右,乐队演奏开始。主唱是一个棕色皮肤、一头狮子头卷发、勒着紧身衣的女歌手。"Boy yeah!"一上来就捏着嗓子,摆开胯来,气氛一下子被调起来了。

"Jack Stauber 的《Buttercup》!"菲菲叫道,开始摇头晃脑,跟着节奏律动。"哈哈,握着我的抱枕,这是一颗甜到让人跳起来的牛——奶——糖!"

"她说什么?"殷宝珍凑过去问。

"太吵,听不清楚。"郎坤说,眉头微微锁了一下。

确实没法儿聊天,太闹了,朱荔觉得。不过这样也许更好,音乐可以填塞掉很多东西,包括人与人之间的隔膜与尴尬。她望着对面的殷宝珍,她们互相示意,举杯。隔着一张桌子,却好像隔着一片汪洋,看不清彼此的面容,微笑却依然钉在脸上,直僵僵,旧扑扑,一幅老画似的晃着。

时间差不多了,朱荔站起身,打算去埋单,突然被殷宝珍一把摁回到座椅上,她惊了一跳。"我来,"殷宝珍笑了,"今天这个单由我们买,已经够麻烦你了。"

郎坤给菲菲使了个眼色,菲菲没接到,她正泡在音乐里呢。

"菲菲!"殷宝珍叫了一声。菲菲扭过头,莫名其妙地瞪着他们。

朱荔窘极了,她想甩脱殷宝珍摁在肩膀上的手,一股热刺突然辣辣地从手背上传来。

"妈妈!"菲菲叫了一嗓子,"你把朱荔阿姨的手划破了!"

殷宝珍立即缩回手,一迭声地说了好几个"对不起",并且忙着四下打转,寻找纸巾。

朱荔赶紧摆手:"没事……划破点皮而已,哪里就那么金贵……"说罢,她只好坐回来,端起柠檬水呷了几口,四面望望,调整片刻,听到布鲁斯音乐流入。这时,一抬头,望见一个女人低着头,往台阶下直走,近了转弯处,才追认出,那背影是殷宝珍。

从酒吧出来,朱荔送他们到酒店,互相道别。她一个人回去的路上,车子等在红绿灯路口,她从未发现车流尾灯如此鲜红,像一连串闪烁不定、挥之不去的身影,直到望不见的尽头。朱荔把头扭向窗外,偏巧撞见一轮月亮,悬在当空,明亮非常。

她恍惚地听见,砰——苹果落地的声音。

漫漫离山路

1

　　丈夫生癌后,我们的日子就全乱了套。没办法,我只好把临街的画室改作客房,供游客住宿。我的画室位于离山风景区,山上有一座甘泉寺,长年香火缭绕,钟声悠邈。我原本是个有点野心的女人,但自从挨了生活一鞭子后,人就散淡了许多。

　　那天,一辆红色别克停在黄昏的路口时,我正立在窗口发呆。一个女人从车里出来,拖出一只白色皮箱,她向我画室的方向张望,神情落寞得接近路口的最后一抹余辉。很快,我听到门铃响,猛然记起上午接到的那个电话,我对着镜子稍加整理了一下头发,开了门。女人逆光站在阴影里。

　　"上午打电话预订房间的是你吧?"我说,"进来吧,我在等你。"

　　女人简单打量着画室,目光在那些画上作短暂停留后又飘忽向别处。我能看出,女人对我的画不感兴趣,她看上去心事重重,紧锁的眉头冷不丁暴露了她的年龄——我估摸着她四十上下吧。

　　"我先带你去房间看看?"

　　她点点头,却看着桌上的一盆幸福树,那上面的叶子掉得只剩下两片了。

"忘记浇水了,"我说,"最近忙昏了头。你如果喜欢花,我可以多买两盆放在客房里。不过——这儿空气好,你选这个地方很有眼光。"

她摇摇头,摸着发黄的叶子,眼神定定的。

客房在楼上,我一进去就开窗,好让山里的空气尽快进来。我把房间收拾得很雅致,墙上挂了我画的油画,案几上摆放着精心挑选的书籍,桌子、椅子、床,还有各种瓷器小摆件、茶具,都是我亲手从南方的古镇上淘来的。易生嫌我乱花钱,说我当个包租婆都这么矫情。和这个粗糙的男人我没什么好解释的,生活已经够凉薄的了,我只是不想把日子往糟蹋里过。

女人转了一圈,走到阳台上,我跟过去。夜色已渐渐将群山笼罩,分不清山和天空在何处分界。山下是一大片树林,还有一面湖,现在看上去也轮廓模糊。不过,白天看的话,那山体的颜色和形态秀美,还有湖面上的风光,很能把人的心给牵住。

多年前,第一次看到离山时,我就跟易生说了,我喜欢这里。不过他向来不接我这茬。他那时候已经开始酗酒,动起手来没现在这么狠。我想,这和他后来出轨有关。以我对他的了解,他外面有女人,是迟早的事,我只是睁一只眼闭一只眼,祸福自有天意。好了,现在报应来了。

过了一会儿,女人像被人从梦里拽出来似的,扭身说道:"我们办一下手续吧。"

她在住宿合同上写下了"项秋红"三个字。我接过她的钱,交给她收据和门卡时,触见了她脸上的一层霜意。临出门,我听到她说:"对了,这里最近的医院在哪里?"

她果然不是游客。我回身望了她一眼,她把头扭向一侧,开始打开行李箱。

"离这儿不远,就在镇子上,有一家综合类医院。"停顿片刻,我又说:"我丈夫明天要去医院检查,不然——"

"哦,谢谢你,不用。"她头也不抬地说。

我识趣地下楼,木质台阶在我脚下"笃笃"作响,像小和尚敲木鱼,一下,一下地。

2

回到房间,易生坐在马桶上,表情狰狞,沮丧。生了这种懊糟的毛病后,他每天大部分时间都是在马桶上耗着,不然就是趴在床上,让我帮他擦洗、换药。我尽量不去看他那里,人活到这个分上,自尊就只能抹下来装兜里了。手术做得不理想,没处理干净,他把气都撒在我头上。他说你送的那几幅画,人家擦屁股还嫌硌得慌,他说你把钱省下来给野汉子花吧,他还说殷桃你他妈欠我债呢,我一天不死你就一天别想赖!他以前在外面把自己喝趴了,回家就揍我,酒醒后又像狗一样在我面前哀求。现在他整个人都废了,还不忘用恶毒的话伤人。我受着,我不和正走着霉运的人争,但我们夫妻间的那点情分,早给他的拳头打干净了。有时候,听着山里传来的梵音,我就想,这或许是我的宿命吧。

"那女人是干什么的?"易生把自己身上处理干净,躺回到床上问。

"不知道。"

"她看着不像本地人,看她那副模样,不会是跑到这里和野男人约会吧。"他挠着身上发痒的部位,揣摩着什么。都这个时候了,他的本性还在那里冒头。

我没理会他的无聊,我撑开画布,摆好颜料和笔,想画点什么,可是我的心思就是聚不拢,我索性宽衣早早睡了。

第二天,我起个大早,画好一幅风景画后,易生还睡着,整个景区也处于一天中将醒未醒的时刻,思绪般的雾缭绕在山间,偶尔有鸟的婉转鸣叫传来,像是在白色画布上点缀了一抹新绿。

我在厨房做早点时,听到楼梯"噔噔"作响,很快就看见那个女人出现在楼下。她穿了一身和昨天不一样的衣服,看上去很朴素,我猜她是去医院了。过了一会儿,易生也起床了,他照旧在卫生间磨叽半天才出来。我给他准备了白粥、蒸蛋和两样小菜,因为少了烟酒的刺激,一切在他嘴巴里都味同嚼蜡,但他也渐渐习惯了。他现在唯一能做的,只能是嗅嗅那些空酒瓶,或者闻闻自己的手指头和指关节。我知道,他也拿自己的命没辙。

3

今天是易生化疗的第二个疗程。第一个疗程下来的时候,他让我给他理发,推子推过去的地方,比之前要荒疏,我心思一乱,不小心蹭到他的皮肉,不过这次他没破口大骂。放在以前,他是要把房顶震翻天的。这场病把他的坏脾气都矬矮了。这也算是个意外的收获吧。

易生挂上水后,我一个人在医院楼里兜兜转转,看不到那个女人,我心里就乌糟糟的,还有些绷着。化疗期间,易生得住在医院里。忙活了一天,给他收拾停当,晚上我回到家,走到楼下时,注意到二楼的窗户亮着灯。我寻思着要不要上楼去看看,这样想时,已经走到了门口。我侧着身子听,一丝声响也没有,反倒灌了一耳朵的蛙鸣虫语,干脆敲门吧。一阵窸窣声后,女人的头从半掩的门里探出来。尽管是在夜里,我还是给吓了一跳。女人的脸色暗沉,疲惫,遭了一场磨难似的。

"看到你房间亮着灯,我就上来看看——住得还好吧?需要什么你尽管说,这里不比城里方便。"我几乎是赔着小心说完这些话,搜索着她的表情。

她摇摇头,挤出一丝微笑。门依旧半掩着,灯光呈 45°夹角射出来,在地板上放大成一个扇面。

"那我就不打扰了,早点休息。需要什么,房间里有电话,告诉我就可以了。"我识相地退后,冲她友好地挥挥手。

门关了。一切归于沉寂。黑暗中我摸索下楼,那一刻,我几乎可以确定,女人一定是生了绝症,一个人跑到这僻静处疗伤来的。相比之下,易生还是幸运的,换了其他女人,可能早拍拍翅膀飞了。不要说女人,碰到这种霉运,男人溜起来更快,眼下这个女人,或许就是个例子呢。

我胡乱想着,潦草地吃了点东西,就躺下睡了。可是易生不在我边上,我睡不踏实,夜里醒了几次,梦了几次。其中一次梦到易生死了,躺在床上,身体弓成虾形,骨头从肉皮里戳出来,根根毕现,就像唯一一次,我们在土耳其国父纪念馆里看到的墓坑里的一具骨骸,我记得当时易生只扫了一眼就走开了,我却定了好久。惊醒后,我哭了。泪水冰凉,像山里的夜露,打在心头。

二十多年前,那时候我们还住在乡下老房子里。东边是梅山,西边是花山和景山,中间是一条笔直的小路,像根铅垂线,被人的脚踩得光溜溜地发白。路的两边,有我父母种下的水稻、油菜花、小麦。一道碧绿,一道金黄,再一道浅黄,分割得整整齐齐,一如我们平静而美好的生活。好多次,黄昏下,我站在路口,笨拙地挺着孕肚,等着易生从厂子里回来。风吹起我的裙角,和夕阳下的秧苗一起,转向易生每次都会出现的那个方向。

易生从小路上走过来了,他是多么高大魁梧啊,在我看来,而他却对此似乎毫无察觉。他理着短而黑的平头,眼睛像弹珠那样明亮,只不过有点浅灰。他的鼻梁像小路一般挺直,而且没有丝毫多余的赘肉。深栗色的皮肤紧绷绷的,和他的表情十分类似。我该有多爱他以前的样子!后来,厂子毫无征兆地倒闭了。只不过倒闭前他就开始酗酒了,好像他对此早有预料却只能自暴自弃,等着天塌下来。实际上,我知道,是那个女人带坏了他。我在他的厂里见过她,客观地说,她身材的比例比我要好,凹凸有致,四肢修长,不像做惯了厂里活儿的那种长相粗壮的女人,而事实上,她是个会计,不用干活,却有大把的时间化妆和勾引男人。她的眼尾微微往上吊,像狐狸,像猫,像苏妲己,总之,她属于能吊起男人胃口又让他们欲罢不能的那路货色。她一来,就把易生的魂儿给勾走了,而且顺手一拨拉,让我的梦也碎地上了。

刚开始,我没法接受这件事,在梦里我都不能宽恕他们。可是后来,易生生了这场大病,女人却没从他身边跑掉,这倒是个奇迹,一个让人难以接受的奇迹。因为生活中,通常有这种女人,把别人的生活弄得一团糟后,自己会头也不回地一走了之。可是,她这么一来就不大像了。仅此一点,我的对抗和紧绷就有所缓和,当然,更多的是缘于生活的无奈,以及慢慢试着去理解。时间久了,经历多了,你会比较容易选择接受,甚至原谅,而不是不停地说"不"和蔑视。

天麻麻亮,我爬起来给易生煲汤。上次化疗期间,副作用明显,他吐得稀里哗啦,看到油腻的食物就摆手,人虚弱得不行,中间不得不停下来几天。这次我留着心,买来山里的松茸、猴头菇、花菇等菌类煲汤,又烧了两样时令鲜蔬,想到那个女人,我特意加了份量。临出门时,我去敲女人的门,她照例是一副憔悴的、冷冷的样子,我就留了餐食,匆匆出门了。

4

连续几日,我忙得都快忘记那个叫项秋红的女客了。那天把易生接回家,安顿他睡下后,我一个人坐在楼下,夜色昏沉,蛙鸣阵阵,寂寥勾起了我画画的欲望。我摊开毛毡,铺上宣纸,一边在心里构着图,一边调试颜料。项秋红走进客厅时,我差点没认出她来。她完全变了画风,打扮得像歌厅里的伴舞女郎,烈焰红唇的样子,有些可怖。她一屁股坐到我旁边的椅子上,带过来一股子酒气,还夹杂着说不上是好闻还是难闻的香水味儿,这混搭的气味熏到我了。有时候你还不得不佩服男人的眼光,他们比女人更能看到接近本质的东西。

"怎么样,这里住着,还习惯?"我把毛笔在水杯里顺时针搅动着,抬头看着她。

"唔,还行。"她一只手扶住头,眼睛一瞄一瞄地看面前的东西。密唰唰的睫毛,有种阴森森的凄楚的美。

"你喜欢画画?"她歪着脑袋问我,发卷一嘟噜一嘟噜地晃着,像一连串问号。

"是的。"

"我房间里的那些画,都是你画的?"

"没错。"

她若有所思地点点头。过了一会儿,她看上去想吐,眉毛像两条扭曲的、蠕动的、意图靠近的虫子。我倒了杯水递给她,她接过去,喝得很快,杯子落到桌上时,我看到她眼睛里汪着两摊水,但一打转,就又消失了。

"你教我画画,怎么样?"她突然心血来潮。

"好啊。"我在她面前铺上毛毡和宣纸,递给她一支同样的细毛笔。

她接过毛笔,深吸了一口气,瞪大眼睛看着空白的画纸。

"你手机里有没有好看的花?"我想着教她画什么呢,便随口问了一句。

她开始在手机里翻找,滑到一张男人的单独照时,手略一迟疑,就快速滑过去了,我佯装未见。她挑了几张自以为满意的照片给我看。

我接过手机,只略微一扫,便毫不掩饰地说:"不行,构图太差,"我把手机还给她,"我还是教你画荷花吧。"

我先是在调色盘里挤上色膏,蘸了些许水,将黑赭调成浅灰。她学着我的样子做,动作比小学生还笨拙。勾勒出荷花的线条后,我开始着上深粉浅粉,又蘸了清水,以便让荷色产生晕涂的效果。

"你是不是觉得我很可怜?"她突然头也不抬地问。

我怔了一下。"没有,"我说,"每个人都会碰到些难事,这没什么。"我没再多说话,我可没有打探别人隐私的嗜好。我再添上细细的茎,田田的荷叶,端详了一阵,又从宣纸底部的位置勾勒起新的荷花,这样构图就错落有致了。

她把笔搁在笔架上,身体向后靠在椅背上,深深叹了口气,我都能嗅到笼罩在她头顶的悲伤气息。

"我遇到一件倒霉的事情。我的运气差得不能再差了。"她说完,咬住下嘴唇,盯着某个不确定的地方。

我不动声色,在新的荷叶上又添了几笔茎脉。我听得出来,她现在很想找人聊聊这件事。一个人给生活绊倒的时候,更愿意找个陌生人聊聊。

"我意外怀孕了,打了胎……这件事太狗血了,我到现在还没反应过来……"她把手捂在唇上,好像在尽力按压住那件事,不让它跑出来祸害人。

我停下笔,女人的直觉告诉我,这是一场婚外情的恶果,只不过,她这辈子已经过了一半,再摊上这种事,也够作贱身体的。

她察觉到了我的表情,并没急于解释。也许她早已预料,正常人都会戴着有色眼镜看待这种事。

她舔了舔嘴唇,开始了她的讲述:"他是我们单位的一个头儿。那天轮到我值班,整幢大楼就我一个人。快黄昏的时候,我熄了灯,正打算离开,他来了。他先是佯装不知道我在,后来又说让我先别急着走,陪他聊会儿天。我当时脑子一短路,就答应了。他先是扯工作上的事,后来话题不知不觉就转移到了男女之间的事上。我一听出苗头不对,就立刻站起来走。没想到,他扑通一声跪在我面前,嘴巴里嘟嘟囔囔,说什么喜欢我已经很久了,求求我成全他。我吓坏了,拼命揉他,用脚踢他,差点把他踹倒在地,可没想到自己也被他拽翻了。他身体压上来,开始解我的衣扣。我大声警告他马上住手,不然我就要叫人了。他厚颜无耻地说,这个鬼地方,你就是喊破喉咙也没有卵用! 就在我想着完了的时候,对面墙上的监视器提醒了我,我告诫他监视器正看着这一切呢! 他反而更猖狂了,说那些监视器现在和瞎子没什么两样,他早就把它们都关闭了。我彻底崩溃了! 我们在黑暗中拼命撕扯,可是你知道,一个女人,能有多大的力气。"

我点头,表示同意,也表示同情。

她继续说:"后来,我彻底绝望了。我闭上眼睛,就在这时——"她突然停住,像有只手卡住了她的喉咙。我看着她,等着那个转折。

她脸红了,似乎为找不到合适的词而恼火,想了想,又说:"事情突然就结束了……他刚一碰到,就……那个了……"

我一时没转过"那个"弯来。

"你过后报警了没有?"

"没有。"

她见我满脸诧异,又说:"这件事如果捅出去,我就没脸见人了……这种年纪……"她抱住头,整个人缩进椅子里,完全一副不知道该拿生活怎么办的神情。

"没过多久。"她看样子还想继续讲下去,"我发现自己怀孕了……我给那个家伙打电话,他却反问我打这个电话是什么意思,说我怀孕和他有半毛钱的关系吗?"她不等我反应又说,"我就不该打那个电话……我真是蠢到家了!"

"别去想了,就当被狗咬了,而且事情总会过去的。"我想不出更好的话来安慰她,只好这么说。

她点点头:"我知道,也只能如此——你能理解吗?"

"当然。没人想遇到这种事情,就当做了一场噩梦吧。"我说。我把椅子拉到她腿跟前,开始告诉她,我和易生遇到的那些难事,刚开始什么样子,现在又怎么对付过来的。偏偏这时,易生挑这个时候,从卧室走了出来。他扫了我们一眼,走到冰箱那儿,取出一杯牛奶,加上麦片,又放进微波炉加热。微波炉工作的那几十秒,"嗡——"就像一个拖长的咏叹调,把什么都掩盖掉了。

5

一回到房间,易生就问我们刚才聊些什么。我说没聊什么,我在教她画画。不过,我从他那种扬扬自得的表情里猜出他在偷听。果然,他把遥控器一丢,让自己舒服地靠在床头,说我就知道那个女人大老远跑来肯定是干了什么见不得人的事,他说你不得不佩服你老公吧,我只要眼皮一抬,就能识破这人是什么货色。我让他少去琢磨别人的事,多想想自己吧。他反而骂我是个蠢货,被女人漏洞百出的谎言骗得一愣一愣的。他这样一说,倒是提醒了我,我略略想了想,其中是有不少破绽,但我认定,痛苦是难以伪装的,就像经历过磨难的人,眼泪只会往心底里流。

夜深了,我躺着睡不着,身旁的易生倒睡得死死的,像块磨盘。我试着把自己想象成秋红,真不知道,如果处于她的境地,我该怎么办呢?

事实上,知道易生外面有女人后不久,我自己也出过状况,只不过,那是很短的时间,却积聚了让人惊骇的热量,就像一团突如其来的大火,"轰"的一声烧起来了,却又"扑哧"一下子熄灭了,最后连点火星子也没留下。但是在我记忆里,那场大火的场面是永恒的。

那时我刚刚开始学画画,在这方面,我自认为还是有点天赋的,因为没过两年,我的几幅油画就被选去参加一个新人画展了,而且我和其他画家一起受邀参加了那次画展开幕式。我和他就是在那晚的聚餐中结识的。当时,我们甚至都没怎么说话,他是主办方的工作人员,所以你可以想象,仅有的谈话都是围绕寒暄和客套进行的。这不是我要说的重点,问题出在聚会之后,他送我回家,当时我被两杯红酒灌晕了,也可能是我第一次和艺术圈里的人打交道,生活突然变了个新花样,似乎要以某种前所未有的姿态打开了,这种情况下,人很容易发飘。导致的结果就是,他不得不开车送我回家——他正好顺路。

夏天,夜色来得比较晚,天还没有黑透,坐在他的车里,我不停地睁开眼睛看车窗外一闪而过的树,而后又不自觉地合上眼睛。这么一来,等我再睁开眼睛时,夜已经深了。车子停在一条幽静的河边,车头正对着河水,旁边是枝繁叶茂的树林,能听到知了的叫声,仿佛一根绵延不断的细线。透过枝叶,深蓝色的夜空下,细细的一勾弯月静静地斜挂在那里,四周散落着稀疏而明亮的星星,星光照在了水面上,灯光的倒影间。

"我们好像刚从画里面走出来。"他不无诗意地说。

这正是我一睁开眼就想到的。画为心镜,我想。自从那个女人出现后,很长时间,我都没有像现在这么平静了。

"你住在哪里?这么晚回去你家里人应该不会有想法吧?"他话里有试探的语气。

我笑着摇摇头,"谢谢你送我回家。对了,你叫什么名字?"

他说他已经告诉过我了,互相敬酒的时候,但好吧,再说一次。

我说这次记住了,因为我现在头脑清醒得很,只不过,是留在梦里的那种清晰,比白天和现实还要感觉好。

也可能我的表达过于暧昧了,不然我也不会注意到他,意义无限的眼睛里燃起的激情,先开始是一小簇火苗,很快就迅速燃烧起来。他问可不可以吻我的时候,身体就已经凑了过来,没等我反应,他的唇压在了我的唇上,他的唇又凉又软,我彻底被唤醒了,身体却随之陷入一个极速坠落的深渊,一种失重的状态,一种快要窒息的满足感!

在那之后的整个夏天,我确定我恋爱了,而且我能认清真正的爱情,不带有任何毛边,有着深刻的面容,以及让天地眩晕的表情。有时候,我能从一颗露珠上,认出他凝视我的眼神。一如布谷鸟的啼鸣里,藏着他的歌唱。"我可不可以吻你?"一想到这句话,我几乎要哭出来,我是如此渴望再见到他。

可是,仅仅只有那一次,唯一一次,过后,他就再也没有出现过,仿佛一道流星划过天际,瞬间的璀璨,过后是无边的黑暗,绝望。

我只能把这件事删除了。彻底忘记,埋葬。

6

接下来的几天,我看见秋红总是一大早就出门,傍晚才回来。看到我,她会冲我轻轻地挥手,或者打个不冷不热的招呼,仿佛那晚的聊天,已经是一件很久远的事情。易生冷眼旁观,说这女人肯定耐不住寂寞,出去找乐子了。我没搭理他,那段日子,我正忙着准备画展上的作品,万一能带来转机,易生的治疗费用就有保障了。

第二次化疗后,复查结果良好,各项癌细胞指标正常。易生一高兴,就喝了两杯自酿的葡萄酒,晚饭我多烧了两道菜,看他吃得快意,我人跟着松弛下来。夜晚临睡前,易生关了电视,去冲澡。我已经睡着了,迷迷糊糊感到他挨着我躺下,手开始在我身上不安分地游走。我虽闭着眼,但身体立刻醒了。我把他的手推掉,没过多久,他的手又开始动作,我再打掉。几次三番过后,他按捺不住性子了,愣住劲头要来。我急了推他:"你就不能忍忍?难道你不要命了?"他根本听不进去,闷着头干事。我对这种事原本就冷淡,现在愈加反感。黑暗中听着易生凌乱的喘气声,我心里死过去一般。但是维持了没几下,易生身子往下一软,突然就蔫了。这时,耳边隐隐传来甘泉寺的钟声,仿佛一声叹息,渐渐扩散开去,像水的波纹。我发觉鬓角凉凉的,抹了一把,分不清是汗水还是泪水。

又过了两日,秋红主动来找我,这次她只淡淡擦了脂粉,着了素服,神情虽然忧伤,但气色比先前要好。她问我有没有空,陪她去趟山里,她发现山里藏着很多玄机,去了几次,人就洞开了不少。我笑笑,说算你陪我吧,我把画架也带上,正好去山里取个景。

离山的妙处,在于它的静谧,这功劳,一半得归山下那面湖。

湖叫仙人湖,曾经有没有仙人居住谁也说不清,但那水清明得仿佛能洞彻一切,水中的离山也似仙山,风从湖面上吹过,倒影中云追雾绕,湖就有了传说中的意思。这样一看,名字得来一点儿也不虚妄。我们从之字形的木桥上经过时,看到一个人在水边钓鱼,把鱼钩正用力地抛向湖心。几只野鸭凫着水,木刻一般。

山的古意尽在幽深处,因此,我们沿着石阶,盘山而上,也不刻意找话来说,只图那份清净。一路上,常常能看到参天古木,把天遮蔽了。偶尔有鸟的鸣啭从林中传来,又似乎在破解天的神秘。正清净着,头一抬,就能看到前面拐角处的甘泉寺。寺院不大,古木杂草掩映下,透着深深禅意。寺院的年代,据说要追溯到唐朝,相传曾有一名士考中状元,唐皇见其一表人才,意欲将皇姑许配与他。状元为了逃婚,来到这里依山靠泉,建了座寺庙,从此皈依了佛门。史料漫漶,是真是假,谁说得清呢。但只看门楣和外墙上的字和袈裟黄,都淹了颜色,却依然在旧色中存着气派,也不免宁可信其真。寺院内,分布着几处庙殿,一座钟楼,殿外有银杏、古柏、苍松,愈发加深了寺庙的神圣。

易生生了这场大病后,我就来寺院祈福,也暗地里听过几次早课。虽然听不大懂,但也大致明白了,佛家的大悲咒,说的是慈悲心、无住心、平常心、空心、无我心,琢磨出了这里面的一道道意思,心量也就渐渐放开了。

我带着秋红,前后脚跨进殿堂,进香叩首,暗自祈祷。她对佛祖说了什么,仅看她那副虔诚相,我也能约略猜到几分。出了殿堂,我们又往边上的百味素斋坊吃了素鹅面。看看时候还早,我们继续向山上走,耳畔隐隐传来梵音。七拐八绕的,渐渐有薄汗生起,这时,眼前出现一大块开阔的平地,我说梵音池到了,我们就在这里坐坐吧。池不深,是从山上漫流下来、在洼处形成的一潭碧水。池水清澈见底,数条小鱼在青苔和水草间轻轻摆尾,倏忽就不见了踪迹,唯余人影在空空浮动。

我拣了处周围平整、视线开阔的地方,支起画架,摆好颜料、画笔。秋红往前走了十多步,挑了个树荫处,坐了下来。一阵微风吹来,四周的绿色一起拂动起来。

"如果人心,都像山里的草木,就少了许多不必要的烦恼。"秋红幽幽地说。

"烦恼都是因欲望而生。欲望能让人心里起风。"我说。我把花架转了个角度,午后的光线有些扎眼。

"你说得挺玄的,但听着是这么个道理。"

"我也只能说说,要做到就难了。"

"依我看,女人杂念重,比男人更难做到心净。"

"你倒是说说看,都有哪些杂念?"

她想了想,一时不知该怎么回答,只把头仰向天空,在斑驳的光影里合上眼,陷入了沉思。

我猛地发现,秋红的侧脸很有感觉,那些个所喜所悲,现在不就写在她脸上吗?我这样想时,手中的笔已经在纸上快速勾勒起来。秋红发觉我在画她,先开始有些拘谨,慢慢地,适应了,静住气息,恢复了先前的状态。或者她也希望我把她画下来,留着日后回忆吧。

画得差不多的时候,我让她过来看看,提点意见。她站起来,舒展了一下筋骨,走过来看后,只说了一句:"你把我心里面想的那些事都画出来了。"

7

一夜的滂沱大雨,天明才渐渐收住。

我半夜被山雷惊醒,便惦记着楼上的女人,恐怕被这乡野的轰雷吓得不轻。第二天一大早,我便去敲秋红的门,却发现她已不辞而别!桌上留了字条,字迹不算工整,但能看出写字人当时的心境:"我走了。谢谢你这段时间的陪伴。万丈红尘,唯有自渡,方能解脱!"

我立刻拨打她的手机,提示音说不在服务区内。情急之下,我把字条拿给易生看,他却咬定这是女人跟野男人私奔玩的障眼法。我没法和他理论,返身回到她的房间,希望找到一星半点的线索,却发现她的私人物品都在。我一时理不出头绪,只好再看那字条。"自渡"?太玄了!私奔?自杀?出家?我宁可她出家,若真那样,一切还有转圜的余地。就算她一心皈依,也未必是条绝路,只是千万不要……不行,我得去找她!我和易生简单交代了两句,就直奔山上去了。

易生冲着我的背影直嚷嚷:"你疯了吗?听那个女骗子的话!"

我也许是疯了!为一个陌生女人,一个漏洞百出的狗血故事,我至于这么一根筋吗?可如果不是心给人戳出个窟窿,谁会毫无目标地开着车乱跑?谁又会在深夜对着一个陌生人倾诉?我是女人,我能听出来,那里面有情不得已的谎话,而谎话的背后又有难以言说的故事。茫茫人海,谁又不是那个有故事的人呢!

我循着前一天的路线找,甘泉寺、素斋坊、梵音池,角角落落,找遍了,眼花了,全都不见她的踪影。这时,雨又劈头盖脸地来了,伴着山雷低低的怒吼。脚下打滑,我一时性急,几次差点摔倒。我一屁股坐在石阶上,伞滑落到一边,被风吹得连打了几个乱滚,就坠向山下去了。

我一时绝望,对着山谷大喊:"秋红,你在哪里啊?"

山谷回荡:"秋——红——你——在——哪——里——啊——啊——啊——"

山谷这么一回荡,我心里就翻江倒海了。我哭秋红这个苦情的女人,哭着哭着,说不上为什么,就吊起了和易生的那些过往。

易生"呼哧呼哧"蹬着自行车,半夜送我去生产,差点被一辆卡车撞飞……

易生第一次给儿子换尿布,说乖乖,这小子的粑粑比炭还黑……

易生外面有女人了,我一宿一宿地失眠,头发大把大把地往下掉……

易生对我动完手后,死命地抽自己的嘴巴骂自己不是爷们儿,养不好家……

易生的诊断结果出来了,我眼睛哭肿了,易生却说他死了,我就可以找个好男人嫁了……

不知过了多久,雨停了,我也回过神来。我站起身,慢慢往山下移。走到甘泉寺的路口,一辆红色轿车停在树下,路边的岩石上,坐着一个女人。我再一看,是秋红!

我长长地松了口气,却还上来一股怨气。我走近去,挨着她坐下。我拿眼睛看秋红,她的脸上竟平静得一丝风不见。我有心责问她,却又不知怎么开口。过了一会儿,听到她说:"我这下总算想明白了。"

"你想明白了什么?"

"人不管怎么样,都要好好活着。活着比什么都重要!"

"你怎么突然就想明白了?"

"鬼门关上走了一遭呗!"

我给她弄糊涂了,上下打量着她,她看着没任何问题呀。秋红见我不解,就把刚才险遇山石滚落,差一秒就被当场砸中的惊魂事件说与我听。

她说:"我原本是去寻死的,给这么当头棒喝一下,我好像死过一次了,然后就觉得再去寻死觅活的,反而没意思了。你说,死都见识过了,我还怕什么生啊!"

我说:"你现在比我虚玄多了。"

正说着时,听到一声浑厚的"当——"从半空传来。我们都使劲一愣,寻着声音传来的方向找过去,先是看到一道绝美的弧形彩虹,从寺院背后伸向天空,消失于乌云和阳光交界的地方,紧接着又听到连续几下轰鸣。

当!当!当!

是钟声,是甘泉寺的钟声!那气势雄宏、神圣浩大的钟声,仿佛是来自天国的梵音,在天地间久久响彻。

不知怎么回事,我感到一股奇特的力量,正将我托举起来,缓缓地升向天空。

生活不是石头做的

这是一个星期六的早晨，约莫七点钟的光景，姓沈的一家三口已经出门了。他们走在通往小区大门的林荫道上，儿子像一匹跳跃的小马，跑在前面，男的居中，女的殿后，远远看过去，像一支小规模的急行军。在经过路边一片早点铺时，他们停下来，和往常那样，买了这家的煎饼果子和豆浆，又风驰电掣地向远处的公交站台奔去。这时候，他们的儿子眼尖，指着不远处大声叫道，18路来了！

一大堆人挤在站牌下，听到男孩的叫嚷，头像风向标那样转向一个方向。车子慢慢驶进站时，那堆人自然排成两行，开始跟着车子向前移动。车子停下来，队伍也停下来。前后车门同时打开后，后门的人一个贴着一个鱼贯而出，前门的人突然方寸大乱，蚂蚁一样挤作一团。男的是体育老师出身，精瘦，身量不高，但孔武有力，他用左手打前阵，使出一个体育老师所应该有的胳膊上的力气，在坚固的身体中间，抻出了足够大的空隙，右手则迅速托住儿子的后背，一使力，就将他塞了进去。男的身体此时正占据着车门的上风，一伸手，又把女的也拽了上去，他自己正想向上跨一步时，身后突如其来的一股力量险些把他推倒在地。他像半扇摇摇欲坠的门框，几经挣扎后，终于，稳住重心，一挺，也挤了上去，紧接着，车门咣当一声合住了。还有七八个没挤上车的人，悻悻地走回站台。

他们站在风口等,衣服被风吹得鼓起了大包,一瞬间,全都变胖了。

　　车里原本就拥挤,现在更是密不透风。隔着黑压压的人头,女的看到儿子像泥鳅一样在人群里滑来滑去,女的正想喝止,小家伙已经不知道挤到什么地方去了。男的站在门口的位置,远远地递过一个眼神给女人,意思是别管了,随他去吧。女的心领神会,此刻,她眉头微锁,用手轻轻拍打着太阳穴——她有这种怪毛病,一到人多的地方,就偏头疼,厉害时简直要炸了。

　　然而,坐公交和打出租相比,可以省下来不少钱,用这些钱增加出一两道荤菜,就能够改善周末伙食。对于他们这样的工薪家庭,不会精打细算,无异于败家。手指缝里滑出去的钱,不当心就像水一样流掉了,流掉一两次没关系,日子久了,可不就等同于败家么?可是,女的过去并不是这种算盘珠子拨得啪啪响的人。她单身时,也常做那种宁可食无肉不可居无竹的事,婚后,这些小资小调都给生活的烟火气熏出了咸鱼味。她脚踏实地地过日子,偶尔抬起头,看到那个年轻的自己,也只当隔着毛玻璃看别人,望一眼,就过去了。

　　车子到新丰里站时,没停。女的注意到,站台上等候的人群中,还有她在新华书店工作的同事张春来一家,他们的女儿和他们的儿子在同一家培训机构补课。女的瞥见车子从站台前驶过时,他们脸上的失望,仿佛五月的阳光被乌云遮住了。

　　在离终点站还有两站路的地方,姓沈的一家下了车,他们像牵着一匹伺机逃逸的小马,急走在匆匆的人流中。他们穿过两个十字路口,又向前走了大约五百米,停在一家培训机构的楼下。这时候,他们的儿子开始耍赖:我不要上课,我要去坐青蛙跳!儿子扯着嗓子拼命叫,小野马似的乱蹬蹄子。男的一面拽牢儿子的胳膊,一面实施糖衣炮弹,听话,上完课就去,再奖励你一只三阶魔方!儿子瞬时被魔方俘虏,他停止逃跑,脸上露出狡猾的微笑。

男的送好儿子出来后,说了句,臭小子够难缠!女的嗔怪道,谁的儿子像谁!女的其实想说,有一个头脑简单四肢发达的爸爸,儿子喜欢学习才怪!

男的抬起手腕看看表,八点过五分。我们去哪里?男的扬起脸问道。

他们的儿子要到中午十二点才下课。以前送完儿子,他们还要赶到复兴路,帮女的父母洗洗涮涮,买买烧烧。两位老人虽然都只有六十出头,但一个心脏不好,一个有糖尿病,身边少不了人照顾。以往用过一个苏北阿姨,四十岁上下,做事尽管不大细致,但也外表清爽,手脚利落。只是女的母亲去年患上癔症,几次打电话向女儿揭发,亲眼看见苏北阿姨上了老爷子的床,还往她的饭菜里下毒。女儿是晓得母亲病情的,但苏北阿姨不干了,清清白白一个人,给一个神经病泼脏水,肺都要气炸,当下就辞职不干了。那段时间,女的可给两个不省心的老人害苦了,三天两头往他们那里跑,人瘦得像缩水后的海蜇。幸好,上周末,老人在北京的儿子将父母接去治病,终于,女的可以大喘气了。

去哪里?女的歪着脑袋想了想,说,去大公园好不好?今天——我们要浪漫一把!

还是谈恋爱那会儿,他们常去复兴公园。也不知道怎么会那么大的劲头,俩人一坐就是大半天,恋人之间的你侬我侬,听得池塘里的鱼儿都要打盹儿。好了,眼睛一眨巴,他们的儿子都十岁了。

没料到,这时候的公园,歌舞升平,莺莺燕燕。拉二胡的,吹笛子的,吹箫的,弹琵琶的,唱卡拉OK的……长枪短炮,好像一个临时组建的规模齐整的民间交响乐队。女的留意到,拉二胡的是个盲人,坐在花坛边,把一曲《二泉映月》拉得凄凄切切,有种和阿炳同是天涯沦落人的凄凉。坐在他身后的男人,抚弄琵琶的手指被

生活不是石头做的 / 123

香烟熏得焦黄。气质实在差,女的心想,古琴古音居然被他弹出了油哈味。女的很不喜欢这种感觉,粘着男的接着往前走。

隐隐地,男的觉得女的今天有点奇怪,听到音乐起,就像变了一个人,说话没从前那么急,脾气没从前那么坏,就连看自己的眼神,也比平日多了几分娇柔。

花坛过去,一棵大樟树下正在举行一场小型演奏会。众目睽睽下,最受关注的是那个指挥,头发雪白,双目炯炯,紧闭的嘴唇透着执拗劲儿。他一身正式演出服打扮,西装旧得褪色了,但依然平整,领结打得完美。属于艺术家的两只手,在空中挥舞着,有力,坚决,抗争,特别是在音乐进入最高潮部分时,那两只手的挥动,几乎要将他的身体带向云霄,直奔音乐的圣殿了。在退休生涯中,他或许以为演奏出了人生最伟大的乐章,欣然笑了。围观的人群先是像按下暂停键似的顿了几秒,紧接着就爆发出掌声、喝彩声。樟树下沸腾起来了,巨大的声响把电动车防盗警报器都引得嘶鸣起来,好似马儿受到惊吓。

慢三步舞曲在樱花树下响起时,人群开始向那边挪动。女的对交谊舞没兴致,况且她也不想在人群里挤来挤去,于是,他们朝空旷的地方走。上午十点半的阳光已经开始发热发烫了。女的一边用手挡住太阳光,一边自言自语,奇怪,听风亭怎么找不到了呢,是不是搬了?听女的这么一嘀咕,男的也想起来什么,过去,他们常在那里喝茶听曲。

他们穿过一丛一丛的金丝桃,一路找过去。这时候,男的手机响了。他扫了一眼,号码陌生,不去理会。几秒钟后,电话又打来,男的嘟哝一句,毛病!掐掉。没想到,很快电话又叫响。男的极不耐烦地按下接听键,正想张嘴,却听到一个女人的声音直冲出来,沈司南的爸爸,你马上来培训中心,你那个宝贝儿子闯祸了!来不及接话,电话那头已发出嘟嘟嘟的忙音。

一刻钟后,他们看到了眼前一幕:他们的儿子,可怜巴巴地缩在墙角,一座肉塔似的女人,背对着堵在门口。男的刚想冲上去,拽回儿子,塔身猛然旋风似的掉转过来,上下打量着男的,你,是这个小野人的爸爸?

男的脸色当即挂下来,恶狠狠地瞪向儿子,怎么回事?!女人从背后推了丈夫一把,别吓到儿子。

他们的儿子看起来很委屈,也很紧张。他用眼睛的余光偷偷瞄了瞄自己的父亲,又用哀求的目光看了看自己的母亲,想说什么,但只是嘴巴翕了翕。

这时候,培训中心的林老师过来解释,司南爸爸,你儿子在课间休息时,抢同学的手机,还动手打人,许书记的儿子都流鼻血了……

老师,抢手机的人是许成!儿子突然叫起来,用手一指,检举出了那个躲在角落里的胖男孩,明明是他抢了丁静静的手机,我是帮……我……我,儿子的声音渐渐弱下去,好像收音机没电了。

胖男孩的脸涨得通红,抗议道,老师,他……他胡说八道!

胖女人用眼神制止了胖儿子,转头冷笑道,听到了吧,你们家孩子真是天生的撒谎精!我们家许成光苹果手机就有两部,他怎么会去抢别人的,送给他也不稀罕呢!倒是我看……哼哼,胖女人说到这里,眼睛轻蔑地向上一扫,从鼻孔里发出的一股冷气,几乎要把天花板上的灰吹落下来。

你这话什么意思?男的被激怒了,叫我说,这种孩子也该打!不教训一下,以后去抢银行也说不定呢!

胖女人像是被人点中痛穴,跳起来,变身做一只母狮子,一下子冲到男的面前,你老几呀,敢来教训我们!今天,你们的儿子必须当着所有人的面,道——歉!胖女人的脸几乎要贴到男的下巴跟前,看上去,似乎被风吹歪了。

女的担心男的情绪失控,一把把自己男人扯到一边。她不想把事态搞大,毕竟他们的儿子动手打了人。她赔着笑脸,对不起,我替儿子向你们道歉!我儿子打人不对,回去我们好好教训他。

胖女人双手抱胸,身子一扭,明确表示不接受这样的道歉。

女的咬住嘴唇,盯着儿子。儿子像匹倔强的小马,两眼直戳戳地盯着地上,做出一副宁肯和地道歉也不肯和人道歉的架势。

男的给这匹倔强的小马激怒了,"啪"一巴掌打在他头上,听到没有?你有本事打人,就有本事道歉!儿子"哇"的一声哭出来,用哭声替自己发出强烈辩护。

男的气不过,回头埋怨道,看看,都是你,把他惯坏了!

女的叫起来,我惯坏的?你呢,你就不能讲道理给他听?他还是个孩子!

胖女人站在旁边,一副从云端向下看热闹的脸面。

正在这时,林老师从前台走过来说,许书记刚刚打电话过来,关照打人这件事不要再追究……许书记的电话交代明显起到现场效果,只见胖女人悻悻地呆立片刻,一扭身,拽住胖儿子,抄起手提包,蹬蹬蹬,跑掉了。

姓沈的一家三口走出培训中心大楼的时候,接近下午一点,强烈的太阳光让周围的一切变得十分刺眼。这次,男的垂头丧气,走在前面,女的居中,儿子殿后,远远看过去,像一支吃了败仗的小分队。女的走了一会儿停下来,回头等儿子。儿子没精打采的样子让女的心里酸酸的,她一扭头,冲男的背影喊道,喂,你去买肯德基。

男的回过头,拉长了脸子,做错事还吃肯德基?

儿子的嘴巴紧紧地抿成一道防水堤,把头歪向马路对面,下决心用绝食的方式对抗他的父亲。

女的赌气道,毛病的,再有错也不能让他饿肚子吧,你不买我买!

　　女的很快拎着肯德基回来了。不间隙地,她叫停一辆正准备左拐弯的出租车。打车回去! 女的恨恨地说。男的这时候也感到两腿发软,想想不高兴再去挤公交,于是,三个人坐上了那辆蓝色桑塔纳。男的坐在副驾驶,信手系起那条黑乎乎的安全带。女的和儿子坐在后排。女的看到儿子满头大汗,就替他脱下外套,拿在手上帮他扇风凉。歇了一口气后,她又把一对上校鸡翅递到儿子跟前,快吃,饿坏了吧。儿子把头扭到一边,偷偷咽了一下口水。男的回头,怎么,做错事还有理了? 不吃饿着!

　　女的用手指重重地戳了一下男的后脑勺,不说话没人当你是哑巴!

　　姓沈的一家三口在彩虹小区下了车,他们走在清晨出门时的林荫小道上。电梯门张开时,女的瞥到对面镜子上男的脸,"扑哧"一声,笑了。儿子也看到同样的情景,却装作视而不见。男的莫名其妙,伸向镜子,镜子里闪现出一张大花猫似的脸。男的不知怎么蹭到一脸灰,他胡乱用手揩了几下,花脸猫转眼变成灰脸猫,男的也笑了。

　　进了家,女的帮儿子洗洗弄弄,收拾停当,抬眼看时,墙上的挂钟已指向下午三点。安顿好儿子,女的走出卧室,男的早就坐在书房的电脑前,沉浸在围棋的世界里了。男的面前堆着吃剩下的鸡翅、汉堡,揉成一团的餐巾纸,还有一罐啤酒。啤酒沫儿挂在他一天之内长出的胡茬上,羽毛一样排在上唇。她几次从他身边经过,他偶尔抬起头望她一眼,也只是象征性的,为了缓解不安而做的补偿。

　　可是,男的今天棋运不佳。他阴沉着脸,拿起啤酒罐喝下去一大口,啤酒顺着喉咙口落下去的那一刻,一句粗话飘了出来。女的不动声色地收拾桌上的残物。一张满是油渍的包装纸压在电脑下面,女的不耐烦地挥挥手中的抹布,示意男的挪开。这次,男的头也没抬,只是机械地做了个挪开的动作,眼睛却始终盯着屏幕。

女的收拾完书房,躺到客厅的沙发上,蹬掉拖鞋,拿过一只靠枕垫在头下,眼睛闭上,试图让自己全身放松。钟表的指针声,围棋的读秒声,尖锐地在空气中滑来滑去。胖女人的脸,儿子委屈的泪眼,在眼前来回晃悠。女的心里一阵乱,索性坐起身,将头微微斜靠在沙发上。现在,我们可以清楚地发现,女的脸上未施脂粉,眼角周围依稀可见睡眠不足的痕迹,两条隐约可见的细纹不知从何时开始已悄悄地分布在了鼻翼两侧,给人一种不怒自威的感觉。她穿着家常的棉布睡裙,坐着的时候,腰部不可避免地堆积起一圈赘肉。此刻,女人给人的感觉就像一团被生活揉皱的纸巾。

她的眼睛空洞地环顾四周,最后停在墙角,一只落地花架上。花架里插着香水百合、情人草,仔细看的话,落满灰尘。花架侧面,挂着一支箫。也就是在这时,女的眼睛亮了一下,仿佛香烟头被人猛吸一口。

有多久没吹箫?女的恍惚记起,读大学时,一天傍晚从宿舍楼道口经过,突然从某个角落,空谷般传来梁祝的箫音,像电流从身体击过,女的当时就怔在原地。后来,她寻声找去,在楼梯拐角昏沉的光线里,她看到一个女生,独自站在那里,双手抚箫,修长,白裙,黑发,仿佛电影中的某个画面。女的拎着水壶,从空荡幽暗的楼道走出去很远,依然能听到箫声哀怨回肠地跟过来,在她头顶,涂抹出天空一样的灰凉。

几天后的一个晚自习,在女生宿舍楼下,她亲眼目睹了一个男生殴打女生的场面。她看到他嗑药似的踢打女孩,大声质问,整幢楼的人都被惊到,她们纷纷从窗户里探出脑袋。他将女生从地上拖起,像拖着一具尸体。在被一条石凳拦住去路的地方,他扔下她,扬长而去。女生自始至终一声不吭,她从地上抬起头的那一刻,女的惊得差点叫起来——吹箫的女孩！那绝望的眼神,把她的记忆灼烧出了一个烟头大小的黑洞。

女的后来也学会了吹箫,在呜咽的箫声里,女孩的脸常常幻化成一幅忧伤的画。

女的就是在回忆往事的时候,从沙发上站起来,走向花架。她在客厅中央摆好谱架,拿起竹箫,想先练习一下吐音,却发现自己的手指像害了鸡爪疯,而且明显感到气息不足。可是女的一门心思想重拾旧技,她执拗地练习着,空洞单调的声音在客厅回荡,仿佛一个失神的盲人在地上绕圈。

别吹了好不好？男的的声音从书房传出。

女的像是没听见,继续练习。

你今天发什么神经？

你才发神经呢！女的猛然扬起脸,你每天下棋就是发神经！

嗅到呛鼻的火药味后,男的口气软下来,我不是这个意思,我是说你今天一天可真够奇怪的。男的一边嘟哝着,一边将手中的电脑像两扇门那样合拢了。他走到沙发前,挨着女的坐下,我知道,你还在为儿子的事生气,别多想了,男的说着揉揉女的头发。

女的甩开他的手,今天是什么日子？她盯住男的眼睛。

星期六呀！男的不解地望着女的,旋即又"啊"了一声——我们的结婚纪念日呀。

女的一声不响。

男的嘴巴一张一翕,想说点什么,却只是尴尬地摇着头笑了。

妈妈,你来一下！儿子的声音从卧室传出。很快,他的大大的圆圆的脑袋从半掩的房门里探出来,脸上挂着一抹微笑,向母亲发出温柔的召唤。

男的靠在沙发上,两只手交叉着抱在脑后,开始回想一天发生的事情。

难怪,她一大早就嚷着去复兴公园,还去找什么凉亭,闹了半天,原来是这么回事。男的回味过来后,一丝略带嘲弄的笑容浮现在脸上。这时,他隐约听到卧室那边传来母子的对话。

什么的天空?妻子问。

孤独的天空!儿子响亮地回答。

不对。

为什么不对呀?儿子嚷起来,我看到的天空明明是孤独的……我觉得没意思,生活真无聊啊!

男的淡淡笑了。听到妻子又说,也对,天空是孤独的,如果天空什么都没有,它就一定是孤独的……

什么的声音?

凶狠的声音。

没有这个声音。妻子说。

弱小的声音。儿子的声音跟着弱下去。

……

男的后来在沙发上睡着了,他的脸渐渐溶解在暮色中,化为了一个轮廓不清的背景图。

女的轻轻掩上卧室的门,走出来,径直向窗边走去。外面下雨了,雨轻敲玻璃,像溪流汇聚在一起后一道道滑下来。天色也如同灰烬堆积着,淹没了建筑物、树以及街道之间的分界。十年前的今天,也下着蒙蒙细雨,她身着红色旗袍,胭脂粉黛,站在窗户后面向下张望,迎亲的队伍里,她一眼就看到他,手捧鲜花,被男男女女一群人围拢着走上台阶。站到廊阶下的时候,他抬起头,寻向窗口。他们的目光一经相遇,便立刻交织在一起,在空中打了一个长情的纽襻——那时候,他们的生活里一直没有缺少过爱情。

然而,时间真是一件可怕的东西,它把生活中很多有血有肉的东西风干了,变得像石头一般坚硬、迟钝、冰凉,生活还在继续——

雨很快就停了，眼前的一切像失踪过后又兀地冒出来，并且以一种异常鲜艳的面目警醒着。那些树木像被棕色的油漆涂刷过，透出一种触目惊心的虚假。

夜晚来临后，男的在床上向女的靠近。女的睡得很浅，处于一种可以入睡也可以清醒的平静地带。三十五岁以后，她的睡眠大部分处于这样一种状态。最初，男的手抚摸上来时，女的保持不动的姿势，不抗拒，也不迎合。她的情绪还受着白天的影响，只是没那么强烈了。后来，他的手环绕着她的肋骨将她圈起来，用腹部轻柔地摩擦她的大腿，她身体里仅存的一点抗拒也就轻轻地瓦解了。她转过身，将他的身体环绕在双臂之中，舒适地躺在他的压迫之下，像一块被波浪反复冲刷的石头，发出低低的、快乐的碰撞声。

我爱你。她听到他在黑暗中喃喃低语，身体继续有节奏地上下起伏，仿佛海水掀起波浪，一次次地冲向堤岸，拍激岩石。而她，选择用沉默与他达成和解，接受了他用最原始的行动给出的回答。

威斯敏斯特的钟声

　　季小北从黑暗中醒来，由于酒精的作用，有那么一阵子，她辨不清身在何处。窗外传来轮渡的汽笛声，空调外机运转的呼呼声，还有人在拼命敲打什么，用非得把空气打出大窟窿的那种狠劲，声音很响，感觉却异常辽远。我在哪儿？直到楼道里吸尘器的嗡嗡声越来越响，一个人影在门缝底下晃来晃去，她才想起，她躺在酒店的大床上，下午三点，她开好房间，不久，叶川就来了。他一般会和她待两个小时，然后匆匆离开，因为再晚要赶上下班高峰，过江的道路堵得要命，沈茵看得又紧，晚一刻钟电话就来了，他是这么解释的。即使这样，他们还是每月见一次，搞得像牛郎织女鹊桥相会似的。

　　没想到居然睡着了，不应该呀！或许太累，其实他们什么也没做，这次他们出奇地安静和友好。他们喝了一大瓶他带来的法国波尔多红酒，两只空酒杯在餐桌上，杯壁挂着酒痕，慕斯蛋糕、巧克力、水果散落一桌，冰激凌化成了一大摊，香草味的，她喜欢的那种，却只吃了一小口，烟灰缸的边沿搁着摁灭的烟蒂……一切都可以透过窗帘的缝隙，看出他们之前在一起的种种迹象。可是，现在需要她独自面对残局。

　　她叉起一块蛋糕的时候，听到他用一种商量却已经决定了的口气说："那……以后我们不再见面了？"

"好啊。"她吞下一大块蛋糕,就着红酒喝下。"味道不错。"她说,并建议他也尝尝。

他咬住下唇,似乎还想再说点什么,或者又要说"对不起",可她已经站起来,往阳台的栏杆处走去。她能闻到微风带来的江水的气息,还有威斯敏斯特的钟声,在空中久久回荡。他们在一起有五年了,现在却要和过去、和眼前的一切说声再见,她闭上眼睛,希望这个秋天快点儿结束。以前,他从背后抱住她亲吻她时,她总是不由自主地闭上眼睛,陷入幻想,造物的幻想。事后,他们一起眺望远处,哗哗的水流声,仿佛渔汛期来临,成批成批的鱼群正在快速通过深水域,一如那些精子成群成群地在她身体里欢快地游走。有时候,他们望见海鸥,在头顶上那方天空盘旋,猛地扎入水面或者消失在云层深处。那一刻,他们自感活在当下,放空身体,不去对未来作过多的遐想。

她陷入沉思时,隐约听到他说"我走了",不久门就轻轻地关上了。怔了片刻,猛地回头,冲过去,拉开门,楼道里空无一人,地毯尽头的电梯发出"叮"的一响,很快又重重地合上了,像是对她发出的禁令。

那天,他在电话里含糊其词,他说我们见个面吧,沈茵可能发现了什么,我得和你谈谈,最后一次谈谈。她照例说好啊,好像她早就预料到有这么一天,等着他说"我们分手吧"。

她躺在床上,对着天花板和水晶灯发了很长时间的呆,直到整个房间完全暗下来。泡个热水澡可能会好点,她觉得这个想法不错,她走进浴室,试了试水温,塞上浴缸塞子,开始放水,热气很快蒸腾起来。她脱光衣服,打量着镜子里的自己,叶川以前总是惊叹,你白得都快透明了!除此之外,她想不起他还夸过她什么,包括她的长相,她的身体,那些凹凸起伏,难道都不如沈茵?不然他当时为什么会选择她,而非沈茵。

沈茵是她的一个女友。她们是朋友当中硕果仅存的一对儿大龄剩女,有着这个年龄女性所特有的焦虑,表现出的却是无所谓和对婚姻的鄙视。一次驴友徒步,她们认识了叶川。他块头很大,足有两个她那么大,还有他的手,哈!那么宽,那么厚,很少见的那种,让她想到了某种动物,对了,骆驼的大脚掌!哈哈哈,她和沈茵笑得花枝乱颤,他转身用骆驼的大脚掌在她们头顶各轻轻拍打了一下。

叶川是摄影协会的爱好者,玩单反的水平绝对一流,她暗自好笑,每次她和沈茵的合影,他都像是故意把她拍得更美。生日那天,在单身公寓,她鬼使神差,请他来喝酒庆生,两个人喝到兴头上,他忽然说我给你拍写真吧,她被他眼睛里的火苗弄得痒痒的。大冬天的,她却越脱越少,幸亏那天天气好,不然真要冻出毛病来。他用镜头捕捉她的各种美,后来——不知怎么的——他那么快就进入了她的身体。

这之后,他们又有过几次身体接触,她开始每天脑子里想的尽是他,偶尔也会有别的事进来,但是很快会被他挤出去。她变得无所事事,百无聊赖,除了思念他这件事本身。直到有一天,他突然在电话里说要和沈茵结婚了,她吓了一大跳,紧接着他说了些什么,她压根想不起来,彻底蒙掉了。她的体重和头发开始莫名其妙地往下掉,夜里经常失眠,那几天,满世界的音乐电台,都是那种要命的失恋歌曲,一听到那些歌,她就开始流泪。过后她的愈合速度又快得惊人,她和一个网友相谈甚欢,一个月后,他搬进了她的单身公寓,一年后,他又搬了出去。她发现他同时在和另一个女人交往,他的每次突然失踪都和那个女人有关。最最滑稽的是,她居然为他们的春宵一刻买过单!她简直气疯了,她把渣男连同他的东西一起扔到了大街上,随后她去了酒吧,用两瓶威士忌把自己灌倒,伏在酒吧的桌子上时,她给叶川发了一条长长的微信。

事后,她在酒店的床上猛地惊醒,翻了个身,发现了他。

他们面对面,很长时间谁都没有说话,好像在努力确认这件事的真实性,并且正在重新建立认识。她把他的手掌摊开来,仔细研究它的形状和那上面的纹路,一边看一边惊叹,她说你的感情线怎么这么深,这么直啊,不像她的又浅又乱,还说你才一根结婚线,她怎么有三根,她到现在一次婚都没结呢。她又用拇指尖量他的睫毛,希望她的也一样长就好了,她小时候养过一条京巴,长着长长的白睫毛,她曾经试着用卷发棒给它卷上去,它被汽车碾死过后,她再也没养过狗。她又跟他讲起父母不和的事,从她记事起,他们就天天吵,她最怕家里来人,因为每次客人走后,他们会比平时吵得更凶。她说她母亲现在不吵了,像完全换了一个人,因为她父亲去年突然中风走掉了……她不停地絮絮叨叨,好像一年没和人说话,憋坏了。他合上眼睛静静地听着,透过敞开的窗户,能听到海鸥在歌唱,水波在拍打堤岸,威斯敏斯特的钟声在回荡,情欲再次涌动而来,他们陷入了深深的时间洪流,无法自拔。

水流漫过脚底时,她才意识到自己在起雾的镜子前站了很久。她坐进浴缸,热流很快漫过肩膀,身体渐渐放松。她闭上眼睛,想如果在手腕处,轻轻划上一刀,这样就解脱了。但这个念头仅仅一闪而过,很快她又昏昏欲睡了。

她在酒店前台办好结账手续,走到电梯口时,天已经黑透。她从地下车库,把车子开上来,这时已经决定先去超市,把生活用品和食物买好,然后给在公司的同事发了一个语音,让她代请一周的病假,没等收到回复,她就关机了。她打开电台,主持人正在接听一位男士的电话,听到他想给自己的女友点播生日祝福歌的时候,她关上了收音机。

江面开始起雾,车子像喝醉了,载着她,向过江的大桥慢慢驶去。

整整一周,她寸步不出,窝在沙发上,好像住在那里似的。房间闷热,她却把自己裹在一件超大的睡袍里,神色黯然,仿佛一幅失色的油画。很多时候,她不是坐着就是躺着,再不然就是发呆。她打开电视,盯着看了半天,随手又关上,抱起一本书,却始终停留在那几页。她把从超市买来的面包、牛奶、咖啡以及各种食物吃完,想象它们正在填满空虚,直到她觉得自己快要胖得不成样子,但是等她站到电子秤上,却发现体重非但一斤未增,反而瘦了一些。她以每五分钟一次的频率查看手机,并且将音量调到最大,每次来电及信息提示都会让她心跳不止,每次过后又会陷入庞大的失落。她脑子里反复想的一个问题就是——他真的不爱我了?

季小北感觉自己正在被一种奇怪的东西所围困,导致对时间、方位、味道、颜色、声音、冷暖,都失去了正常感知,同时又增加了过分的警觉,比如,街道很黑时,下着细雨,她小心翼翼地走着,避免踩到爬到人行道上的蜗牛。一对儿情侣从身边经过,她也尽量不去扭头看,她觉得他们的亲热是故意做给她看的。她为一件微不足道的小事,跟一个男同事大吵过后,整整一天,她没和任何人说话。他们用奇怪的眼神看着她。

黄昏时分,她驾车离开公司,开始毫无目标地在马路上游荡。她晃悠悠地想着,有没有谁会从她的表情上,觉察到生活中一件灾难性的事件正在她身上发生?

行驶到红绿灯路口时,她注意到绿化带里的雏菊,被连根拔起,像草垛那样高高地垒着,雏菊匍匐在马路牙子上,似乎被风打倒在地,每朵黄花都蜷缩成了一张愁云密布的脸。根部的细须,害了热病般,在风中瑟瑟发抖。几个头戴草帽的环卫女工,正弓下身子,将新的花草移植进泥土里。一个女工站起身来,用手背抹去汗水,注视了一会儿飞驰的车流,继续弯下身体培土。新的草木移植进泥土里,她莫名地把这句话与自己联系在了一起。

仪表盘上突然跳出了红色加油标志,她不得不把车子驶进加油站,坐在汽车里等。很快有个穿黄马甲的工作人员跑了过来,探过头,问了她几个常规问题,然后熟练地拧开油箱盖,将油枪从枪托上摘下来,准确地伸进了油箱,油表显示器上开始飞快地变换数字。等候的间隙,她注意到一个矮个子男人从对面的公共厕所里走出来,站在台阶上,双手停在腰际来回摸索,哆嗦了一阵过后,裤子就系好了。她头脑里立刻闪过"猥琐"这个词。

车子在毫无反应的情况下驶离市区,等她发现时,已经上了高架桥,向江边方向开去,她的神经莫名其妙地绷紧。很快,她的眼前出现了哥特式建筑、喷泉、江堤、码头以及她所熟悉的路标、广告牌、指示灯、商铺,所有的东西都在向她打开,都在向她发出召唤。钟声!她突然听到,威斯敏斯特的钟声在敲响!悠扬而古老的钟声,似乎是为她而敲响,为痛苦而敲响,从灵魂深处发出,穿越时空隧道,让回忆变得如此这般永恒、难忘!她伏在方向盘上,无力地哭了起来,她的肩膀看上去仿佛一片叶子正在从树上落下。

她感到自己撑不下去了,终于给他发出一条微信。她把车子开到酒店的地下车库,像一个月前的某个日子,开好房间——等他。

门卡在刷卡器上轻轻地刷了一下,绿灯闪烁的同时,门"嘀"的一声打开了。她推开进去,将卡插进取电器,灯亮了,房间里静悄悄的,似乎她昨天才刚刚离开。她从地毯上走过,他们曾经躺下来休息的沙发还在那里,围坐过的桌子还在那里,桌子上搁置着沉甸甸的水晶天鹅,白色的天鹅正伸展着美丽的翅膀。他曾经从旁边的椅子上站起来,走了出去。台灯边的便签纸上,整齐地摆放着提供给客人用的铅笔,她曾经在上面给他信笔涂过素描,并且画上了长长的睫毛和大大的手掌,他和她笑作一团,重重地摔倒在了床上。床单一如过去那样洁白,灯光也一如过去那样柔和,照在白色纱帘上,透出梦幻般的色彩。她曾经站在窗户背后,向外面张望,她走过去,大厅入口处的台阶上空无一人,旁边一家酒吧的门口,一只巨大的空酒瓶像哨兵在站岗。她回过头,宽大蓬松的白色床罩,一直拖到地毯上。她似乎看到了他睡着时的样子,头歪在枕头上,床单衬托出他黑而直的头发,被单在肩膀处隆成一团,他的嘴唇在睡梦中发出微笑。

　　当她站在阳台上,眺望远处时,听到微信的提示音响了一下。十分钟之前,她发出的微信是——"我们不分手,好吗?",十分钟过后,她读到的回复是——"原谅我……",她看了一眼,把手机搁在了床头柜上。

　　她放下皮包,推开壁橱间,犹疑片刻,挑了一件白色的男式睡袍,然后脱掉自己的衣服,换上睡袍和拖鞋后,她对着镜子照了照,觉得很满意。她又走到自助餐饮柜前,按动自动咖啡机按钮,给自己煮了一杯热咖啡,没有加奶和糖,她端着咖啡,走过去顺手关掉了其他的灯,只留下沙发边的那盏,然后靠在临窗的沙发上,喝着咖啡,观察窗外的夜色。

　　她觉得自己现在和整幢楼一样安静。

　　那天夜里,她睡得很香。第二天离开时,整个人容光焕发。

　　后来她又去过几次,她对这种重复非但不觉得枯燥,反而十分迷恋。一旦进入酒店的房间,她的感觉会好不少。她慢慢地穿过走廊,非常仔细地、一件一件地看过去,瓷杯、咖啡机、烟灰缸、电视、沙发、靠垫、衣橱、床单、灯等等,什么都看一遍,似乎每样东西都要得到她的确认一样,然后她走进浴室,像过去那样,站在镜子前开始脱衣服。淋浴花洒下,她闭上眼睛,水花飞溅,烟草味、手掌、肌肉、呢喃、笑容、甜蜜、忧伤,从记忆里纷纷落下,她听到他在耳边不停地说我爱你、我爱你、我爱你……她感到一种巨大的变化从肩头向下流动、流动、流动……

她越来越频繁地出入酒店。渐渐地,她把冬天穿的衣服、化妆品、笨笨熊、电脑、书之类的东西,都带了过去。她每天天蒙蒙亮就出发,穿过大半个城去上班,到了晚上,再穿过大半个城回来。车子一行驶上过江大桥,她就按下车窗,打开CD,江水的气息和《贝加尔湖畔》的旋律如潮涌来,她的嘴角微微上扬,眼睛不自觉地微眯——他们曾经一起开着车,迎着风,他的眼睛盯着前方,握着她的手,她把巧克力放入他口中,他一边嚼着,一边转向她微笑。

"在我的怀里,在你的眼里,那里春风沉醉,那里绿草如茵……"她听着歌,车子慢慢驶下桥,拐了个弯后,重新汇入了红色的车流。

车子缓缓地在第六大道向北行驶。不知什么时候开始下雨了,雾渐渐围拢过来,她关上车窗,打开雨刮器,在她的右前方,什么东西闪了一下,她慢慢地掉转目光,一辆黑色的雷诺SUV停靠在路边,尾灯一闪一闪,她看到一组熟悉的车牌号,紧接着,一个熟悉的身影,从一家便利店跑出来,钻进了车子,她的心狂跳起来!

她的车子紧跟在那辆车后面,雷诺的后窗雨滴在滑落,她还是可以看到他的半个身体,一只兔子毛绒挂件,在他头顶的右上方轻轻摇晃,她曾经亲手替他挂上去的。他侧过身体,像是从副驾驶前面的储物箱里取了什么东西,几个月前,他做过同样的动作,他的胳膊擦过她的腿,她当时穿了一条白色的蕾丝裙。

她跟着他的车子,过了几条街,那辆车的尾灯突然亮起了右转向灯,并且很快停靠在路边。一个打着雨伞的女人钻进了副驾驶,她都没来得及看清那女人的模样,车子已经继续向西驶去。

这时候,雨更大,雾更浓了,十字路口处,密集的车子向各个方向交叉而行,密集的雨点打在路面上,无数个水花在飞溅。在等候的那六十秒里,他就在她的前方,相隔只有二十米。有一刻,她差一点儿要跳下去,跑到他的车子跟前,拉开车门,看清所有的一切。

但是,什么东西把她牢牢地冻结在了那里,她只能一动不动,眼睛死死地盯着前方,头脑里一片空白。她从来没有那么拼命地盯过任何东西,但是现在她感到所有的力量、所有的希望、所有的回忆都在前方——即将要各奔东西的前方,她如果眨一下眼,就什么都一去不复返了。

红色的数字在她眼前跳动,她听到了清晰的读秒声:40、39、38、37……这时,一个非常奇特的念头不期而至:如果在绿灯亮之前,他回头看一眼的话,她的车子就不会再跟着他了。他似乎听到了什么,她看到他的脸慢慢向右侧斜去,他和那个女人在说着什么,他抬起手摸了摸她的脸,紧接着,他转了过来!

在一种奇特的作用力的推动下,她开始看到慢镜头,他慢慢地转过身体,目光从她的前挡风玻璃轻轻地滑了过去,像一片羽毛落下后又飞起,缓缓地向上飞行,越飞越远,最后消失在了她的眼前。

恍惚中,她似乎又听到,威斯敏斯特的钟声正在敲响。

七色花

距离小爱失踪已过去两周。

我小时候就有些耳背,当我的听觉出现问题时,我对这个世界的判断,靠的更多的是视觉和嗅觉。暮色将临,那帮人聚在林场家属区的弧形门洞下,交头接耳,我正好经过,他们说什么,我听不清楚,但他们富有神秘感的眼神和嘴巴嚅动的速度让我嗅到了某种不测。

"喂,你去哪里?"他们突然叫住我。

"什么?"我回过头,一脸茫然。因为光线较暗,他们的脸与暮色融为一体,但我还是感受到了那丛目光投射而来的不怀好意的窥测。

"小爱失踪了,你知不知道?"问话的人声音很大,吓我一跳,可是这回我听清了,"嗯……找到了?"我慢吞吞地问道,女孩的脸无意间在我眼前隐约晃动,倏忽即逝。

"你最后看到她的时候……"他们似乎并不在意我的漫不经心,用手拍打着身边的空地,示意我加入这个正在进行的话题。显然,他们觉得我应该知道点什么,因为我是那天最后一个见到女孩的人。

"唔,她当时在河边走……"我这样说时,继续与他们保持适当的距离。我猜测,他们并非想打听一个人失踪前的种种迹象,而是对我,这个目击者产生了某种怀疑,或者说某种暗示吧。

"她没和你说要去哪里?"那人有意凑近我,他口气腥臭,神色怪异,导致这样的问话让人极度反感。我极力克制住厌恶,漠然地摇摇头。那个叫小爱的女孩,七岁?八岁?我无法确定,她的脸我至今想起依然模糊,我只是在林区附近见过她几次,但我注意到,她常常是独自一人,不是在树荫下跳飞机,就是在河边摸鱼。但是在这个河水上涨的季节,她不该一个人乱跑,她难道不怕被水鬼抓走吗?我的眼前浮现出肮脏泛滥的河道,河面上不时漂过猫、狗等一些动物的浮尸以及其他漂浮物。连续一周的暴雨,路基下陷,河水漫流,林区被淹,这在塔头镇的气象记载中并不多见。

那个叫小爱的女孩,她究竟去了哪里?

一群苍蝇在我耳边嘤嘤嗡嗡,其实是他们的交谈声,具体讲什么我一句也听不清,但他们说到"淹死"这个词的时候,我却不自觉地将身体微微前倾。

"这么说,她是真的淹死了?"他们盯着我大声问,那种神情简直像法官在审问犯人。

"我没看到她掉下去,"我立刻予以否认,"我走的时候,她还在那里……"我搜肠刮肚,但我实在想不出记忆里遗漏了什么,尽管我发现他们对我已然失望,可是我当时看到的就是这些,我只是路过而已。

鲛河是通往供销社商店的必经之路,我是店里唯一的工作人员,我每天往返两次,沿着河堤,一路向西,步行大约两公里,当一片白桦林出现的时候,那栋低矮而简陋的灰色房子就在眼前了。那是我工作的小店,位于城郊结合处,临近鲛河下游,除了公路上每天奔驰而过的货车和大巴偶尔会作短暂停留外,平时几乎没什么人滞留此地。

小店的孤寂,一如我的存在。

事实上,对于那天的情形,我已经向调查女孩失踪案的警察描述过多次,我不想过多重复。而且,我并不是唯一的目击者,一对情侣与我所见大致相同。所不同的是,他们看到女孩的时候,她正沿着河堤慢慢向下游走去。落日下的女孩背影,似乎和河流的气息,同时向人们暗示了一个一去不复返的出走讯息。因此,我和那对情侣无须多说,我们彼此佐证。我说这些话的时候,忍不住向四周张望,我现在必须走了,在不到五分钟的谈话里,我发现天色又暗沉许多,周围的树木和楼房看上去显得比白天沉重,一场大雨正在云层深处酝酿。

我其实非常反感这个话题,可是小爱的母亲不肯放过我,她几次三番地将我拦在半道,质问我当时为什么不叫她女儿回家。她的问题让人无从回答,这个蓬头乱发的妇人已经被悲痛折磨得神经错乱,语无伦次。我凭什么叫她女儿回家?虽然我们都住在林场家属区,但是我几乎不和任何人打交道,我与他们只是点头之交,我每天大部分时间都在小店度过,这种类似离群索居的生活让我自感安全,心无挂碍。我厌恶周围的人和事,正如我厌恶看到那些混浊的眼泪在这个女人脸上恣意横流一样。人为什么要有眼泪?在我看来,人世间没有什么东西值得伤心,即便当年听到母亲过世的消息,我也无动于衷。对于一个被逐出家门的人来说,我觉得她的死与我无关,她是被青莲气死的。对此,他们——曾经是我兄弟姐妹后来与我形同陌路的那几个人,也这样认为。

青莲是谁?一想到这个名字,甚至看到那些和"莲"字组成的词以及发同样音的字,我的心都会莫名其妙地抽搐。我们婚后仅三年,她就跟一个外省来的护林工人跑了,这是迟早要发生的事,也是人人心知肚明的事。林场的那片森林深不可测,他们藏匿其中干尽坏事,你很难搜寻围堵。在我看来,南湾林场不但生长出了上等的好木材,而且滋生了各种龌龊与苟且。

我再次摆脱了小爱母亲的纠缠,我步履匆匆地走在去往小店的河堤上,偶尔有车辆从与河堤平行的公路上开过,除此之外,周围的事物几乎处于静止状态。远远地,有个红光在前面一窭一窭,我先是大为吃惊,走近了却发现,是一个扎着马尾的女人在吸烟,她走路的姿势活像一把大剪刀,她的头部正被她嘴巴和鼻孔里喷出的烟雾所缭绕。我与她面无表情地走了过去。

　　我沿着河堤走,经过一片凸起的草地,那天我就是在这儿碰到小爱的,她当时临河而立,剪影幢幢。我从她身边经过时,注意到她的白色袜子在脚踝处形成了一大堆褶皱,仿佛一个过瘦的老年妇人皱纹丛生的脖颈。我并没打算和她打招呼,不过她听到脚步声时,回头特意看了我一眼,她的眼珠有种盲人般的漆黑。走过去一段路后,我发觉她竟然在尾随我,像只长度不变的尾巴那样保持着恒定的距离,我没有回头。后来,她又与我并行了一段路程,有一次她甚至故意碰了我一下,想引起我的注意。我有些吃惊,却假装无动于衷,对于这种小孩子的把戏,我没有多大兴趣。她突然停下脚步,转过脸,对我嘟哝了句什么,我只听到"花"字,因为我看到她的手里正攥着一大把野花,什么颜色都有。一只粉色的蝴蝶正好落在她的脚面上,我仔细一看,却是一片花瓣。我犹疑片刻,慢慢俯下身子,轻轻将花瓣捡起,我觉察到她的脚微微颤抖了一下。

　　"你说什么?"我直起身时大声问道。

　　她把那束花举到我面前,我随意扫了一眼,在河岸附近的小坡地上,这样的野花遍地都是,只不过,河水退去之后,到处都是淤泥衰草,天知道她从哪里采到这么多花朵。她见我不感兴趣,表情也有些悻悻,举起的手慢慢放下了,但是很快又仰起头,"你见过七色花吗?"她的神情满含期待。

　　我眉头微蹙,她大概以为我没听清,又大声重复了一遍。

　　"七色花",我心里默念了几遍,真是见鬼!我孩提时,做梦都想得到一朵七色花,传说七色花有七色的花瓣,每一片花瓣都能赐予你神奇的力量。我经常在夜深人静,双手合十,默默祈祷。我天真地认为,上天总会听到一个孩子的内心独白。

我其实不是天生耳背。如果不是因此受人嘲笑,我的人生也不会如此晦暗。我的父亲,性格暴戾得像只成年烈性犬,他经常揍人,也被人揍。有一次,他烂醉如泥地回到家,身上还挂着彩,我躲在角落悲天悯人,他冲过来一巴掌就将我打翻在地。我直接被他打蒙了,等我晕乎乎爬起来时,我以为一大群蚊蝇在我耳朵里驻了窝,它们咬得我眼泪直流。一回想起往事,我的心口又开始隐隐作痛!

"你找七色花干什么?"我不动声色地问道。

"这么说真有七色花?"她的眼里立刻划过一道光,人变得兴奋起来,吊在我的胳膊上使劲摇晃,央求我现在就带她去找。一阵久远的麻醉的感觉瞬时传遍了我的全身,我突然觉得双腿有些发软,但这种感觉很舒服。

"我……好像在白桦林那边见过。"我大脑迷糊,开始信口胡诌,我也不知道那一刻为什么要撒谎,但是谎言一经说出就变得无可挽回。她顺着我手指的方向望去,为突然明确的目标惊喜不已。

"好吧,你得先告诉我找它干什么。"我蹲下身子,看着她,目光要比先前柔和,并顺势从她手中抽出其中一朵花,在尽量不触碰到她脸的情况下,别在了她的发端。不知为何,她的美丽引发了我的哀伤。

"你发誓不会告诉别人?"她怕我听不清,又凑到我耳边重复了一遍。她嘴巴里的热气哈得我痒痒的。但是不等我回答,她又迫不及待地说,"我要帮小星治好他的腿!"她的脸激动得有些发红。

小星?那个腿有残疾的男孩?我不屑一顾地笑笑,但至少我开始觉得这个小女孩有些意思了。每年夏天,小星的母亲都要推他到花坛边的台阶上晒太阳,这种日光疗法究竟有何用我不得而知,我只记得有一次从他的轮椅边经过时,看到半截像是被烧焦的细棍子,后来我才意识到是那条患有小儿麻痹症的腿。

"七色花会帮你实现这个愿望。"说完,我就觉得自己很虚伪,但是这个时候顺着她的心意说下去比较好。她感激地冲我点点头,并把身体主动靠过来,我闻到一股发香,这种若有若无的气息带来的眩晕感一直延伸到下腹沟,令人一时难以自持。我不由自主地牵起她的手,她既没有反抗也没有拒绝,反而用抓紧我的方式回复了对我的信任。

下了河堤,路变得忐忑不平,两旁的树木愈加葱茏,光线几乎被浓密的树叶所遮挡,公路也渐渐消失在了密林深处。一只鹰失神地盘旋在半空,像是被人一拳打得晕头转向,正在我以为它失去方向感的时候,它开始向下俯冲,几乎要扎到地面的一刹那,猛的一个拉升,直直地飞向了天空,最后变成了一个小黑点,消失在了天际。我转过头,发现她的眼睛紧盯着鹰消失的方向,还没从惊讶中回过神来。后来,我们又默默地走了一会儿,经过一家锯木厂,那是一排早已废弃的厂房,以前总见几个锯木工人叼着香烟在那里干活,有时候坐在木头垛子后面吃东西。我感觉到她的身体在发抖,我猜她把门口那台生锈的电动锯看成了一只蹲在地上的猎狗,因为我也常犯这种视觉错误。

然而,一旦她缓过神来,就立刻发现暮色正在从四周围拢过来。她挣脱我的手,嘴里嘟哝着,脚步开始迟疑不前。

不行,我可不能让她现在就回去,尤其是在我对她开始产生某种说不清的依恋的时候。我伸手去拽她,她扭头看着我,欲言又止,游移不定。"你确定真有七色花?"我盯着她的唇形。"当然了!"我语气肯定地说,"我亲眼见过,就在那儿,在最粗最高的那棵白桦树下。"我怕她不信,又胡乱编了几种颜色,红的、黄的、绿的、紫的……反正我知道,越接近真实的谎言越容易让人相信。果然,她低头看了一眼自己手中的野花,眼睛里重新放出光芒。

　　进入那片白桦林后,周围整个暗了下来,杂草与泥泞几次差点将我们绊倒。好像是被蜘蛛网迷住了脸,她忍不住哇哇乱叫,并不停地抱怨,往地上吐口水。空气中湿气很重,还有些阴冷,她缩着脖子,身体一直在发抖,我都分不清是鸟在林子里簌簌飞动还是我的心在咚咚乱跳。然而,她的眼睛一刻也没停止搜寻,有一次,她把长在树干上的一株灵芝当成了七色花,还有一次是蘑菇。渐渐地,她开始怀疑我所说的,"到底有没有七色花?"我含糊其词,不知所云。这时候,我脑子里一片空白,仿佛电视屏幕上出现了雪花。我不知道接下来该怎么应付她,有一刻,我甚至觉得白桦树干上横生的结疤,像许多黑色的眼睛,从四面八方对我发出拷问。就在这时,天空突然亮起一道闪电,紧跟着一阵滚雷在头顶炸开,她吓得尖叫起来,叫声中带着哭腔,"你撒谎,根本就没有七色花!"我心慌意乱,拼命解释,并把她往树林边缘拉,这时候,大滴大滴的雨点已经打在我们身上,等到我们冲到小店门口的时候,浑身上下都已湿透。

　　走进店里时,由于她始终想挣脱,我差点让柜台前的一截木块给绊倒,直至我呵斥了她,她才抽抽噎噎地停止挣扎。我顺着墙根,摸到开关,等到眼前突然一亮时,她才看清身在何处,有一次她曾到店里买过糖果之类的东西,不知她是否记得。我把她推入与柜台紧挨的那间屋子,并把她摁在床边,她看上去有气无力,可怜巴巴。我走到窗前,外面已漆黑一团,雨点密集地敲打着玻璃,像是机关枪对准了目标在扫射。我站了几秒,随即拉下百叶窗。我帮她倒了杯热水,放在她面前的桌上,她看也不看,"我要回家……我要回家……"她向我发出阵阵哀求。我装作视而不见,从墙上的挂钩上取下一件外套,披在她身上,她竟然扯下扔在地上。

"捡起来!"我命令道。

她纹丝不动。我突然变得耐心全无,气急败坏,随手抽了她一记耳光,她再次尖叫起来,并且发了疯一般胡踢乱打,我怎么摁也摁不住,她的哭喊声充斥着整个房间,像一头失去理智拼命想冲出笼子的小兽。这样可不行,情急之下,我照着她的头重重给了一拳,她在我面前颓然倒下,周围突然安静了!

奇怪的是,那一刻我的听觉变得出奇得灵敏,我竟然听到有人在门外拧动门把手,再仔细一听,却什么也没有!

我回过神来的第一刻,就是立刻俯下身子贴在她脸上听,她的气息平缓而均匀,像是睡着了,睫毛上还湿漉漉地挂着泪水。我慢慢褪去她的袜子,白色早已被泥水所玷污,我随手扔到角落里。当我的手抚摸她的身体时,一种冰凉的触感让我浑身发烫,情不自已。我慢慢弯下身体,任由涌动的欲望将我推向无边的黑夜……

神思恍惚中,我看到了三十年前的月亮,那个躁动不安的夜晚,那个春心萌动的少年,在黑暗中将他的手,伸向他的妹妹……少年抬起头的那一刻,我认出了自己的脸。

事情被我弄得一团糟,有那么一阵子,或许只有几分钟,我躺倒在地上,无法平静,也无法抬头,觉得自己全身都被掏空,包括头脑也是空无一物。后来,我想站起来,却觉得怎么也站不起来,好像被外面的风抽打过似的。事实上,我早已站了起来,将她的鞋袜轻轻地整理好,从她的耳边慢慢地摘下那朵已经枯萎的野花。她还像之前那样,紧闭着眼睛,我尽可能轻柔地抱起她,趁她还没有苏醒,我得把眼前这些乱七八糟的事情处理干净。我抱着她,在夜色中走下斜坡,走向鲛河。

"傻姑娘,"我轻轻地说,"天堂里有七色花。"她的身体在放入河水的那一瞬间,我似乎听到了她的呻吟声,但仅那么几秒,她就从我的眼前消失了。

白天的时候,多数是我一个人,我坐在柜台后面,我的视线望出去,公路、树木、白云、山峦,常常以静止的状态呈现在我的面前,犹如我的生命,常常以如此寂静的方式开启着每一天。

　　一辆大巴在公路边停了下来,前门打开后,下来几个乘客,站在离汽车不远的地方,说着话,偶尔回头朝小店这边望过来。最后下来的是司机,他快速掏出香烟,点了几次火才慢慢抬起头,狠狠地吸了一口,几乎没有烟吐出来。一个中年胖子径直走进店里,他胳膊下夹着一大叠厚厚的报纸,我接过钱时,顺便扫了一眼,他脸上有好几块像污渍一样的老年斑,这让他看上去更接近一条斑点狗。他买了两块香肠面包,还没走出门,就大口吃了起来。等他走到汽车边时,我才发现他的报纸落在柜台上。大巴发动时,从窗口飞出了火光,那应该是有人快速扔出去的烟头。

　　等到我的视线再次落在那叠报纸上时,我打开慢慢读了起来。上面有则消息,准确来说是则寻人启事,那个叫李诗爱的女孩,正从报纸上向我发出微笑,我感到胃里一阵痉挛。我第一次近距离地观察一个人的脸,说实话,我有脸盲症,这张脸和那张脸,究竟有什么联系?我想不起来。李——诗——爱,读起来非常陌生的三个字,我习惯性地摇摇头。那么,这个叫李诗爱的女孩,她什么时候失踪的,在哪里失踪,失踪时穿什么衣服等等,这些问题就都与我无关了,世界上各个角落每天都有人失踪有人死亡,这很正常。我合上报纸,太阳照过来,有些刺眼。我走过去,用力去拉窗帘,就在这时,我看到公路的拐弯处,有个警察骑着摩托车朝这边驶过来。他弓着身体坐在摩托车上,一个急转弯,就停在了店门口,像是画上了一个句号。

　　他进来时逆光,我看不清他的脸,只觉得他的脸很黑很威严。可能是突然从强光下走进来的缘故,他站在门口停了几秒,才适应过来。他快速扫了我一眼,很快将目光投向我身后的货架。我注意到他的制服在腰部猛然凸起了一块。在挑选商品的过程中,他那只戴着白手套的手,始终在报纸上笃——笃——笃地敲打着,不紧不慢,不紧不慢。

我给了他他要的东西,他右手慢慢地斜插入口袋,我大吃一惊,他取出的却是一叠钞票。我冲他笑笑,抽取了自己该拿的那部分。他低头在看报纸。

"还没找到?"我把找零给他。

他摇摇头。

"有线索吗?"

他把眼睛从报纸上慢慢抬起来,面无表情地看了我一眼,"没有。"他说完,走了出去。

我原地不动,神态自若,我猜想,他会不会正在从摩托车的后视镜中观察着我。我这样想的时候,他的摩托车已经刷出了一道长长的尾烟。

临近傍晚,我关好店门,沿着公路往回走。走了一段路,我发现前面有许多卡车停靠在路边,刚开始我以为发生了特大交通事故,走到跟前才知道,原来是运送移植树木的货车,一辆接着一辆,每辆车上都横躺着几棵大树,硕大的根部被绳子捆扎得结结实实,仿佛倒下的巨人被五花大绑。我从其中一棵白桦树上,无意间瞥到那株黑色的树舌灵芝,仅剩残余。

"你们要把树运到哪里?"我大声问那个恰好从车里探出头来的司机。

"红山景区。"他晃着脑袋,饶有兴致地看着我说。

哦,红山!我继续向前走去。到了河堤附近,我从公路上拐下来,沿着河堤走。我注意到水位比几天前低了些,水流速度也变得缓慢了。流速一旦变慢,看起来就有些混浊,很多漂在上面的物体也就停止了流动,一团一团地挂在水草和灌木丛中。偶尔有水泡从水底升起，像是河流打嗝后不小心漾出的极细极小的波纹。有时会有东西突然从河流的中间跳起来，速度快得你根本看不清是不是鱼，很快就又平静如常。除了速度之外，看不清物体也和水的清浊有关，那些树木、白云、水鸟、人脸，几乎所有倒映在水里的东西都变得混沌不清，好像是与非，黑与白，美与丑，善与恶，所有事物之间的二元对立都消失得无影无踪。

水的流速减慢了！这句话像水面上的蚊子在我眼前绕来绕去，挥之不去。我想闭眼休息一会儿，因为长时间盯着水面，让我觉得眼球发涩发烫，然而，大脑发出的指令眼睛却接收不到！有什么东西开始慢慢进入我的视线，我一动不动，有个东西像是急着要从胸口跳出来，我唯一能做的却是一动不动！就像小时候我的父亲要饱揍我一顿的时候，我的灵魂早已仓皇逃逸，而我的身体却牢牢生根！就这样，我看到脚下的水里漂过来一具尸体，过去很久，我才意识到那是一条浮肿变形的狗。

我反复揉搓着眼睛，视力减弱会让人的反射弧变长？回到公路，一座巨大的烟囱坐在地上，正在朝天空大口大口地吐着浓烟，我的第一感觉就是一只魔鬼正在诞生，并且已经开始作恶。离小区不远的地方有家餐馆，我走了进去。我通常坐在唯一一个靠窗的位置，这样可以看到外面发生的事情，可是现在那里坐着一个穿着防水面料大衣的姑娘。女服务员看到我时，一言不发地将我带到旁边的座位。我点了一份冷面和一瓶啤酒，没过多久，女服务员已经端着盘子走了过来，我立刻挪开水杯与盐瓶，她却把盘子放在了隔壁客人的桌上。我又坐了好久，感觉漫长的等待过程非比寻常，事实上仅过去几分钟，因为等我开始吃的时候，那个姑娘才拿起筷子。

我晕乎乎地走出餐馆，这在以前是从没有过的事，一瓶啤酒就能把我放倒？不过，这种感觉很好，所有的东西好像离我都很远，或者说我离所有的东西都很远！我想回家，回到那个只属于我一个人的小屋，可是我的脚不听使唤，它们像是暗地里商量好了，合伙把我搬来搬去，好像我是件可以任意摆放的家具，好像我是清洁工手中推来推去的垃圾车，好像正要被倒入河里。

奇怪，我怎么会站在一家电影院的门口？我站了很长时间，直到看着两个工人笨手笨脚地换上新的广告牌。然而，我有个重大发现，广告牌居然是歪的！不对，门是歪的！不对，墙是歪的！连墙上的售票窗口也是歪的！导致我只好把自己斜着对准窗口去递钱，又斜着走进放映厅，等我坐到沙发上时，银幕在我眼里终于端端正正了，电影开始放映了，我的头渐渐歪在了靠背上。

银幕上出现了一个小姑娘，手中拿着一朵七色花，只剩下最后一片花瓣了，该怎么办呢？忽然，她看见一个小男孩坐在大门前，他有一双明亮的黑眼睛，小姑娘很喜欢他，想和他玩。

"我们一起捉迷藏吧，跑着玩！"

"我也想和你一起玩，可我是个跛子，这辈子都不能跑了。"

"别伤心，你会好起来的！"

小姑娘小心翼翼地撕下最后一片青色花瓣扔了出去，"小花瓣哟，听我说哟，照我说的做哟！让这个小男孩健康起来吧……"话还没说完，小男孩真的就站了起来！

有一刻，我以为有人对准我的眼睛拧开了手电筒，刺目的强光让我无法睁眼，我肯定是因此才醒来的，我直到坐起来时才回过神。影院里空无一人，我摇摇晃晃地走下台阶，像那个男孩从轮椅上站起来，走了出去。

牛奶这次没叫

麦冬把汽车从车库开出来,发现起雾了,这让他感觉自己正在进入一场白日梦。

昨晚又失眠,天快亮时,睡意才来,闹钟却响了。想到牛奶,他只好爬起来,不管怎么说,今天至少会有个了断,这让他感到一阵轻松。怎么说呢,任何事只要找到解决的办法,总比空等好,他越来越相信这一点。

汽车上了高架,雾更重了,事物的边界消失了。他点了一根烟,慢慢吸着,想着心事。一个人沮丧时,从任何地方都能看出来,哪怕他抽烟时的样子。他现在给人的感觉就是这样。每个人都像一座孤岛,在茫茫大海中沉浮,碰到倒霉的事情后,他越发觉得如此。经济萧条时期,公司一天到晚裁员,先是从生产线上的工人裁起,今天裁一点,明天裁一点,现在轮到领班管理人员,甚至销售也自身难保。没办法,经济不景气,谁都只能听天由命。按理说,他是公司的老人,他的顶头上司又是亚洲区总裁,一个美国佬,待他不赖,在大老板面前没少说他的好话,他还一度等着升职加薪呢。但这也不能给他带来好运——覆巢之下安有完卵?再说,一个月前,那个美国佬突然生癌,挂了。

总体来说,他还是乐观的,觉得事业在走上坡路,换了面积比之前大、环境比之前好的房子,又买了车,虽背了一屁股贷款,但债多不愁嘛。他甚至想,如果女儿能申请到明尼苏达大学,他们全家就移民,公司的本部就在那儿,密西西比河从公司门口经过,多浪漫啊!但是,生活急转直下的时候,就像一秒前飞机还在天上飞,而一秒之后它就一个倒栽葱——谁都只能眼睁睁地看着。

一旦失去对事情的掌控,他的焦虑明显增加,最明显的变化是额头冒出来的老年斑,褐黑色的一大片,看着都糟心——他不得不把这件事和衰老联系在一起。紧接着是连续几天的便秘,噩梦,他不是梦到牙齿全都松动脱落了,就是头顶出现大面积的斑秃。惊醒后,他不知道该拿生活怎么办?他想知道。

车子转过一个S型的弯道后,开始一路向东。有一阵子,眼前出现大团大团的雾,是从湖那边飘过来的,他的公司就在湖对过,中间隔着一大片绿化带。有段日子,下班后,他就去湖边坐着,那边清静,让他暂时没那么心神不定。

太阳一出来,雾很快就散了。下了高架,快到母亲小区门口时,她来电话催,问他到了没有。她最近没少烦他,为狗的事,动不动就打电话给他,一会儿说牛奶查出来有心脏病,要他天天推着婴儿车带狗去打针,落下一次,她就唠叨个没完。她自己有先天性心脏病,却认为没什么大不了的。她把速效救心丸和感冒药、晕车宁一股脑儿堆在床头,一有不对劲儿,就抓起来吃几粒,然后躺着等药效上来。过了几天,她又说狗眼睛里生了癌,几乎要瞎了。前些日子又说,癌细胞扩散了,她都能摸到那些肿块……他突然听到她在电话那头呜咽起来。记忆中母亲从不轻易流泪,她一个人过了大半辈子,坚强得像块铁,现在为了一只狗,居然哭了!

他把车子停在小区楼下,关好车门,伸了个懒腰,几乎闻到了空气里潮润的栀子花香的味道。深蓝色马赛克镶嵌的室外游泳池,抽干水后的池子里,落满了树叶和废弃物。穿过一条弯曲的红色通道时,他注意到好几处狗屎,在晨光里泛着耀眼的光芒。他小心翼翼地绕了过去。他有个同事，在股市低迷时期，连续几次打中新股，他们都说他走了狗屎运，一窝蜂地跟进。他才不迷信这一套，他不喜欢这种等着撞大运或者被命运牵着走的感觉。他喜欢直截了当，解决一件是一件，把混乱的次序排列整齐的感觉。总之，他迫切希望生活不要被打乱，尽快把事情理出个头绪来。所以，他把今天上午要做的事情，看作一个开端。

电梯在 15 楼停住，他走出去，静静地站了几秒，除了电梯门关上时发出的微弱的"叮"的一声外，整幢楼安静得像一口大钟。

这次没听到狗叫。

麦冬敢对天发誓，牛奶是他这辈子见过的性情最暴躁的一只母狗了。那是唯一也是最后一次，牛奶被接到他家里，他们算见识了。那次母亲出国旅游，电话里千叮咛万嘱咐照看好她的牛奶，再说下去他都要挂电话了。

吃过晚饭，他和秀雅开车去接牛奶。走到小区楼下时，发现电梯坏了——20 楼的水管突然爆裂，水流了近两个小时才联系到业主，但已经晚了。整幢楼的人都只好爬楼梯。他们把这笔账也算在狗头上。

爬到 5 楼的时候，就听到牛奶在狂吠。

这只疯狗。他说。

它都能把楼给叫塌了。秀雅说。

他们还走在楼道里，就听到牛奶的爪子在门上乱抠一气。"它疯了，"秀雅气喘吁吁地说，"它会把我也弄疯的。"

他把事先准备好的火腿丢进狗食盆里。来吧，牛奶，到这边来。他一边说着，一边把它往笼子里引。它叼住火腿的那一刻，他啪地一下，关上了笼子。抱起笼子的时候，他觉得它重得简直不配做一只宠物狗。

他们一夜没睡。

牛奶叫了一夜。他们冲它吼,做手势吓唬它,把它关进笼子,又没办法放出来,把它赶到阳台上,但都没用。秀雅叫着从床上跳起来,逃进卫生间。牛奶追了出去。他听到秀雅在拼命尖叫,啊啊啊!别叫了!别叫了!我再也受不了了!

该死的狗!他冲了出去。他非把它的屎踢出来不可!

后半夜,他以为牛奶死了。早晨他走进客厅,发现地毯上至少有半打都是地图形状的污迹,秀雅的长筒袜和他的内裤裤裆被咬得全是破洞,桌脚也被啃坏了。他正想找它算账时,它衔着一只拖鞋的脑袋从沙发底下探了出来。

他准备出门时,秀雅打开卧室的门,肿着眼睛说,把这只疯狗带走!我这辈子都不想见到它了!

他带了几件换洗的衣物,把牛奶搬上车,车子发动后,牛奶不叫了。它安静地趴在车后座上,车子拐下高架,停下之后,它站起来,嘴里发出呜呜声,四下张望。

进门后,他把牛奶从笼子里放出来。它冲出去,在地上快速打着转,来回嗅着,然后蹲下来。他发现牛奶拉屎用力的时候,一副愁眉苦脸相,他乐了。

晚上,他躺在床上,周围出奇地安静。月光正好照在床上,牛奶静静地趴在地上,眼巴巴地望着他。过一阵子,它又换到另一头瞅他。他点上一根烟,慢慢地抚着它身上的毛,感到睡意渐起。

他忘记上闹钟。朦胧中,听到牛奶在叫。他睁开眼睛,牛奶立刻不叫了,喘着粗气,伸出长长的舌头舔他,他给它的味儿熏到了。他爬起来,去厨房弄早餐。打开冰箱,发现冷藏柜里起码有一半架子上是狗粮,只找到两只鸡蛋和一盒酸奶。水一沸腾,牛奶又叫了。电话响,它也叫。他发现它没有不叫的时候,但凡有响动,它就像个反应过激的女人。他在狗食盆里拌上狗粮,坐在餐桌旁抽烟,静静地看它把头埋进盆子里,吃完了冲他摇尾乞怜,三角耳朵短短地竖着,露出肉粉色的耳穴。眼睛像弹珠那样凸着,黑得发亮。阳光透过玻璃照进来。这是一个美好的早晨,他想。

他环视四周,开始打量起屋里的摆设来。他注意到,五斗橱上的相框里,都是他从小到大的照片,以前怎么没发现。洗手池边的窗台上,放着一台收音机,裂缝的地方用透明胶带仔细缠起来。他记事起,他母亲就有听广播的习惯,有时候他半夜醒来,听到收音机还在"刺啦刺啦",就替她轻轻关了。他走过去,打开收音机,从阳台上那堆旧杂志中,抽出一本读起来。过了很长时间,他慢慢把头从书上抬起,看到牛奶卧在沙发上,正专注于撕咬一只玩具。恍惚中,他看到自己正坐在母亲的位置上。

现在的情况是,即使让牛奶发出最温柔的猫咪叫,都不行了。昨天下午见到它时,它已经几天不吃不喝,伏在地毯上,路都走不动了。它那一身像从天鹅那里借来的绒毛,现在都发黄发臭了!宠物医院那个假装深沉、说话时习惯揪着髭须的中年男人说,没救了,别治了,整个免疫系统像汽车刹车失灵,没法控制了。他注意到他母亲的脸当时就黑了,尽管她一句话没说,他也能听到她身体里有什么东西垮掉了。他第一次发觉,牛奶对他母亲,意味着什么。

可是,要想谁都不痛苦,不能眼睁睁地看着它等死,只能给它注射一针,让它脱离苦海。他有一次开车时听电台,才知道在宠物界,那些猫猫狗狗,不但活得很体面,死得也很有尊严。那个张姓成功人士对主持人说:和日本比起来,我们算落后了。日本的宠物殡葬服务被开发得特别到位,那里不仅有宠物葬礼、宠物火化和宠物墓地,甚至还有专为宠物服务的寺庙……他嗤之以鼻,换台,你就扯吧!

没过几天,他母亲倒先提出要给牛奶执行安乐死。她说她没法看下去了,那简直是在剜她的肉!她都仔细打听过了,两千块解

牛奶这次没叫 / 157

决问题。她又说,墓地她也想好了,就在舅舅的纺织厂房的背面,那儿有一大块空地,算得上是风水宝地,理由是厂里的工人在那里随便种什么,都会疯长一气……

母亲站在门口,他看到她已收拾停当,就在等他来了。他蹲下身子,对着牛奶召唤道,嗨,宝贝儿,我们得走了。

牛奶眼睛红肿着,仍在原地趴着。

他把牛奶抱进婴儿车,母亲把婴儿车的遮阳罩拉起来,把准备好的东西塞进车底。他们在电梯口碰到两个头发染得金黄、臀部裹得滚圆、香水味儿能熏死臭虫的女人,她们伸长脖子,等看清楚婴儿车里坐的是一只狗时,大笑不止。

他们走在五月的那个上午,那条充满城市嘈杂气息的街道,他希望能和母亲说说话,或者听母亲说点什么,或者一切都快点结束吧!

远远地,他们看到宠物医院的亮黄招牌,在阳光下闪着刺光。

你们来了。前台那个女孩从吧台后面站起来冲他们打招呼。她说话时嘴巴一张一合,牙箍闪着亮光。她在前面带路,他们把狗抱上二楼。空气里弥漫着狗骚气、药水味儿,还有狗在看不见的地方叫唤。上次见过的那个医生,身着蓝大褂,打了个响指走过来,把狗接过去,放在地上。

我猜它肯定饿坏啦,医生说,得让我们的姑娘先填饱肚子啊。他一伸手,从身后的陈列柜上取下一袋狗粮,剥出一只鸡蛋大小的肉丸,往地上一扔。

吃点吧,小乖乖。母亲俯下身子,凑到狗耳朵边上说。我给你录个相啊。

牛奶三下五除二就把肉丸吞下去了!

哈,它还挺能吃的嘛。医生说。再来一个!今天随便吃,想吃多少吃多少。他又剥了一只扔在地上。这次,牛奶只闻了一下,就把头耷拉到一边。

那——我们就开始吧？医生说。

麦冬把牛奶抱起来。

一针麻药，一针……对吧？母亲说，你们昨天讲过了。

对，没错，先打一针麻药，让它美美地睡一觉。说话间，医生已经在给狗推麻药了。可能会流口水，他说，不过也不一定。

几分钟后，医生把狗接过去。现在可以进手术室了，他说，你们要不要进来看看？他望着他们。

他和母亲互相看看，摇头。他们在一张绿色的圆桌前坐下，等着。那个女孩倒了两杯水，放到他们面前的桌子上，他们谁都没去碰。大厅的角落里，摆放着几只毛绒玩具狗，沙发上那只博美，乍一看，和牛奶长得一模一样。他注意到母亲也在盯着看。对面墙上，挂着一面红色锦旗：宠物的白衣天使，贝贝的救命恩人。他把头偏到一侧，想着那个叫贝贝的狗，现在在做什么？

很快，医生在手术室门口招手示意他们进去。他用听诊器听了一下狗的心跳，说，已经走掉了。你们再看会儿还是现在就把它包起来？

我来给它穿件衣服吧。母亲说。她从袋子里取出一件衣服，开始往牛奶身上套。套着，套着，她突然把脸一捂，身体蔫了下去。他一把从后面托住她，眼泪瞬间就涌出来了。他知道他现在唯一能做的就是托住母亲，否则他这辈子都后悔莫及！

他抓住楼梯慢慢走下台阶，感觉牛奶比之前要沉，因而提得很小心，避免碰到或者刮到什么。母亲跟在后面，不停地用袖子抹着眼泪。

开车去纺织厂的路上，他给舅舅打电话，听到电话那头说，工人已经挖好坑啦，就等着他们来。透过反光镜，他看到母亲还在不停地哭啊哭。他抽出纸巾，向后递给她。

站在那堆新土上时,他发现工人挖的坑,都足以埋下一头猪了。

反正他们有的是力气。舅舅说。他从烟盒里弹出一根烟,他们互相对火点上。

不着急,舅舅说,我们有的是时间。停了一会儿他又说,小白昨晚一窝下了七只狗崽,这狗杂种!他嘿嘿地笑起来,皱纹把脸分割成不同形状。

草狗就是这点好,麦冬说,随便怎么都能生养。

到下个月,厂房就没了。舅舅说,这些狗怎么安置,我还没想好呢。

麦冬看了一眼放在地上的口袋。沉默了一会儿,问,工人呢?

大部分都回老家了,舅舅说,想想看,我不能老这么干下去,我得享享清福了。

接下来你可以抱孙子了。麦冬说。他想到女儿出生后,一直是母亲帮着带。孩子大了以后,母亲反倒没事干了。

麦冬扭头望着不远处的油菜花地,金黄灿灿,强烈的光线让他的眼泪几乎都要流出来了。干活吧,他说。扔掉烟蒂的时候,他看到母亲抱着一只幼崽,出现在那棵枞树的弧形阴影下。

黄月亮

春秋巷位于春秋镇最热闹也是最肮脏的地段。巷子不长,却人口密集。青灰色的民宅,密麻麻布在巷子两边。一条青石板路,直贯东西。

春秋巷的民宅大多有上百年的历史。曾经是白墙黛瓦的建筑群,随着年代流逝,渐渐褪尽光彩,只留下颓败,徒增人愁绪。

和巷子周围的古建筑风格大相径庭的,是一座公共厕所,兀自坐落在巷子中间。所谓厕所,不过是砖块砌的围墙,油毡布盖的顶,深坑似的几个茅坑,如斯而已。然而,别看这厕所不起眼,利用价值却极高。寒来暑往,它以海纳百川的气度默默容纳着春秋巷居民以及附近货摊主的排泄物,可谓功不可没。但也正是由于它的存在,彻底败坏了春秋巷的名声。在每年的卫生评比中,春秋巷的环境卫生最让检查人员头疼。如果你曾经从满天蝇虫狂舞的巷道上走一遭,我保证你一辈子也不会忘记那气味儿。

与厕所为邻的是焊工苏守信家。苏守信的电焊铺,开在巷口不远,一间破房子,里外堆满工具。他每天早出晚归,苦心经营。一张面孔,久经高温烘烤,变得焦黑锃亮。

当夕阳在地平线上消失的时候,我们看到苏守信佝偻着身体,慢吞吞,从巷口往家走。一个男人的打趣声从一扇窗里传出,苏师傅,咱春秋巷能焊的东西都让你焊遍了,咋不晓得把你家的门户用电焊给焊牢呢？

苏守信黑着脸，回敬一句，你啥意思?!

那人冷笑道，啥意思？你家的门槛都快给人踩平了。你呀，真是个闷头！

苏守信听后，缩头缩脑，不吭气。

苏守信长得丑，可丑人有艳福。苏守信的老婆就非常漂亮，她生的一对儿女，也遗传了母亲相貌上的所有优点。女儿苏春，生得清秀水灵，可惜是个傻子。儿子苏昂，正在读初中。

苏守信不在家的时候，春秋镇上的男人，一个个像苍蝇一样叮到他家。苏守信的老婆周婵，挺着春胸，出现在窗口，靠和那些人眉来眼去，打发寂寥而空虚的日子。

周婵年轻时，是一名话剧演员。为了争女一号，她与团长暗度陈仓。谁料，身是献了，女一号却没当成，还被团长的女人当街羞辱了一番。那位与她当初海誓山盟的团长，却连面儿都没露。幻想破灭了，工作也弄丢了，周婵由一名话剧演员变成了焊工老婆。

梅雨季节来临后，春秋镇的角角落落滋长起了暗绿色的霉斑，气压低得令人窒息。白天，整个春秋巷沉闷压抑。到了半夜，空气才渐渐凉了下来。

电焊工苏守信睡得昏死过去的时候，她的老婆周婵，幽灵一般探出家门。一袭月牙色的碎花旗袍，一头高高盘起的乌发，一段青瓷般的颈项，周婵寂静如水地走在春秋巷的青石板路上。昏暗的路灯，拉长又缩短了她的身影，如夜的精灵在跳舞。周婵走出巷子，径直往春秋湖走去，消失在紫竹林深处。半夜时分，没人会发现一个女人的诡秘行踪。但一个人除外，那就是傻子苏春。

苏春除了傻，还有夜游症。她经常睡到半夜，爬起来，走出大门，走出巷子，走向春秋湖畔。湖水的气息吸引着苏春，一个声音从湖底传出，在召唤她的名字。苏春走到湖边时，才发现声音并不是从湖底发出的,好像是前面那片紫竹林。苏春又往竹林方向走去。那个声音,在苏春的耳畔越来越清晰,借着月光,她模糊看到两个身体,泛着青光,缠扭在一处。那声音就是从那堆肉体中发出来的。苏春迷迷糊糊觉得,其中一个人,像母亲。苏春想唤,却怎么都唤不出声来。过后,她醒了,看到母亲,立在床头,目光像钩子,嵌入了她的身体。她听到母亲用一种低沉而严厉的语气说,你什么也没看见,记住!她冰凉的手,从苏春柔软浓密的秀发间抚过时,苏春感到沉重无比。她徇了下去,像一只害病的小鸟。

周婵并不知道女儿有夜游症。

春秋巷的人们,经常看到傻子苏春在春秋湖边转悠。她像一只美丽而安静的母鸡,总是低头在寻找什么。苏春到底在寻找什么呢?没人愿意知道,谁会把心思花在一个傻子身上呢。

苏春是春秋巷唯一的傻子,而且又那么漂亮,所以,很多人就来欺负她。以席小哥为首的一帮男孩子,经常会哄笑在她周围,大声叫"半个人!半个人!"("半个人"的含义我至今也没搞清楚,大抵带有污蔑的意思吧)。苏春一听到这三个字,立刻柳眉倒竖,面色通红,追着去抓那帮家伙。她左扑右抓,仿佛一只瘦弱的鹰,在毫无目标地捕捉猎物,而猎物们早已作鸟兽状散尽。她蹲在地上,边哭边用手去抠地上的土,然后徒劳地把土抛向那帮家伙逃逸的方向。随风而飞的尘土,浸着鲜红的血,散落在苏春周围,仿佛黑色梅花在空中飞扬。

苏春的弟弟苏昂,此时正枯坐在自家院落的天井下,望着灰白的天。空中传来时断时续的鸽哨声,时断时续的哭泣声。他知道,那是他的傻子姐姐又被人欺负了。他想动却没动,因为他正头痛得厉害。空气凝滞,他感到浑身冰凉。他想杀了那帮家伙。

秋日午后的一天,苏昂记得那天阳光十分刺目,像一枚铜钱。巷子四周少有地安静,苏昂像一只猴子,攀在厕所边的那棵大榆树上。茂密的树叶遮住了他,也遮住了白花花的日光。这是那个家伙的必经之地。苏昂的面色天生苍白,眼神忧郁,在春秋巷的男孩中,他显得与众不同。现在,他双唇紧闭,额上因为紧张而泛出一层细汗。他一只手揣在上衣口袋里,满是汗水的手心里攥着一只弹弓和一颗石子。一颗足矣,苏昂对自己玩弹弓的技术充满自信。

约莫半个钟头过去了,目标终于出现——席小哥正不紧不慢地从春秋巷东头走来,全然不知一场灾难正在不远处等着他。

席小哥是春秋巷男孩子当中颇具威风的人物。他体格健硕,勇猛好斗,据说一口气能举起春秋巷口那块明代的青石板。那石板约莫200多斤,席小哥举在手上,如同托着一片树叶。这让其他的男孩崇拜得两眼放光。有趣的是,席小哥的骨子里有种军人情结。他平日最喜欢穿一件洗得泛白的绿色涤卡军装,肩上斜挎一个草绿色的军用书包,头上戴一顶褪色的军帽,帽底通常会塞一条丝巾,用来将帽檐衬托得有棱有角。很快,他这身不伦不类的装束像流行病一样在春秋巷的男孩子当中蔓延开来。一夜之间,几乎每个人都拥有了这么一身稀奇古怪的装束。他们穿着这身不知从哪里弄来的破军装,趾高气扬地从女孩儿们的身旁走过时,内心常常会为赚取到高倍的回头率而得意非凡。

席小妹看到春秋巷的男孩子人人穿着这身军装,在她面前走来走去的时候,通常会眼皮上翻,拖腔拖调地说:俗——不——可——耐!

席小妹是春秋巷最漂亮最骄傲的女孩子,她面容姣美如玉,两条细长及腰的辫子垂落在袅娜的身后,行走时常常会一搭一搭富有节奏地在身后跳动,像枝头雀跃的小鸟。她从小就爱跟在席小哥和他那帮小弟兄的身后,看他们玩军事游戏。她喜欢尖叫。她的每一次尖叫,都能引来男孩子们灼热的目光。当他们的目光停留在她身上时,席小妹就不肯再尖叫了,她会矜持地把目光转到其他地方。

　　有时候,席小妹看到焊工家的傻女儿苏春,坐在家门口的石凳上,双手勾着一圈毛线玩。她在离苏春不远的地方停住,发现此时的苏春,其实和正常人没什么两样。她哼着一首曲子,沉浸在自得其乐的世界里。然而,这个世界很快就被那帮家伙打破了。席小哥和他的那帮小弟兄不知从什么地方蹿出来,把苏春围在中间,推来搡去,发出杀猪似的嗷嗷乱叫。苏春受到惊吓后,拼命想逃,却被他们一次次地像抓小鸡一样拎回来。席小妹看不下去,她冲上前,却又被挤出来。现场乱作一团。

　　正在这时,苏昂出现了。他冲进这场混乱,一把搡开那个正在撕扯苏春胳膊的家伙:放开她!全场一下子安静下来。苏昂的突然介入,让这场刚刚掀起高潮的游戏戛然而止,大家顿时感到索然无味。席小哥见状,嬉皮笑脸地凑到苏昂跟前,玩玩嘛,何必当真。话音刚落,他的鼻梁就挨了一拳。席小哥没想到苏昂这么个文文弱弱的小子居然敢对自己动真格的,恼羞成怒,扑上去,一把把苏昂摁在地上,拳脚雨点般落下。

　　席小妹飞奔着去找大人。

　　那次混战,苏昂挂了重彩:肋骨三处骨折,软组织多处受伤,身上缠满绷带,看上去就像一个刚从战场上下来的伤员。然而,身体上的伤痛远不比心里的痛苦。父亲苏守信整天以他的电焊铺为家,母亲周婵像个交际花,苏春对周围一切浑然不觉,可他就不同了。他从小就从周围人的眼神中看出异样。他们经常窃窃私语,说周婵是春秋巷有名的"招手停",说苏守信这辈子也脱不了绿帽子,说他的一对儿女不知是谁播下的种……

　　苏昂对春秋巷充满憎恨。

　　一天中午,苏昂无意间发现大门框上挂着一样东西,走近一看,竟然是只破鞋。苏昂抬起一脚,鞋子飞上屋顶,砸中一只正在

黄月亮 / 165

午睡的黑猫。黑猫"喵呜"一声,消失了。苏昂仰起头,午后的阳光让他晕眩。

苏昂的头痛病就是从那时开始的。最初,周婵带他去镇上的人民医院,一个老眼昏花的中医开了一大堆说不上名儿的草药。到家后,周婵每天晚上都要端给苏昂一碗黑乎乎的药水,逼他喝下去。遗憾的是,苏昂的病情反而加重了。周婵见此情形,也不再强迫苏昂吃药。后来,那些草药被苏昂倒进茅坑,毒死了一堆蛆虫。

随着时间推移,苏昂的病情愈发严重。他整天抱着脑袋,蜷缩于院子一角。

他在酝酿一个复仇计划。

现在,我们看到的正是苏昂的复仇计划。席小哥越走越近,很快就要走到大榆树下了。苏昂听到心"怦怦怦",快要从胸口跳出来。差不多了,他深吸一口气,举起弹弓,瞄准目标,定格一秒,左手迅速一放,那头"哎哟"了一声,人就重重地摔在了地上。

席小哥捂住右眼,在地上打滚,脖上青筋毕露,嘴里骂着,狗日的!暗算老子算不得好汉,有种的站出来!

苏昂从树上滑下,毫无声息地离开了现场。

接连几天,春秋巷安宁不少。没有了小霸王这个头头儿,春秋巷的男孩子成了散兵游勇,一个个像秋蝉一样软弱无力。

自从遭到暗算后,席小哥的右眼圈黑了近一个星期。待褪去之后,视力大大下降,几乎看不清两米以外的东西,看到的东西又总是浮着一层白雾。他向学校请了半个月的病假,像一只受伤的老虎,躲起来暗自疗伤。席小哥往日的嚣张被一脸的阴郁所取代。他走在树荫下时,依然能感到光线灼疼了他。

他看到有个人从对面走过来。仇人相见,分外眼红。

苏昂扫了一眼席小哥,朝天吹了一声口哨。一只鸟飞出了大榆树。

你——丫——忒——狠——了——点！席小哥说这话时，嗅到自己嘴巴里有股血腥味。

苏昂看着对方的眼睛。他对自己的表现相当满意。

席小哥额头的血管几乎要爆裂开来。他指着自己的右眼，逼近苏昂，你丫出手不俗啊！老子的这只眼珠子算是借你当弹珠玩了。不过，有借有还，这可是规矩，你等着！席小哥浓重的气息，几乎要让苏昂呕吐。

席小妹远远看到哥哥和苏昂站在树下，等哥哥走远后，她假装正好路过。嗨！她冲苏昂打了声招呼，脸奇怪地红了。红晕像水，在她吹弹即破的皮肤上漫开来，开出了两朵浪花儿。

席小哥一离开，苏昂的心情就变得糟糕起来。暂时的胜利并没给他带来多少喜悦，反而让他忧心忡忡。他听到一个熟悉的声音，扭头一看，是席小妹，他的脸色马上冷下来，面无表情地盯了席小妹一眼，走开了。

苏昂的冷漠让席小妹尴尬极了。她半天没动，泪水在眼眶里打转，终于没掉下来。其实，她早猜到打伤哥哥的人是谁。如果是其他人，她肯定会和哥哥同仇敌忾，可偏偏这个人是苏昂，这就让席小妹内心的天平不自主地偏向了苏昂。尽管苏昂的报复行动让哥哥的右眼几近失明，但是毕竟哥哥有错在先，苏昂的举动不过是兔子急了才咬人的一种无奈之举。可是，苏昂……

席小妹喜欢苏昂，这在春秋巷是一个不为人知的秘密。别看席小妹平时旁若无人，实际上，这姑娘心思缜密着呢。苏昂那略带忧郁的气质，蜷曲柔软的头发，干净整洁的外表，瘦削却不失挺拔的身材……所有这一切，都吸引着席小妹。

席小妹的心思像雨后春笋，一节一节地往上攀升，到了油菜花黄的季节，她对苏昂的暗恋已经饱胀得急待收获了。好几次夜深人静，她从被窝里爬起来，借着一泻如水的月光，写了一封又一封信,却又怀着极其矛盾的心情把它们撕了。可是,这并不影响她继续写下去。因为如果不让她写,她要被压垮的。

这天,席小妹心乱如麻,在街头转悠时,瞅见苏春,站在一个货摊旁,拿着一面小圆镜子,左顾右盼。

苏春！她叫道。

苏春回过头,看到席小妹,冲她扬了扬手中的镜子。刺眼的白光反射到席小妹脸上,苏春跳起来,指着席小妹叫道:镜子！镜子！

席小妹无奈地笑笑,冲苏春挥挥手,示意她过来。苏春跟在席小妹身后,俩人一前一后,来到不远处的一个废品收购站,停住了。

苏春,我要请你帮个忙。

苏春依然兴致不减地玩着镜子。

苏——春！席小妹拉长声音,内心焦躁不堪。香椿树上的秋蝉,"知知知"叫唤着,似乎要戳穿她的心思。

苏春终于把脸转向了席小妹。她见席小妹一脸紧张,也跟着紧张。席小妹趁机拉住苏春的手,把那张藏在裤兜里的小纸条握进了她的手心。

苏春见手里多了一样东西,不解地望着席小妹。

噢——,席小妹故作轻松地说,这是苏昂要的,你一定要亲自转交给他。千万不要给其他人看见,否则苏昂要生气的！

苏春一听是给弟弟的东西,马上说,给苏昂,谁要都不给！

席小妹顺手又塞给苏春一把糖果,目送她鼓着腮帮子消失在春秋巷口。

席小妹的纸条终于安全地在苏昂的手里着陆了。

今晚9点,春秋湖边,不见不散。席小妹。

席小妹的纸条让苏昂颇感意外。很明显,这个女孩子,这个春秋巷最漂亮的女孩子,对他情有独钟。这原本是一件让人自豪的事情,至少可以成为向他人炫耀的资本。可是苏昂一点儿也高兴不起来。谁让这个人偏偏是席小哥的妹妹呢,谁让席小妹有这么一个霸王哥哥呢,在他和席小哥成为不共戴天的敌人之后,他无论如何也不能接受席小妹的这份感情。

他三下两下就把纸条撕了。而这时,席小妹正坐在春秋湖边,期待着他如约而至呢。

春秋湖悄无声息,惨淡的月光在槐树林静静穿行。风吹过时,带来湖水的气息。席小妹不觉打了个冷战。早已过了约定时间。九点之前,她的心情还是希望和绝望同时充斥着的小帆呢,现在,就只剩下绝望了。一想到哥哥,很可能就是因为他,席小妹的心里就不由得充满怨怒。她抓起一块石头,扔向湖心。伴随着"扑通"一声,她同时听到紫竹林传来一阵响动,再仔细一听,只有风,从竹林吹过。

席小妹立起身,刚想活动活动发麻的腿脚,却感到头顶被人猛地一击,接下来便什么也不知道了。

席小妹被人强奸了!

这个消息不胫而走,刮遍了春秋巷的每一个角落。那段时间,"席小妹"三个字,几乎被人们的嘴巴嚼碎。席小妹是什么人?春秋巷最漂亮的姑娘,让人给糟蹋了。那个过去用眼角扫人,骄傲得像公主一样的姑娘,再也不敢趾高气扬了。那些过去暗恋她的男孩子,私下里为她惋惜,却庆幸没有向她表白。女孩子则为少了一个竞争对手而信心倍增。

席小妹把自己关在房间,哭了三天三夜,两只眼睛像两只刚摘下来的水蜜桃,又大又红。席小哥看在眼里,痛在心里。他思来想去,觉得这件事和他的仇敌有关。他要找苏昂算账,新账旧账一起算!

但是,他没有直接去找苏昂,他现在还没有任何证据。警察从妹妹的短裤上提取了罪犯的精液,又例行公事地问了若干个问题就走了。案子一时半会儿也不会有什么眉目,席小哥却等不下去了。

妹妹喜欢苏昂这个秘密在他这里早已不是什么秘密。苏昂的嫌疑最大,这家伙是冲他来的。

席小哥要以其人之道,还治其人之身。

深秋刚至的那天早晨,一向平静的小镇被一个女孩赤身裸体的骇人之举打乱了。那个女孩,就是苏春。她奔走在春秋镇的大街上,全身上下一丝不挂,雪白的身体在晨曦的照耀下异常诱人。裸奔事件像一支兴奋剂注入了春秋镇的体内。人们奔走相告,很快,春秋镇的交通就发生了严重堵塞。

苏春终于被人拽走,交通恢复正常,春秋镇也恢复到了往日的平静。据说,那天苏春唱着唱着,居然哭了。人们都觉得这个傻姑娘傻得无可救药。没人去寻思苏春为什么裸奔,因为她本来就是个傻子,傻子再怎么傻也不足为奇。这件事,日子久了,就算过去了。可是,坏就坏在,苏春的肚子大了。刚开始,人们以为是因为胖。再后来,肚子气球一样吹起来,人们才恍然大悟,这姑娘怀孕了!

人们把这件事重新与裸奔事件联系在一起,一想,裸奔是有原因的。片儿警又来了,还是上次那批人。这次,他们无精液可提,也问不出个所以然。但为了给家属一个交代,只做了备案,公事公办地走了。

席小哥有些懊丧,因为他的计划还没来得及实施,苏春的裸奔事件就发生了。紧接着,又发生了怀孕事件,突如其来的变故,让他不得不将自己的复仇计划搁置起来。

苏守信关了电焊铺,带苏春上了市里。

父亲和姐姐出门的那天夜里,苏昂半夜惊醒。他梦见苏春被人杀了,沾满血渍的利刃,横空向他飞来。他醒后,身上被汗水湿透。黑暗中,他隐约听到隔壁房间传来粗重的喘息,是一个陌生男人的声音!夹杂着母亲的呻吟。苏昂的头顿时炸开来了。他忍住痛,摸起一只鞋,向对面的墙砸去,喘息声停了。没过多久,苏昂看到一个黑影,从窗前一闪而过。母亲的房间又恢复了安静。

父亲回来不久的一天夜里,苏昂听到隔壁传来激烈的争吵。母亲尖厉的声音划破黑夜:我就是要和老蔡好,他是个男人,你算什么?!他听到"啪"的一声,随即母亲哭了,父亲后来也哭了。哭声压抑,像一座山压在头顶。

苏昂后来再见到老蔡的时候,老蔡目光躲闪,行为猥琐。苏昂渐渐明白过来,真正的敌人,不是席小哥,是老蔡。

老蔡是个鳏夫,女人三年前死于一场车祸。他是从春秋镇财政所副所长的位子上退下来的。年轻时花花草草,老了更是老不正经。他和周婵一拍即合。刚开始,他们的约会地点在春秋湖边的紫竹林。再后来,他们色胆包天,把苟且之事做到了家里。日子一长,邻居对此事都有耳闻。

迫不得已,周婵和老蔡的约会地点又回到紫竹林。

那年的冬天特别冷,春秋湖面结起薄冰,远远望去,仿佛一面镜子,反射着白光。太阳从树林的枝丫间升起,天色渐渐放亮。晨练的人,绕着湖跑步、打拳,一切都显得那么宁静。

突然,有人尖叫:湖里有人!所有的目光都盯向湖,惊呆了。湖里不只有人,还是一男一女,身上已覆了一层薄冰。遗体被打捞上来时,他们依然保持着拥抱的姿势。这时,人们才看清,男的是老蔡,女的是周婵。

很长一段时间,这对男女落水而亡的悲剧成为春秋巷街头巷尾谈论最多的话题。关于两人的死因,出现若干版本。其中较为流行的说法之一是,老蔡和周婵殉情而死。周婵背着老苏和老蔡保持私情,被老苏发现后,遭到强烈的反对和痛斥,绝望中,他们选择殉情；说法之二是，老蔡和周婵失足落水而亡。当晚，周蔡二人偷偷来到春秋湖边约会，其中一个不小心被湖边的冰滑倒，另一个伸手去拉时，两人同时掉进数米深的湖里。

说归说，有关两人落水的原因，至今是个谜团。与此同时，另外两个谜团，也随着老蔡的死，无法被破解了。

强奸席小妹的人，不是别人，是老蔡。

那天夜里，老蔡和周婵约好在紫竹林见面。周婵却没来，老蔡正欲离开，无意间发现了独自一人坐在湖边的席小妹，于是将他的罪恶之手伸向了这个纯洁的姑娘。

将罪恶之手伸向苏春的，也是老蔡。

我们前面不是说过苏春有梦游症吗，她梦游时撞见了正在偷情的老蔡和周婵，可惜醒来后对发生过的事情完全不记得了。而老蔡因此得知苏春有夜游症，于是，在苏春又一次夜游的时候，强奸了她。后来，裸奔事件出现了。

老蔡，死有余辜。

苏昂自己也感到奇怪，在见到母亲遗体的那一刻，他居然没哭，只是盯着两具浮肿的尸体，看了一眼就走开了。苏守信当即瘫在一边，双唇嗫嚅，两行浊泪滚滚而下。

人们纷纷往春秋湖跑去的时候，注意到苏昂，头也不回地往家走。有人叫他，他继续往前走。人们都说，这孩子疯了。

苏昂没疯，相反，他很清醒。回到家，他从仓库拎了一只塑料桶，又出去了。

没多久，滚滚的浓烟从老蔡家的屋顶冒出，紧接着，就听到有人喊：着火了！

老蔡家的三间房子在那次大火中化为灰烬。苏昂站在不远处，望着狂舞的火蛇，这才觉得眼眶潮湿了。

苏春在她二十岁那年离奇失踪。听说那天中午，她一个人坐在巷口晒太阳。巷头走来一个货郎,后来,两个身影在巷尾走远了。

席小妹考上了北大,拿到博士学位,去了美国,至今独身。

苏昂和席小哥之间的干戈早就化为玉帛。席小哥在春秋镇最繁华的地段开了一家夜总会,夜夜歌舞升平。苏昂因为那次纵火案,进了少管所。出来后成了一名神枪手。他就住我对过,这是他的一个酒后故事。

我记得,那夜,一枚黄月亮挂在西天。

麦 乳 精

1979年的夏天,我迷恋上了一种叫麦乳精的东西。

1979年,是物资匮乏的年代,我们的生活正在被形形色色的票据所控制。当我的母亲整天奔波于肉铺和粮站之间的时候,我经常独自一人,流连在副食品商店的柜台前。那里的人,穿医生才穿的那种白大褂,一边修着永远也修不完的指甲,一边蔑视着那些双手游离于上衣口袋的人们。在玻璃柜台下,摆放着各种包装精美的食品,它们向徘徊左右的人们发出诱惑的气息。我注意到许多人和我一样,在偷偷咽口水的同时,装出一副见过世面的模样,向白大褂摇摇头,摆摆手。

就像副食品影响了人们的生活,麦乳精的出现,在我的人生轨迹中,也是一个不得不提的转折点。我在纷乱曲折的记忆隧道中摸索,终于找到了一条如发丝般细长的小路。沿着这条小路,我找回了曾经失去的记忆。

那年夏天,麦乳精不但腐化了我的味觉,还让我的想法变得稀奇古怪。我一边排斥着麦乳精之外的食物,一边又不得不靠它们满足进入青春期的身体。与此同时,我的厌学情绪达到了无以复加的地步。在对付我逃学这件事上,我的父亲黔驴技穷。无奈之下,他把我托付给了我的表哥。

表哥来我们家那天,我又一次因为逃学遭遇着一场腥风血雨。

父亲满脸涨红,用手戳着我的鼻子,嘴里骂着狗改不了吃屎、烂泥扶不上墙之类的话,眼睛却在为找不到修理我的工具而焦虑。我像被施了魔法,束手束脚,等着厄运的到来。父亲奔到灶房,抄起扫帚,冲到我面前,对我劈头盖脸一顿狂打。我一边拼命躲闪,一边心里诅咒,打吧,打死我,你就没儿子了,也没人给你养老送终了!

父亲打累了,把扫帚往地上一扔,指着一块大青砖,说:"顶上!"

我抽泣得像一台发动机,跪在地上,浑身颤抖,搬起那块沉重无比的大砖块。先是臭骂,再是抽打,最后罚跪,是父亲惩罚我的一套固定程序。这套程序犹如四季的更迭,伴随着一个少年的成长。

在我鬼哭狼嚎的时候,我奶奶始终如一尊佛像,盘膝而坐,用她那冷冰冰的后背表达了对这一切的漠视。后来,我停止哭泣,移动砖块,为的是让脑袋找到最佳受力点。我奶奶觉察到我的狡猾,转过身,透过她那双皱纹丛生的眼睛,警告了我一下。

这就是我奶奶,一个威严而冷漠的老人。在我的记忆中,冷漠是她对待我和我母亲唯一的表情。她的脸绷得总是比绣花布还紧,她的眼里经常流露出冰一样的寒冷,她的嘴巴通常抿得仅留下一丝缝儿。她最爱抽烟,她的烟龄比我的年龄还长。她除了吃饭、睡觉,就是抽烟。她抽烟的过程,比河流还漫长。她抽烟时的背影,与其说是一只弯曲的大虾,不如说是一头贪婪的犀牛。她抽烟时的神态,专注得可以比作琥珀里的一只昆虫。在我下跪的漫长时间里,我看到她一次次地拿起烟管,在脚背磕几下,熟练地装上烟丝,点上火,噘着嘴,对着墙,吞云吐雾。

这时候,我表哥顶着一缕夏日的阳光进来了。他幸灾乐祸地看我一眼,旁若无人地把头伸进我奶奶的怀里。你想不到吧,他已经是上五年级的半大爷们儿了,撒起娇来却足以让边上的人脸红。

麦乳精 / 175

可我奶奶喜欢,我表哥干什么她都喜欢。她见到我表哥,会完全换个面目,用她那干核桃似的手,摩挲她外孙的红脸蛋儿。我表哥则是一脸享受的表情。他们之间的这副暧昧,让人倒足味口。我才不稀罕我奶奶那双糙手在我脸上乱摸呢。事实上,我从小到大,不但没享受到她对我的半点儿慈爱,而且挨过不少责骂。我父亲对我的惩罚,一半是她从中挑唆。世上有这样的奶奶吗?

我父亲是赫赫有名的大孝子,这一点,你上大风镇,随便一打听就知道了。我父亲的孝顺,纯粹是种病态。举个例子来说吧,我奶奶要是有个头疼脑热,我父亲会急得吃不下睡不着。我奶奶一旦想吃什么,我父亲上刀山下火海也要给她买来。我奶奶指东,我父亲绝不会向西。我奶奶发脾气,我们全家鸡犬不宁。所以,我不多说你也知道,我奶奶在我们家的地位,就是太上老君,就是天王老子,谁都不敢得罪她。谁得罪了她,谁就等着吃好果子吧!据说,我母亲刚过门的时候,对婆婆的这种骄纵,仅仅在眉宇间流露出一丝不满,没过多久,这个可怜的女人就在她男人和婆婆的唾骂声中乖乖驯服了。我母亲因此过早地衰老了。三十岁不到,她的头发就开始灰白。

我和我母亲这种卑微的家庭地位让我的童年充满了阴霾。大风镇的人们见到我母亲的时候,都说这是一个忧郁的女人。碰见我时,又说这是一个发育不良的少年。这一切,归根结底,都是因为我奶奶。谁也不知道,当时那个小小少年的心中,已经埋下仇恨的种子,我奶奶对此却浑然不知。当她对我实施家法伺候的时候,其实是在给我的种子浇水施肥呢。哈哈!可是,我却迟迟不敢动手,我需要时机。所以,我继续逃学。

我表哥的到来,无形中为我创造了时机。

我表哥年年是三好学生。每次他得奖之后,都要跑到我们家显摆,我奶奶少不了要奖励他。她通常会用一把银色的小钥匙,打开炕头一个红木柜子的抽屉,抓出一大把一大把的牛奶糖、饼干,肉麻地对他说:"吃吧吃吧,臭小子,想吃多少就吃多少。"说完,她会防贼似的回过头,警告我一眼。

我躲在角落里,龇出一嘴冷笑。我才无所谓呢。我是真的无所谓,因为我是个自食其力的人。我说的自食其力,指的是我经常会把捡来的牙膏皮、酒瓶、废铁之类的东西,拿到废品收购站,用卖来的钱去买我想吃的东西。可是,有一样东西却是我自食其力不来的。那就是隐藏在那只抽屉的最深处,一只红色铁皮罐子。那里面装着满满一罐子麦乳精,黄黄的,香喷喷的,上海牌的,我对它的记忆犹如昨日的月光一般清晰。我奶奶每天早晨从罐子里舀两小勺,冲上开水。那股香味从此便鬼魅一样诱惑着我。我曾经趁她不注意的时候,喝过一口,就是那一小口,成了我一个挥之不去的幻想。害得我只能用玉米面、麦芽糖之类的东西填充焦渴。可是,你知道吗,一罐子麦乳精要多少钱?我要卖多少个牙膏皮和酒瓶,才能换来一罐麦乳精啊!我父亲每个月要拿出一半工资孝敬他母亲,这早就超出了他的承受力。然而为了他母亲,他做到了。为此他把烟酒都戒了,为此我们一大家子一个月只能吃一次肉。我奶奶有这样的儿子,真是幸福到家了。

我刚才提到一个细节,不知道你们注意了没有,我奶奶给我表哥奖励的东西里面,我没提到"麦乳精"三个字。这意味着,我奶奶再怎么疼我表哥,也没到给他吃麦乳精的地步。

我表哥在大口大口嚼着牛奶糖和饼干的时候,眼睛却一刻也没放过那只红色铁皮罐子。我清楚,他的半个魂儿都给麦乳精勾走了。我奶奶却适时地锁上抽屉。我的口水在嗓子眼里涌动,内心却惆怅无比。

我表哥是个聪明人,他学习很轻松,他干什么都轻松,因此他很瞧不上我这像猪一样的人。在一道数学运算题讲解了三次之后,我表哥明显对我失去耐心。他用铅笔敲了一下我的脑壳,说:"就这样吧,你去给我找点好吃的。"他语气轻蔑,连眼皮子都不带抬,好像他要东西吃,是瞧得起你。

可是,我有什么好东西给他吃呢?我表哥的父母是中学老师,而我的父母是普通工人,工人的儿子能给老师的儿子什么东西吃呢?我一脸困惑换来的却是他一脸不屑。他说:"我想你也没什么好吃的,但不证明那个抽屉里没有啊。"

我表哥真不愧是老师的儿子,他用启发式教学法,轻轻一点就点开了我那比秤砣还笨重的脑瓜。我瞄了一眼抽屉,我奶奶的眼睛也从那里瞪了我一眼。我表哥见我迟疑不决,继续启发我:"傻瓜,你不是一直想吃麦乳精吗,现在机会不是来了吗?"

他的话击中了我的软肋,"麦乳精"三个字直接把我的勇气提到了前所未有的高度。我一想到我奶奶吃麦乳精时的一脸享受样儿,心里就莫名其妙地难受。我是我父亲的儿子,凭什么不能吃他买的东西?我就是吃了,又怎么样?又能怎么样?!我越想越理直气壮,已经到了非吃不可的地步了。

很快,我们在奶奶的枕头下,找到那把钥匙。事实上,我们对它的藏身之地早已熟稔在心。我表哥把头往外探了探,颇富经验地说:"我把风,你开锁。"

我想也没想,就执行了他的命令。可是,当钥匙刚一插进锁眼,我奶奶那两束凌厉的目光就一路追了过来。我手一抖,钥匙立刻在地上发出了一连串嘲笑。

我表哥扑过来,搡开我:"走开,走开,你这个笨猪,偷都不会。"

我羞愧极了,我连做小偷的资格都没有。

我表哥的手法老到得像个专业开锁匠,抽屉还没来得及反应,就被他拉了出来。当黄澄澄的麦乳精出现在眼前时,我们俩口水泛滥。可是,没等我反应过来,我表哥早就抓起一把放进口中,嚼巴起来。我咽着口水问他:"甜吗?"他说:"马马虎虎。"

起先,我们按照事先约好的,一人一小勺,保证不露马脚。可是,当那些半透明的小颗粒,在我的舌尖上像屋顶上的雪,慢慢融化,蔓延出无比香甜的味道后,我的味觉,进而是我的大脑,变得毫无主见了。后来,我们又鬼使神差地一人吃了两大勺,眼见满满一罐子麦乳精深陷下去,我们这才意识到大事不妙。

我望着我的同谋,祈望他的聪明才智再次显灵。我表哥皱着眉,一副胃痛的样子想了想,就见他拿起小勺,从麦乳精旁边的奶粉里舀了两下,倒进麦乳精,又来回搅拌几下,麦乳精神奇地恢复了原来的高度。

那一刻,我表哥这种狸猫换太子的做法让我钦佩无比。没有他,麦乳精还会折磨我的心灵。可现在,我不但品尝到了麦乳精带给我的甜蜜,还第一次体会到了偷的快乐。

然而,这种快乐维持到第二天,就体力不支了。当我看到我奶奶拿着钥匙,走向那只红色的抽屉时,我仿佛看到一个手持猎枪的猎人正在走向他的猎物。我的心变成了一只兔子,四下里抱头逃窜。不久,我听到钥匙在锁眼里转动时发出的夸张造作的呻吟,紧接着"叭嗒"一声开了! 我的心无力地"哎哟"了一下。我奶奶好像听到了,回过头,冷冷地问我:"你的脸色怎么那么难看?"

我靠在墙上,无力地说:"我病了。"

"病了?"我奶奶边说边走过来,碰了碰我的额头。我生平第一次感到她的手冰得像块铁。我怀疑血流到她手这个位置的时候不流了。

我奶奶叫起来:"啊呀,这么烫! 还不快滚到炕上去!"

我像个被赦免的犯人,飞快地逃出来。当我站在太阳下时,天是黑的,而眼前是金光四射的。后来,我真的发烧了,上吐下泻。这场突如其来的疾病,让我得到了从未有过的关心。我父亲连夜

麦乳精 / 179

把我送到镇上的卫生所。一个长着酒糟鼻的男医生,为我做完检查后说:"急性阑尾炎,马上手术!"

就这样,我被送上手术台。处于麻醉中的我,依稀看到,那根肉粉色的阑尾上,沾满麦乳精的颗粒,闪着金灿灿的光芒。

第二天,听到我放屁后,我母亲笑眯眯地端着碗来到我跟前。等看清楚那不过是一碗粥时,我火了:"没看到我现在是个病人吗?我需要营养!"

我父亲在一旁说:"你还好意思提营养!"

我大吃一惊,原来他们都知道了,脸上顿时火辣辣的。在我父亲眼里,我现在不但是个逃学大王,还是个家贼。我伏在病床上哭了。莫非是我奶奶告的状?如果真这样,那她就太可恶了!我越想越难过,不由得大哭起来,我反正破罐子破摔了。

这时,我听到母亲又说:"不就是一点麦乳精吗,吃都吃了,难不成让他吐出来?"

我父亲说:"看看你养的宝贝儿子!"

他又指着我说:"你怎么不和张亮(我表哥的名字)学学,你连人家的半个脚趾头都比不上。"

我母亲也哭了。我和我母亲的哭声,此起彼伏,像雨点一样打在病房的玻璃上。

从医院出来的那段时间,我失去了对甜食的兴趣,开始喜欢上吃酸的东西。

我母亲烧菜时,好几次摇着空空的醋瓶子说:"奇怪!"我藏在被窝里,发出一连串嗤笑。

那段时间,我总是徘徊在副食品商店的柜台前。面前花花绿绿的包装食品,让我眼花缭乱,内心焦虑。一个扎着花手帕的女营业员,嗑着瓜子,用带钩子的眼睛提防着我。当我一次次拒绝她的推荐后,她的耐心也在最后一片瓜子皮落地时訇然坍塌,她尖着嗓子骂道:"小叫花子,屎是酸的,你去吃吧!"

我在一片放浪形骸的笑声中落荒而逃。我跑过几条马路,路过另一家副食品商店时,又不自主地将手伸进口袋,几张纸币在我手心里发出连连催促。一个秃顶男人坐在店里冲我招手。正当我迟疑之际,一辆红旗牌轿车飞驰而过,溅得我一身泥水。秃顶男人掩住嘴笑了,他的笑愈发让我不安。我正想离开,发现我的同学们,一个个背着书包从校门口出来。慌乱中,我躲到一块广告牌后面。我的班主任,那个矮胖的女人,雄赳赳气昂昂地走在队伍的最前面,像一只母鸡带着一群小鸡,小鸡们一个个讨好地和母鸡说着再见。

我靠着广告牌,坐了下来。

我的班主任有事没事,胁下总夹着一根戒尺,像老鹰似的,盘旋在教室四周。当她发现有人不务正业时,会一个俯冲,将那人一口叼起,扔到讲台前,用戒尺进行惩罚。很多次,我梦魇般地伸出双手,等待她的戒尺来亲吻我那绵软多肉的手心。她的戒尺每吻我一下,我都会计数。我的节拍和戒尺的节拍,配合得天衣无缝。在我数累的那一刻,她的惩罚也恰好停止。于是,我会用最快的速度算出她抽打我的历史总数。我记得最后一次是:588。

我的同学们都是些促狭鬼。他们经常趁我站起来回答问题的间隙,在我的座位上放一枚图钉或者一条死蛇。我又叫又跳的滑稽样,会把他们乐疯的。

当然,记忆中也有美好的一面。一次,班主任号召同学们行动起来,发扬拾金不昧的精神,捡到东西要交公。有段时间,我们走路时都死盯着地面,盯得两眼昏花却一无所获。后来,我灵机一动,把母亲的一只新发夹偷出来,交给班主任。班主任当众表扬了我,所有的目光都像聚光灯一样向我射来。我羞得满脸通红,心里却自豪极了。在我的"旗帜"作用下,同学们纷纷"捡来"铅笔、橡皮、钢镚、粮票等等五花八门的东西,甚至还有人捉来流浪猫,强烈要求交到学校。那真是一段美妙时光。

夕阳蹒跚着走向山腰时,我回到家,父母还没下班。灶台上散发着冷冷的幽光。一只蜘蛛借着屋顶射进的光线,正在快活地织网。两只处于热恋中的麻雀,在窗台上来回跳跃。我奶奶悠闲地坐在坑头,"叭嗒叭嗒"地抽着旱烟。她听到我回来了,身体都没动一下。

我从冰冷中走出来,听到肚子里有只鸽子在连连叫唤。我明天要去上学,我突然渴望极了。

一个身影在我眼前一闪,是表哥。我们互相打量,是一个贼蔑视另一个贼的目光。上次的麦乳精事件,如果没有我顾全大局,他的光辉形象恐怕维持不到今天。可我从他脸上找不到一丝感激之情,这个自私冷漠的家伙。

他四下里望望,冲我勾勾手指。"干嘛?"我问。

他从裤兜里摸出一个纸包,"给你。"

"什么?"

"打开来看看嘛。"

这家伙喜欢卖关子。

我打开纸包。"麦乳精!"我禁不住叫出来。

"嘘!"他紧张地朝周围望望,继而说,"吃吧。"

他的大度让我十分吃惊。黄鼠狼给鸡拜年,没安好心。不知为什么,那一刻,我的下腹莫名其妙地痛了一下,吃的欲望锐减。"哪里来的?"我问。

"你说呢?"

这家伙爱吊人胃口,我才不上当呢。我把纸包重新一裹,"我才不要吃偷来的东西。"

他一个没料到,把纸包往回一塞,"给你吃,是瞧得起你。狗坐轿子不识抬举!"说完,他扬长而去。

大家看看吧,这就是你们心目中的三好学生。用道貌岸然、虚伪自私、狂妄自大这些词来形容,最贴切不过。我父亲居然还要我把他树作标杆,我真是大牙都要笑掉了!

我就这样捧着大牙,坐在门槛上等父母回家。只要他们一出现,我就要冲上去告诉他们,从明天起,我决心好好学习。我父亲的嘴巴准会乐成八瓣,我母亲八成会哭,我奶奶也会对我另眼相看吧。我这样想入非非时,忽然听到身后传来一阵急促的脚步声。没待我回头,那人已冲到眼前,是我奶奶。只见她铁青着脸,肥大的胸脯上下乱颤着。她指着我的鼻子骂道:"你偷麦乳精!"

麦乳精?表哥刚才给我的那包东西在眼前闪过。

"不是我,是张亮偷的。"

"你还敢狡辩!你的嘴巴怎么这么馋?来,让我看看,看看你的嘴巴是用什么做的!"她这样说时,烟管已伸到我嘴边。

我一只手掩护,另一只手迅速夺去她的武器。

我奶奶这下急了,扑过来。我感到头发被连根拔起,眼睛被抓瞎,身体被撕裂。就在这时,心中那棵仇恨的大树,疯狂地向上一蹿。我一用力,我奶奶一屁股就蹲到了地上。她一拍大腿,扯着大嗓门叫唤起来:"老天爷啊,出人命了……"

一切来得太突然了!几分钟的工夫,我就把自己推到了绝路上。而几分钟之前,我还在为自己勾画蓝图呢。

我父亲回来了,我奶奶立马添油加醋地把事情经过描述给他听。我见他不等听完,就朝我逼过来。我扭身就逃。逃生的路很快被一堵墙截断,狗急之下,我一头扎进杂物间,反手上锁。

我父亲在门外大叫大跳。我却一瘫,软跌在地上。

不知过去多久,我醒了。周围漆黑一片,火车的汽笛声,像是响在梦里。我摇摇晃晃地站起身,摸到灯绳。眼前一亮时,肚子

麦乳精 / 183

"咕咕"连叫了几声。我翻箱倒柜地找吃的。一无所获时,发现一瓶安眠药。瓶上字迹模糊,药片却洁白如玉。自杀的念头,就在这时,不期而至。我想,那不如死了算了。就是不死,父亲明天一早也会打死我。想到这里,我把药片倒在桌上,数了数,有五十粒,足够我死两回了。这样一想,我放回去一些。过了一会儿,我担心死得不彻底,又把药片倒回手心。

到了正式自杀的时候,恐惧来了。我仿佛看到那些白花花的药片,顺着我的喉咙,冲进我的身体,疯狂地啃噬我的五脏六腑。于是,肠子断了,心肝碎了,所有的脏器组织都被蚀烂了。我不寒而栗。

上吊呢?一想到绳索勒住脖子,我马上呼吸艰难,眼球暴突。跳楼呢?相比之下,跳楼可能没那么痛苦。想到这里,我走到阳台,将身体伸向半空。黑暗中,迎面扑来一股巨大的吸力,险些将我吞没。我吓得倒退回去。

就在我为选择何种死法而大伤脑筋的时候,一把不起眼的小刀进入了我的视线。它像一个蓄谋已久的杀手,以超然冷静的姿态,迎接着使命的到来。我把它放在手腕处,轻轻划了一下,那里当即现出一道血印。我听到血在脉搏里汩汩流动的声音,像是有人在吞咽口水。我又重重划了几下,一股扎心的痛来了。血,流出来时,像一条游动欢快的小鱼。没过多久,我似乎来到水上,飞快地打着漩儿。一种前所未有的恐惧攥住了我。我放声大哭起来。

我的哭声惊动了睡梦中的人。当他们看到一摊血时,我母亲当场就晕了。我父亲抱起我,向门外奔去。迷迷糊糊中,我看到了我奶奶,那双悔恨的眼睛,在我眼前一闪而过。那一刻,所有的痛苦,都轻得飘了起来。我软软地伏在父亲肩上。"麦乳精",我呻唤了一声,昏了过去……

想变成风的女孩

我如果是一阵风就好了,谁也看不见我,想吹到哪里就到哪里。表姐对我说这句话的时候,我分不清她的表情是伤心还是开心。

在县城里,表姐算不上美女,她的脸略微有些扁平,眼睛有些小,鼻梁又有些塌,幸亏一头极其乌黑细密的长发,给她增色不少。可是,表姐总是喜欢把一头乌发捆绑成马尾巴,往脑袋背后一甩,马尾巴就只好委屈地匍匐在她的身后。

大人们提起表姐的时候,总是用一种批评的口吻说,这女孩子不合群,太高傲,谁她都不放在眼中。之所以这样说,是因为表姐经常流露出一副游离于世外的神情,即使是正对着你,她的目光也会穿透你,延伸到更远的不为人知的地方。只有看书的时候,她的眼神是专注的。她对我说,读书会让你头脑聪明。表姐确实聪明而且有主见。当其他女孩子整天热衷于港台片和言情小说的时候,她想到的却是读书可以改变命运这类深邃的问题。她经常对我埋怨,说不喜欢县城这个地方,落后闭塞,没有活力;也不喜欢县城里的人,男的整天喝酒打牌,女的就会家长里短。她不要这样过一辈子,她选择不了自己的出身却可以选择自己的出路。因此,当读书和命运联系在一起时,就不再是一个简单的爱好,而是变成了一件具有重大意义的事情。

那时候,县城的图书馆形如摆设,一本本泛黄的书被束之高阁无人问津。图书馆的工作人员整天无事可做,就喜欢凑在一起斗地主,偶尔有个把来借书的人,又会被他们的恶声恶语给吓跑。后来,县政府要建大楼,选来选去看中了图书馆这个位置。一天,轰隆隆的挖掘机开来,昔日冷冷清清的地方变成了热火朝天的工地,图书馆的寿命从此告终。在失去图书馆的县城,读书更成了一件可有可无的事情,男孩子读书尚且说得过去,女孩子能读到高中已经算是父母相当开明了。舅妈每次看到表姐捧着书不做事,就忍不住要挖苦讽刺,你自己几斤几两又不是不清楚,读那么多书能管吃还是管用?正正经经的心思都给书读乱了!

舅妈在纺织厂上班,高负荷和低收入的落差,再加上每天震耳的机器轰鸣声,让她对现实充满了抱怨,她就像个易燃易爆物,随时都可能被点着。每次她发火,尖厉的声音都能穿透屋顶。舅妈骂累的间隙,身材细窄的表姐趁机抱起书往外溜,这时,只听舅妈的骂声又死灰复燃:"贱骨头,死丫头,明天一把火烧了,看你读!"

我在舅妈那可以绕梁三日而不绝的骂声中追上了路边的表姐,她回过头朝我翻了翻眼睛,那意思是在说,别跟着我,你们谁都让我讨厌!这个眼神让我进退两难,我觉得表姐这种黑白不分的想法是不对的,起码我是她的同盟军,如果我不支持她,恐怕这个世界上她就找不到第二个知音了。我冲表姐咧嘴笑笑,意思是说,我才不会在乎你的态度呢,你有什么火,冲我发好了。我的自作多情让表姐脸上的表情渐渐缓和下来,但她的眉毛仍然拧成两把刷子。你说,他们到底要我怎么样,变成李娜娜、杨苏苏那样的人吗?我不是,我就是不想过那种庸庸碌碌鼠目寸光的生活,我有我自己的理想,难道这有错?

李娜娜是我二姨的女儿,而杨苏苏是我小舅的女儿,她们都是那种读书很差而做生意又灵光的人。表姐觉得她们二人身上金光闪闪的大金链子非但没有显示出它们的价值,反而散发出一股铜臭味。表姐也不想成为张燕和张瑛姐妹俩那样的人,她们曾经是表姐的同学,一度是校园中引人瞩目的花蝴蝶,后来被县委书记在一次县文化展演中相中,双双嫁给了书记的一对宝贝儿子,又一同进了县广播站,吃上了商品粮。表姐却说她不稀罕,这算什么呀,出卖自己的灵魂和肉体,就算过上锦衣玉食的生活又怎样?她要依靠自己的实力,她要靠读书改变命运。她说她喜欢林道静,喜欢林徽因,想像她们一样成为独立自主的知识女性!可是,县城没有人知道谁是林道静和林徽因,也没有人理解表姐的想法。

这时,路边的大喇叭里传出了午间新闻。表姐一听到播音员的发音,脸上就露出一种既想笑又难过的复杂表情。就张燕那种蹩脚的普通话也配当播音员?表姐嘴角上扬,目光悲哀地望着远方。我想,只有受过刺激的人和胸怀大志的人才会有这种痛苦的表情,这绝不是普通之辈可以理解和模仿的。

午后火辣辣的太阳照过来,我和表姐的脚步不由得加快了。这时,一阵清脆的自行车铃声从我们身后传来,表姐警觉地闪开,自行车却"吱扭"一声停在了我们身边,一个男孩坐在车上,一只脚斜支在地上,微黑的皮肤,雪白的牙齿,冲我们不怀好意地笑着。表姐嫌恶地瞪了他一眼,脸却莫名其妙地红了。男孩的目光掠过我这个黄毛丫头,直射向表姐,他突然开口说了一句,我听清楚了,那是一句正宗的普通话,县城里绝无仅有的北京腔。

嗨!我认识你,你叫方琴,对么?我看到男孩黑眼睛里藏着一簇火苗。

表姐被火烫了似的一抖,那一刻,她的脸上充满了惊讶,但很快,表姐式的冷漠又回到了她那张布满雀斑的脸上,然后自顾自地走了。

男孩竟然跟上来,有些讨好地说,你很特别,和别的女孩不一样。我们交个朋友怎么样?

　　表姐的脸刹那间变得通红通红,表情也由惊讶变成了愠怒,我看到她的腮帮子鼓鼓囊囊,像青蛙的肚子一样一起一伏,却半天吐不出半个字来。当时我急得要死,平时伶牙俐齿的表姐这是怎么了?后来我才想明白,表姐输在了普通话上。我们那个弹丸大的小县城,会说普通话的人不少,但一个个说出来的普通话,就像给醋溜过,酸不溜秋,怪不拉叽,怎么听怎么别扭,好强的表姐也不例外,所以她连反驳的勇气也没有了。

　　表姐用沉默掩饰她的尴尬,男孩也不说话,我更是大气不出一声。就这样,我们三个人一言不发,模样滑稽可笑。后来,幸亏有人经过,表姐回头时,男孩一蹬自行车脚踏,飞快地离开了。蓝色的背心,肌肉发达的背影,很快消失在夕阳里。

　　表姐心惊肉跳了好几天,男孩却没再出现。她长长地舒一口气,不无得意地对我说,我早就看出来他是个骗子,地地道道的骗子,难道当时你没听出来,他的普通话发音有些怪怪的,一听就不是正宗的。

　　我头一偏,不服气地反驳道,怎么可能,他的普通话一听就是从北京来的。而且,骗子的牙齿有那么白么?骗子的声音有那么好听么?

　　嚇——! 表姐薄如刀削的嘴唇和眉毛同时上挑,眼白朝我,对我的无知表示出极大不屑。她说,你不读书,当然不知道,书上就有这种骗子,偶然邂逅和假装认识是他们惯用的伎俩。柴旦的小说里就常常出现这种骗子,专门骗取无知少女的感情。不过,说了你也不懂!

　　一个月后的一天夜晚,晚自习结束后,表姐带我骑车回家,街边的路灯不知是因为停电还是被人破坏了,周围黑乎乎一片。表姐在高低不平的路上艰难地骑行,我听到耳边风的声音和表姐粗重的呼吸声。忽然,一个黑影冲到了我们前面,我和表姐尖叫着滚下车。黑影见状兴奋地围着我们乱叫乱跳。受到惊吓的表姐当时就哭了。别看她平时拿得稳,关键时刻还不如我。我大叫一声,想把黑影吓开,没想到他竟然上前一把扯住我的胳膊,嘴里还呜哩呜啦地乱嚷,我也一下子给吓破了胆,大声哭起来。

正在这时,有一个人冲过来猛喝一声,黑影连滚带跑地逃走了。来人哈哈大笑起来,说,连疯子都怕,你们的胆量也忒小了吧。

这声音怎么这么熟悉?我和表姐几乎同时叫起来,是你?!

男孩伸出手来拉表姐,表姐坐在地上一叠声地说不要不要。都这个时候了她还端着架子,我觉得她矜持得有些过了。后来,表姐摇摇晃晃地站起来,又疼得蹲了下去。

这个样子还怎么骑车,男孩说,我送你们回去吧,万一再碰到那个疯子,我还可以保护你们。

表姐磨蹭了半天,最终还是一副心不甘情不愿的样子坐上了自行车后座,由男孩推着回到了家。

舅妈看到表姐居然是给一个男孩子用自行车推回来的,当时就叫起来,他是谁?发生了什么事?你的车子怎么在他手里?

我急忙解释道,一个疯子,跑出来吓人,表姐的脚……脚……脚扭伤了……我一急就有些结巴。

舅妈狐疑地盯着表姐,表姐急忙解释道,是的,是的,多亏他,不然……

舅妈最终还是相信了我们的话,她心情不坏时还是很讲道理的。

不久后的一天,表姐神情怪异地把我拉到一个没人的地方,说,都是你,缺心眼,明明是骗子,还让他送我们回家,好了,这下天天守在马路对过,你说吧,怎么办?

我想笑,我觉得她有时候真是个书呆子。那个说一口普通话

想变成风的女孩 / 189

的男孩究竟有什么企图呢,难道他真觉得表姐长得漂亮?

表姐看我一脸坏笑,狠狠地白我一眼,气急败坏地说,笑什么笑,神经!

我冲表姐吐了吐舌头,轻轻回了一嘴,你才神经呢!

表姐真的不对劲了!她变得喜怒无常,有时候一个人坐在那里长吁短叹,有时候走路都哼着歌。她变得爱打扮了,有一天竟然穿了一条背带裙,以前,表姐从来不穿裙子。

庆幸的是,表姐的这些变化没有被舅妈发现,那段时间,纺织厂效益不好,工人拿不到工资,工厂前景岌岌可危,舅妈为这件事烦得口舌生疮,哪里顾得上女儿。

那些天,我的眼皮子老是跳,总是预感要发生什么,要知道,我的预感一向是很灵的。那天,我和表姐放学一道回家,走到马路对过那个路口时,我看到表姐特意看了看,可是路口连个鬼影子也没有。表姐露出失落的神情,她一路上高涨的热情在穿过那个空空如也的路口时猛然消失了。复习功课的时候,表姐表现得心神不定,她一会儿抬眼看一下五斗橱上的挂钟,一会儿在地上走来走去,给我讲解的题里面,也出现了好几处错误,她竟然没看出来。时针指向六点半时,我们才听到舅妈自行车的铃铛声,表姐赶出去帮母亲拎包。那天的天气出奇地热,简直就像个闷罐子。舅妈不知是累了还是被厂里的事情给烦的,总之她满脸的怒气,一进门就开始埋怨表姐。舅妈说,你就不能帮我干点活?几张嘴都等着我伺候,我有十只手都忙不过来!舅妈说这话的时候,确实是一副疲惫不堪的样子,豆大的汗珠从她的脸颊上滚下来,冷不防被她一巴掌摔成了八瓣。

表姐立马跑去厨房择菜。她择菜的时候也是一副心神不定的样子,舅妈从她身边走过时,突然叫起来,作死啊,好好的豆子都给你扔掉了,你不知道现在的菜有多贵,我一个月赚多少钱给你这样糟蹋。你给我省点心好不好啊,日子都过不下去了,你还拼命要读书,读书!读书!有个屁用啊!舅妈越说越烦躁,好像她的所有烦恼都是因为表姐。她气呼呼地拧开水龙头,一股飞溅的水花像水枪一样向四面扫射,她快速把水扑在她的脸上、胳膊上、脖子上,可是冰凉的水并没有扑灭她的熊熊怒火。一个不小心,一只酱油瓶被她的手臂扫到地上,"咣当"一声,粉身碎骨。

酱油瓶的不幸殒命是那天纷争的一个导火索,表姐在听到"咣当"一声巨响的时候,她平日里积攒的烦恼一下子喷薄而出。我看到表姐眼睛里那枚亮晶晶的东西,终于汇聚成一个巨大的浑圆的水球,来势汹涌地从她的眼眶中决堤而出,紧接着,无数个或大或小的水球像开了闸的洪水一样一泻千里。她从椅子上跳起来,手上沾满了被揉得稀巴烂的菜叶,但是她都不管不顾。在读书这件事情上,她一向是忍受的,从不和母亲对抗。她曾经对我说,我要是像林道静那样离家出走去革命就好了,可惜我没有她那么大的勇气。又说,我如果是一阵风就好了,谁也看不见我,想吹到哪里就到哪里。

我知道,表姐的内心其实是很不快乐的,而那个男孩子的出现,让她的烦恼变得更加浓稠了。表姐和舅妈之间的那次唇枪舌剑是前所未有的,她们吵得面红耳赤眦睚目裂,表姐一声怒吼:"我再也不要看见你了!"然后一股旋风似的从厨房间奔出去,红色的自行车在我眼前一闪,随即就消失在了赤红的晚霞中。

不多久,路口就传来一声刺耳的汽车刹车声……货车司机说,天地良心,我当时根本就没有看到有辆自行车飞过来,经过路口时,我还尽量将速度放得很慢,并且左右张望了一下,什么人也没有。奇怪的是,当时感到迎面吹来一股风,然后听到一个轻微的叹息声,再然后就听到有人尖叫说撞到人了,我当时并不知道是自己的车。唉,真是活见鬼!路人说,红色自行车从路口骑过的时候,速度之快令人惊讶,一点儿都没有停下来的意思,几乎是直撞上去的!

　　舅妈得到消息后,哭得撕心裂肺,晕过去好几次,醒来后她抓住我的手说,你表姐难道就这么恨我?我摇摇头说,不,她一直想把自己变成一缕风……

锦　瑟

1

　　简白透过宽大的玻璃，反观地铁上的人时，常常有种从局外人的角度，旁观另一种人生在同步前进的感觉。他看到自己的脸和许多陌生面孔，映射在对面玻璃上，飞驰的灯光，在他们脸上一闪即逝，似乎是时间正在从每个人身上仓皇逃逸。他这样想的时候，发现一张酷似向锦的脸，出现在对面玻璃上。然而，没待他看仔细，地铁已经到站，眼前的景象立刻消失得无影无踪，仿佛一部好电影，正看到惊心处，突然画面切换，转入广告插播时段。

　　人群开始骚动，一群人挤下去，另一群人挤上来，像一部分水流走后，新的水流很快补充过来，继续以令人难以察觉的变化向前行进。他看到那个酷似向锦的女人的背影，在眼前一闪，就被人流吞没了。

　　简白走出地铁，乘上电梯，缓慢地，从地下升到地面，太阳的茸毛边扫在脸上，痒痒的，有种刺热感。喧嚣的市声波浪般涌过来，他这才有了重回人间的感觉。他和向锦的那段往事，回想起来，竟然过去二十五年了，实在让人惊心——时间过得飞快！一晃二十五年，仿佛一场梦醒来，发现早已物是人非，芳华尽逝。

那时候，他们两个人的厂子仅隔一条马路。双手插兜，吹着口哨，简白迈着轻快的脚步，从仪表厂的大门出来，只消五分钟，就站在向锦所在的服装厂的楼下了。他的工作，平日比较清闲，有时正上着班，忽然想见向锦了，就偷偷溜出去，但是好几次，都走到服装厂的大门口了，又莫名其妙地折返而归。一桩心事的起起落落，只有他自己晓得，仿佛他所欢喜的，仅仅是想见一个人的感觉。

他们有过一段不大为人注意的恋爱，以两人那种沉静得出奇的性格，绝不会闹得沸沸扬扬，世人皆知，但正像静水下的暗流，表面上波澜不惊，水深处的波涛汹涌，又有谁知道呢？即便是简白的朋友虞胜凡都没看出端倪。但不知为何，简白没和别人提起过那段往事，他在心里找了个地方，拂尘扫灰，供奉佛龛似的，把那段心事安放好，打算瞒着人一辈子，但就在电梯升起的那一刻，重门洞开，前尘往事，浩浩荡荡，如万道金光，倾洒而下！

说来也巧，他们还是一门八竿子打不着的远亲。向锦是简白母亲一个远房表姐的女儿，要不是母亲说起，他居然一概不知。在人情世故方面，他有些木知木觉，向锦却偏偏喜欢他这一点，她的理由听起来倒也成立——木讷的男人接近善，而精明的男人接近坏。

那时候，他们认识已快两年了。

简白和虞胜凡是大学同学，毕业后一同分配到苏州市第一仪表厂，简白在技术科做工程师，虞胜凡头脑灵活，八面玲珑，在销售科负责对外营销。厂里来了两个小伙子，一下子引起了许多老阿姨的关注。其中一个女人，是厂里的老会计，五十开外，别人都管她叫李姐。李姐长着一张菩萨脸，一旦拨起算盘珠子来，就是老菩萨还俗成了精，没人能在她眼皮子底下做手脚。他们厂的一楼是车间和仓库，二楼是办公室。平时楼道里打水、取报纸信笺，碰到打个招呼，或者两个年轻人出差报销、领工资条什么的，都要和李姐打交道。一来二去，大致了解下来，李姐觉得简白这个小伙子，苏州本地人，有根有基，相比虞胜凡这个没着没落的南京人，自然是条件优先。而且简白人也比小虞稳重，斯斯文文，白白净净，配她那个坐没坐姿、站没站相的宝贝女儿赵思露，正好一静一动，一文一武，恐怕月老见了都会连连点头。那天，她把两张舞会票推到两个年轻人面前，轻描淡写地说，周末晚上她女儿的服装厂举办舞会，建议年轻人多出去玩玩，丰富丰富业余生活，也不妨多结交几个新朋友。

虞胜凡见过赵思露，有一天一大早，在厂门口碰到李姐，从一个年轻女孩的自行车上跳下来，他们互相礼节性地点了点头，李姐向他介绍自己的女儿时，他不免向她多看了两眼。女孩穿着时尚前卫，烫一头细羊毛卷，再配上她那活泼好动的举止，完全可以免费出演童话剧中的小山羊。

那时候，社会上刚兴起跳交谊舞，似乎仅用了一夜时间，就以龙卷风的速度横扫大江南北。许多人一到周末晚上，就会涌向大大小小的舞厅，以至于所有的舞厅都人满为患，因为跳舞而引发的打架斗殴事件也时有发生，可是即便如此，人们依然热衷于此。于是一些单位的食堂，摇身一变成了舞厅。白天的桌椅板凳撤走后，白炽灯管上绕满彩带，天花板的中间吊起球状转灯，四角挂上类似小型保险柜大小的木质音箱。黄昏来临，彩光流转，慢三步舞曲像一个按捺不住兴奋的人哼着鼻音的时候，一对对舞伴就开始滑向了舞池中央。

简白和向锦第一次认识，就是在云裳服装厂的那次舞会上。

2

向锦和赵思露都在这家服装厂上班，两人的办公桌面对面，因为年龄相仿,彼此又很谈得来,所以经常成双成对地出入。两张舞会票就是李姐从女儿赵思露手里搞到的。李姐属于那种精明起来睡觉都能睁着眼的人,她把这次舞会的大致用意和女儿谈了谈,并叮嘱她尽其所能,把目标锁定在那个皮肤比苏州小娘鱼还白净的年轻人身上。让年轻人自己认识,不落痕迹,不入俗套,这是李姐手法高明的地方,但是后来的事实证明,她的精明也有打瞌虫的时候。

那天晚上,幸亏有赵思露解围,不然向锦真要尴尬死了。虞胜凡先是请向锦跳舞,他做了个绅士般的邀请动作,向锦却连连摆手,人往后退,一不小心踩到别人的脚,被踩的人还没说什么,她已经羞得满脸通红。情急之下,聪明的赵思露出手相救,说道:"胜凡,我来陪你跳吧,向锦不大会跳,今天她算是给我面子才肯来,那么你也要给我面子,让我有一次学习的机会噢。"说完,她不由分说地挽起他的胳膊,向前没走几步,人已经化身作一只蝴蝶,翩翩飞舞了。当时正赶上一支华尔兹舞曲,他们像一对在花丛中嗡嗡采蜜的飞蝶,引来了很多人的目光,大家很快都跳了起来。

后来有一次,简白站在向锦家的窗户前,说起当时的情景时,向锦微微笑着,两只浅浅的梨涡,仿佛不胜酒力的样子,漾出了两片淡淡的红晕。那一刻,简白竟看得有些呆住。

那晚如果不是虞胜凡执意要来,简白自己当然不会跑到这种地方活受罪,所以,他看向锦和他一样,都是被朋友强行绑架来的,倒好像两个落水的人,正在挣扎之际,无意间抓住另一个人的手,便谁也不肯放手了。他们怀着同样的心思,从舞厅走出来,寻一条石凳坐下来。周围突然静了,像是上了岸,才发现彼此还不熟悉,不由得难为情起来。借着月光和灯光,简白约略看到眼前的人,蓬松的头发,软软地扣在耳际,圆圆的脸,细长的眼睛,纤细的身体上套着件素色连衣裙,剪裁得体,式样大方。他对一个女人的外貌和穿着没做过专门研究,只是笼统地觉得她这个人很好。

这时候,对于相互不熟悉的人来说,还是有热闹的人打打圆场比较好,恰好这时,赵思露和虞胜凡跳完舞找不到他们,就一路寻了过来。

"哟呵,我说怎么找不到你们,原来躲在这里说悄悄话!"虞胜凡嚷道。

"好呀,向锦,"赵思露也揶揄道,"刚才不给虞先生面子,没想到是为了成全简先生呀!"赵思露边说边拿眼梢扫简白,并在心里暗暗将两个男人作了比较,她对简白的书呆子气全然没有感觉。相反,和胜凡几支舞跳下来,他的笑话讲得她都快笑岔气了。

给他们这样一戏弄,两人真好像做了什么见不得人的事,幸亏当时有月色遮掩,不然真是浑身长嘴也说不清。

"好了,好了,"简白急着扯开话题,"别耍嘴皮子了,你们到底还要不要跳舞?不跳的话,我们去吃点夜宵。"

他们在文曲路附近找到一家小饭馆,里面生意比较清淡,头顶的风扇呼啦啦地吹着,送过来阵阵凉风,两个小孩正蹲在柜台后面下棋。四个人坐下来,点了两屉无锡小笼包、四碗鸡丝小馄饨,外加蟹粉豆腐、酱脆黄瓜、凉拌木耳、糟香鸭舌几样小菜。女老板随即送上一壶茶水,四只小白瓷杯。两个男人负责给身边的女士加上水,说笑间,菜渐渐上齐了。

虞胜凡挑起一根鸭舌吃着,突然想到什么似的,笑道:"讲个笑话给你们听听。"赵思露听了,兴致又起,放下手中的筷子,做出一副洗耳恭听的样子,其他两个人也都一脸笑意地等着他开讲。虞胜凡这个人本来就有些人来疯,见自己的话很吊人胃口,更是得意,晃着脑袋说道:"我们南京有个风俗,说第一天女婿上丈母娘家去,丈母娘必须给女婿吃鸭子,但是具体吃鸭子的哪一部分,才决定这桩婚事能否成功,你们猜猜看!"

三个人把鸭身上的部件都猜到了,虞胜凡只是一脸坏笑地埋头吃菜,赵思露突然说道:"鸭屁股!"大家都笑道:"为什么呢?"赵却答不上来,央求虞胜凡快点公布答案。

"吃了翅膀啊腿啊,意思是叫你快点走人,屁股嘛,"虞胜凡说到这里,快速看了赵思露一眼,接着说道:"意思这个女婿不错,可以经常来坐坐!"大家哄笑起来,赵思露用筷子敲了一记虞胜凡的头,说道:"来,下次请你吃鸭屁股!"众人都笑,简白望向向锦,发现她的脸红红的。

正说笑间,发现刚才下棋的那个男孩躲在他们身后,向锦转身摸摸他的脑袋,问道:"你躲到这里做什么呀?"

"你们没听到鬼在叫吗?"男孩神色惊恐地说道。

一句话说得大家毛骨悚然,四周一时寂然无声。过了一会儿,女老板突然笑道:"瞎七搭八!他姐姐在屋里装神弄鬼呢。"听到的人又都笑了。

从那天起,碰到周末休息,四个人总在一起吃饭,四菜一汤,凑成一桌,说说笑笑,吃起来也不单调。但更多时候,他和向锦两个人做听客,虞胜凡和赵思露,一个会逗,一个会捧,所以吃顿饭,好比一场戏上演,演员、观众一个不落。渐渐地,他们之间混熟了,熟到一定地步了,立在街头吃碗桂花圆子粥也是常有的事。加上两家厂离得不远,有时候下班约好一道走,四个人沿着街道两旁绿森森的法国梧桐,慢慢荡回去,一路上谈谈各自厂里发生的趣事,新近流行的歌曲,最新上映的影片什么的,不知不觉也就几个月过去了。这样的日子,简白现在回想起来,像是在做梦,只是梦里是快乐的,梦醒后却是怅惘。

3

简白和母亲以及外公、外婆住在板莲巷的一座老宅院里。简白从小就住在这里,他喜欢老巷的那种古旧感。青黑的石板路,光亮光亮,走上去吧嗒吧嗒,好像一个敲木鱼的僧人打此经过。青苔斑斑的灰白色围墙上,挂着一嘟噜一嘟噜的凌霄花,像极了一个一个赤红的惊叹号。抬起头,能看到浅蓝的天,窄窄地浮在上空,云朵从高墙的两道瓦椤边飘过,正在跨过一座短桥似的,倏忽间就不见了。鸽哨声,远远传来,时断时续,像是被挤压成了细铁丝,在看不到的地方"咝咝"地游荡。

那天,简白和他们三个分手回到家后,正好碰到外公的堂弟文秀外公过来做客,亲戚里他算是走动得比较频繁的,也是礼数最周全的,每次来都不会空手,总要提些桂花糕、虾籽鲞鱼之类的苏式小吃,这些都是外公喜欢的。简白看到他们正坐在院里的枇杷树下吃酒聊天,就先去打了个招呼,然后去厨房找他的母亲。

母亲和外婆正在厨房忙着烧晚饭,准备招待客人。他顺手从盘子里抓起一块香干往嘴巴里塞,母亲一巴掌打过来,连声嚷道:"哎呀呀,脏死了,手也不洗就吃!"他嘿嘿一笑,洗好手,走出厨房,回到自己房间。

他父母很早就离异了,那还是他上小学时候的事,至于为什么离,他不是很清楚,但隐约知道父亲外面有人了。那时他父亲在上海工作,一个月才回家一次,好不容易回来,还动辄和母亲闹,和外公闹,说他们合伙私吞了他的钱,因而借机不再往家里寄钱,事实上,他的钱都花在其他女人身上了。他母亲从别处打探到一些消息,背着人哭,但想到他还小,一时下不了决心。但是他父亲的确不像话,为了达到逼母亲离婚的目的,竟然去居委会诬告他的外公收听敌台。闹到这副田地,婚是非离不可了。离婚后,他的父亲就像人间蒸发一样音讯全无。所以,如果让简白现在回想起他父亲的模样,不看从前的照片,简直拼凑不全他的五官。他家里,唯一能找到的他父亲的一张照片是黑白底,在大公园拍的,当时父亲抱着他,站在水塘边,他的小手比画着什么,他父亲脸上则满含笑意,看上去倒是一幅天伦之乐图,只是这些他都不记得了。

  简白站在窗边,想着向锦今天难得穿了件湘妃色的风衣,比她平日素衣素服的样子动人多了,惹得大家眼前突然一亮,尤其是虞胜凡的眼睛,一直往她身上瞄来瞄去,幸好她的反应不冷不热,不然赵思露发起醋劲来,估计大家面子上都不好看。虞胜凡向来喜欢和女孩子玩暧昧,上大学的时候,同学就送他"楚留香"这个雅号。有女孩子为他争风吃醋,他不但不反躬自省,反而自鸣得意,以为自己的魅力光芒万丈,说到底,都是他的虚荣心在作梗。由此也可以推断出,男人的虚荣心至少有一半是女人造成的,而女人的虚荣心多半逃不过"男人"二字。

  当然,作为朋友,简白无权干涉他的私人感情,也不好在背后说三道四,但因为这其中还有向锦,他就情不自已地希望她和他保持一定距离,至少不要给他乘虚而入的机会。

  就在他这样想的时候,忽然听到风把院子里的谈话吹了过来。

"你猜我昨天碰到谁了?"文秀外公的声音。

"哪个?"外公问道。

"简士奇!"文秀外公有意压低了嗓门。

简白听到"简士奇"三个字时,不由得一怔,再仔细往下听。

"哦,他回苏州了?"

"早就回来了,听他讲,几年前就在浒墅关买了房。嚇!看起来过得还蛮滋润的,人比以前白了,胖了。"

"你不提,我倒忘记有这么个人了。"

"可不是,这么多年,都是老皇历了。不过……他倒问起小白……到底是父子一场……"

"父子一场?他一分铜钿都没贴过,还不是给了外人……"

"他和梅瑛的事,最后不也是没成么?"

"瞎!他这种人,搞七捻三,谁说得清……"

这时,母亲和外婆把饭菜端上来了,他们没再说下去。

听到"梅瑛"这个名字,简白突然记起来,母亲和外婆有一次提到过这个人,好像还是她母亲的一个远房表姐。他们亲眷之间不大走动,更不要说远亲,所以母亲面上的那些七七八八的亲眷们,除了几个阿姨和舅舅,其他人他都不熟。但是从两个老人的谈话中,他大致猜出,那个叫梅瑛的女人,和自己的父亲当年有过某种暧昧关系,父母离婚,和这件事也有很大关系。

文秀外公吃过晚饭就走了。简白收拾碗筷时,听到外公和母亲在里屋说起文秀外公碰到父亲的事,于是放慢了动作,想听个仔细,却听到他们把声音压得很低,好像有意要瞒着他什么。拾掇好饭桌后,他泡了杯炒青,端在手上,边喝边走进里屋。他进去时,看到外公正靠在藤椅上抽闷烟,面前的案几上,放着半瓶花雕酒。母亲坐在灯下整理白天晾晒过的衣物,他注意到她的眼角红红的,好像刚哭过的样子。他在屋里转悠了半天,又觉得无话可说,就走到院子里,在花坛边坐下来,抬头对着半空中的那弯残月发愣,身后偶尔传来几声蛙鸣,夜一下子变得寂静寥落起来,一时间心里有种说不出的沉闷。

小时候,他和外公最亲。母亲上班,他就跟在外公屁股后面东跑西颠。外公手巧,他用黄泥,两下三下,就能捏出简白的小像,像孙悟空拔下一根毫毛,连说三声"变变变",手上就站着一个缩微版的简白了。他扎的老雕风筝,不只好看,而且飞得高远,还在翅膀上面绷一叶用蒲苇削成的膜片,风一吹,就能听到老雕唱歌的声音。外公人也风趣，有一年除夕，一家人围坐在一起吃年夜饭，他因为贪嘴，人吃得钝住了。外公催他赶快坐到天井里去，说万一炸到别人身上就糟了，他果真躲到天井里，傻乎乎地坐着等。还有一次，外公用自行车驮着他去运河边钓鱼，当时河边正好有一洼烂泥塘，鱼儿咬钩时，外公拉钩太猛，鱼钩突然迸断，人仰面朝天摔进了泥塘，没想到，他爬起来的第一件事，就是捋掉泥水，检查腕上的上海牌手表有没有进水。据外公讲，那块手表花去他一个月的工资，还是凤仪姨妈托人拿的折扣价，在上海城隍庙一家老字号的钟表行买的。

现在回想起来，那时候生活虽不宽裕，他的童年生活却过得有滋有味，丝毫没有受到家庭变故的影响。可见，离婚家庭的孩子，未必会比别的小孩特别地不快乐。但是，今晚看到母亲的神情，他才突然意识到，孩子的感受和父母是不一样的，这么多年，她没再嫁人，一个原因是为着他，另一个原因就是——她一直没放下，想到这些，他不由得长叹一口气。

4

第二天是个星期天，他们四个人约好下午去爬虎丘。虎丘在城西北郊，离简白和向锦两家不远，两个人各自步行一刻钟即到。赵思露家在城东，虞胜凡平时住厂里的职工宿舍，两处相去不远，于是主动请缨，叫了一辆出租，负责去接她。车子停到了她家楼下，那是临街一处较僻静的二层小楼，路两旁的白色粉色夹竹桃，花团锦簇，香气袭人，他下车去揿门铃，开门的是李姐。

自从上次服装厂的舞会之后，李姐见他们四个人常常一道进进出出，有说有笑，便估摸着好事有了五成希望，但向女儿打探消息时，她每次都是故意岔开话头，不肯吐露半个字，看看她脸上的神情,又明明是一副恋爱中的模样,心里不免又急又喜,想想天下父母对儿女的心,不都是这样永远也操不尽么?

李姐在楼上听到门铃响,便欢欢喜喜下去开门,看到门口站着的人是虞胜凡时,不由得怔了怔,但很快换上一张笑脸,招呼他进去,同时向门口的出租车上张望。虞胜凡是何等聪明的人,马上心领神会,解释他正好在附近办事,顺道来接人。事实上,他心里倒生怕李姐弄出误会来,以为他一个外地人癞蛤蟆想吃天鹅肉。想吃天鹅肉不假,但天鹅也有黑白之分,在他心中,能称得上白天鹅的人,无疑是向锦。

他其实从一开始就向往着向锦了,只不过他发现,向锦是个相当稳重的女孩,因此在追求她这件事上,他反而变得小心谨慎,唯恐他的鲁莽惊飞了他心中的白天鹅。当然,对于赵思露这种随时随地准备投怀送抱的女孩,他也不会一口拒绝,谁会忍心往一团正在燃烧的火苗上泼冷水呢,况且这团火自有她的可爱之处,好比往火上洒下一把香瓜子,不一会儿屋里就有香气弥漫出来,单调乏味的生活不正需要这样的"哔剥哔剥"声么?在和女孩子的相处之道方面,他自以为成熟老练,简白充其量只能给他打个下手,因此,他只顾着自我陶醉了,全然没有发觉,简白和他心里想念的是同一个人。

虞胜凡和李姐在楼下说了没几句,赵思露已经闻声而出,一阵香风似的从楼上跑下来,挎起虞胜凡的胳膊,冲她的母亲扬了扬手中的小挎包,便头也不回地拽着她的虞先生跑掉了。出租车一路向虎丘驶去,远远地,就看到简白和向锦站在售票口等了。

简白和向锦其实早就到了。那天的天气晴好,四月的暖风从向锦站的方向吹来,空气中有股淡淡的香味。他注意到她纤细的身材和白皙的面孔,想起虞胜凡的比喻,不由得笑了起来,向锦问他笑什么,他脱口说道:"你知道虞胜凡把你比作什么吗?"话一出口,就有些后悔,这样说会不会让她觉得轻浮,通常拿一个女人打比方,本身就比较俗气,他却还要当玩笑话讲出来。但她听了问得紧,他只好说道:"他说你像只白天鹅。"

向锦听了却不以为然,她的特别之处就在于冷静得出奇,即使遇到异性的赞美,她也无动于衷,好像他们在讨论的是一个与自己不相关的人,换了赵思露,肯定会继续追问下去,这对于夸赞她的人则是一劫,因为他不得不把话头圆下去,从而要想方设法编出更多的违心话来。

"虞胜凡就是这点嘴巴上的功夫,"向锦笑着说道。"他的话,也只有赵思露最爱听。"

简白想起虞胜凡曾经和他形容赵思露有些二五,他当然不会把这种话说出来,但背地里作践一个女孩子,表面上又和人家打打闹闹,这让他觉得很不好。

"不过,你是比她成熟很多。"简白说道。他就是这样不大会讲话,本来可以赞美一个漂亮女孩的话很多,但是从他嘴里说出来的话,却是对一个人性格上的判断。

向锦听了却喜欢,说道:"我母亲也常常这样说我,看起来比我姐姐老成,小时候我姐姐在家门口玩耍,有个人贩子上来骗她,如果不是我急着去叫我母亲,我姐姐说不定被拐到什么地方去了呢。"

"那你们姐妹感情一定很深了,"简白说道。"这么说,你家里就你们姐妹两个?"

"嗯,我父亲过世后,我母亲一直没再嫁人。她在医院上班,人很辛苦,所以我和我姐姐都是早早就出来做事。"向锦说这些话,似乎并不想避讳什么,倒是一副很想和他说说自己家里情形的意思。

简白还是第一次听她讲起她家里的事,以前只是从她的穿衣打扮上猜到她家里的经济条件一般,却没想到她和自己一样,有着近乎相同的身世命运,因而有了种更加亲近和同情的感觉掺杂进了对她的好感中,他于是也约略把他家里情形说了一些给她,他们这样说着话时,虞胜凡和赵思露走了过来。

他们买好门票,进了景区。赵思露挽住向锦的胳膊走在前面,两人头挨头挤在一起,一路上唧唧哝哝,叽叽咕咕,说到秘密处时,赵思露还转过头来,像是提防他们在背后偷听。一路的青石台阶蜿蜿蜒蜒,一只不知名的鸟儿躲在林子里,发出咯咯咯一连串笑声,山愈发显得幽静。他们后来走累了,在半山腰一处亭子里坐下来,四个人正吹着山风聊天,只见一个灰袍黑面的僧人迎上来,手里握着一串念珠,走到他们跟前,对着两个女士行了个礼,说道:"阿弥陀佛,二位女施主面相吉祥,一看就是有福之人,今天遇到二位,也是机缘巧合,小僧可以给你们算一卦,保佑你们后半生幸福美满,儿孙满堂。"两人任他满嘴游说,只是互相看看,笑而不语。

那僧人膀大腰圆,面目黧黑,两眉之间长着一颗肉粉色的大痣,一看就是那种以看相为由,到处骗人钱财的假僧人,虞胜凡这时候却发噱头,笑着说道:"既然你会算命,那你看看,我们四个人当中,有没有好姻缘呢?"

那僧人一听来了机会,上前便说道:"爱情良缘,要看八字配不配对,最好把四位的生辰八字报出来,我好测算一下。"

简白和向锦听了,连连向那僧人摆手,简白笑道:"要算给他一个人算,他命里桃花旺,看看到底会拴在哪棵桃花树下。"大家听了都笑,只有赵思露此时安静了下来,拿眼睛的余光扫向虞胜凡。

虞胜凡笑道:"你们都不算,我算什么,万一算准了又带不走,岂不是给你们落下话柄!"

那僧人见到手的生意要跑,便盯住虞胜凡不肯放手,四个人急于摆脱他的纠缠,就往山下去了。

5

　　下山的路不大好走,一路上走不完的碎石阶路,这时候游人渐渐多了起来,赵思露走在前面,突然脚一崴,"哎哟"一声,人往边上一杵,差点摔倒,幸好被向锦扶了一把,她低头一看,鞋跟别断了,变成了一脚高一脚低,只好一屁股坐在石阶上,手里拿着那只刚上脚就坏掉的鞋子,懊丧极了。虞胜凡心想,这位 Miss 赵真是多花头,上山就不应该穿成这样。原本他们还想往剑池那边去,现在看来只能打道回府了。

　　"都怪那个黑面僧人,不然我们也不会这样急急地跑掉,扫了大家的兴致,真是讨厌得很!待会儿怎么出去呢?"赵思露边说边抬头望向虞胜凡,说道:"不然,只好劳驾你送我回家去吧。"

　　虞胜凡顿了顿,回头看了看向锦,见她也是一副无可奈何的表情,只好搀起赵思露,往山下走,走到大门口时,照例叫了一辆出租车,往她家的方向驶去。

　　剩下简白和向锦,站在大太阳底下,热得发窘,看着越来越多的游客,一时间又不知道该往哪里去。这时候如果各自回家,难免兴未尽意未消,于是简白说道:"时间还早,不然我们去看场电影吧?"

　　向锦略微一想,便说道:"好啊,你说去哪里看好?"

　　"听说玉泉路那边有一家电影院,环境不错,离这边也不远,去那里好不好?"向锦自然说好,于是叫了一辆出租车,直奔玉泉路。

　　两人到了那里,正赶上放映一部经典的爱情老片,于是买好票走进去,刚坐下来,银幕上就开始出字幕了。一路上都在赶路,没顾上多想,等到电影院里黑漆漆一片时,两人的心方才落定,但感觉又像是私下里事先就商量好的,不免心里又有些忐忑不安,如果给另外两个人知道,会不会奇怪他们做事怎么老是偷偷摸摸。而且通常情况下,一男一女坐在电影院里看电影,给任何人看到,都会以为他们是一对恋人。两人各自怀揣着这种心思,看电影时难免心猿意马。想起刚才进来时买的一包糖炒栗子,简白摸黑去拿,没想到黑暗中碰到了向锦的手,两只手碰到一处时,却似乎比手的主人要落落大方,简白的手顺势就将那只手握住了。她的手软软的,滑滑的,像一只小舟借了风势,直接滑向了湖心,在简白心里荡起了一圈一圈的涟漪。在黑暗里,他握着她的手,没说什么,却又感觉对她说了许多。

他们从电影院里出来时,月亮已经低低地悬在半空了,远远看过去,仿佛一只橘红的花朵,从天上开到了人间,而街道两边的路灯,也仿佛是月亮的花瓣散落在了空中,给人一种格外美好的感觉。

他想象过他们第一次接触时的种种情景,包括说什么话,做什么事,但今天一切都来得太突然,好像他为一场演讲准备了很久,打了无数个腹稿,等到一上场,却发现什么也不必说,原来,他从打字机上一行行敲击出来的字,恰好是她心里写给他的。

"向锦!"他不由得低低叫了一声。

"嗯?"她把脸朝他望过来,笑着等他说话。

给她这样一盯,他反而没了勇气,停了片刻才说道:"和虞胜凡相比,我这个人是不是太不会说话了?"

"没有啊,我觉得你这样很好,相反,我倒觉得虞胜凡话太多,说多了,都没人记得他说过什么。"

"你真是这样想?"简白没想到自己的缺点在她眼里竟成了优点,所谓爱屋及乌,想来是有些道理的。

"真的,不过,也要看从谁眼里看,比如赵思露,她就觉得虞胜凡说什么都好。"

"可是,你不觉得虞胜凡未必领她这份情,我总觉得,他好像更喜欢和你讲话。"

"有这回事?我怎么不知道,那你怎么想呢?"

"我当然不想你也喜欢他,我只想着,你心里只能装下我一个人,其他任何人都不能够走进来,哪怕靠近一点点。"

向锦听到这里,不由得扑哧一笑,说道:"没想到,你还是一个心胸狭隘的人!"

"你知道虞胜凡问那个僧人,我们四个人当中有没有好姻缘时,我心里在想什么吗?"简白问道。

"什么?"

"我想啊,如果真让他算一卦,会不会我和你八字最合呢。"

"好啊,我现在才发现,平时不爱讲话的人,一旦讲起话来,嘴巴比八哥还巧!我……"

可是,没等向锦说完,简白已经吻着她了!他觉得她整个人都在颤抖,便问她是不是第一次和人接吻,她红着脸反问他,等到两个人都知道,他们都是第一次爱上一个人,并且恰好把初吻给了所爱的那个人时,便觉得这份恋爱愈加珍贵。而人往往就是这样,越是觉得珍贵的东西,就越怕失去,好像周围的人都在虎视眈眈,觊觎着他人的幸福,随时要冲上来抢夺一样。

后来,他们一起吃过晚饭,又说了许多恋恋不舍的话,如果不是向锦催促,他竟没发觉恋爱中的时间过得飞快,完全跑赢了物理学上的时间概念。他把她一直送到家门口,想再吻她时,街角突然传来几声狗吠,紧接着就看到一只小狗飞奔出来,后面紧拽着一个男孩,看样子狗的性子比它的主人急多了,男孩像一只被线扯牢的风筝,摇摇晃晃着从他们身边飞跑过去了。

他们不得不分手了,他一直看着她上楼后,才慢吞吞地走开。他后来绕着她家附近,一个人盘桓了许久,他把她平日走的路,来来回回走了几遍,等发现有保安向他走来时,才慢慢踱着步子,往家的方向走回去了。

6

简白回到家,夜已经深了。他家人有早睡的习惯,他生怕惊扰到他们,便自己开了门,轻手轻脚地走进去,经过他母亲的房间时,发现灯光昏昏地亮着,里面的人还在讲话,无意中又听到"简士奇"这个名字,不由得停下脚步。

"昨天和凤仪电话里说起简士奇,她还在后悔,说当年千不该万不该把他介绍给你,害你受苦!"外婆说道。

"妈也真是,都是过去的事了,还提它干什么。大姐也是好心为了我,只是人心隔肚皮,她哪里会知道他的为人。"母亲说道。

"唉,我知道你这些年心里难受,幸亏小白这孩子老实本分,规规矩矩,以后娶个老婆,你也可以好好享两天清福。"

"我自己其实倒没什么,这么多年不也过来了么,只是想想小白,年龄也差不多了,是该考虑婚姻大事的时候了,只是他这种性格,也不知道讨不讨人家女孩子喜欢,又不会花言巧语,也不会主动讨好,如果有那个虞胜凡一半,我倒也放心了。"

听到她们拿自己和虞胜凡比,放在从前,简白可能会嫉妒,但凡天下的父母,总觉得别人家的孩子才是最好的,却不知大多数孩子的内心有多抵触。可是现在,他却丝毫不觉得有什么,因为有了向锦,便觉得天底下唯有她的看法才是最重要的,一想到向锦,他竟有些想马上告诉她们的冲动,但转念一想,这样贸然说出来不大合适,况且对她家里的情况不甚了解,如果她们问起,他反而说不清楚。所以,这样一想,也就作罢。这时候,他听到门口传来脚步声,急忙一个闪身,跑回自己房间去了。

星期一上班,简白刚坐定,正想着晚上约向锦去哪里,就听到办公室的一个小姑娘通知他厂长找。他来到二楼最顶头的那间办公室,林厂长见他进来,示意他坐下,将一份文件递到他面前,说道:"省里举办学习班,名额只有一个,我们商量过,决定派你去湛江学习一个月,回来后由你组织,给厂里的职工进行培训,怎么样?"林厂长说完,在简白的肩上重重拍了一下,颇有老领导对年轻人寄予厚望的意味。他们这个厂子最近几年效益很好,很大程度上得益于这位林厂长,他自己是老牌大学生,所以对新来的大学生格外注意栽培。对于简白来说,这次公派学习无疑是个很好的机会,但一想到他和向锦的事刚有眉目,就面临着小别离,心里难免有些儿女情长。

怀着这样一种矛盾的心理,他回到办公室,看到虞胜凡正坐在那里等他。虞胜凡有个朋友最近辞职下海,撺掇他也辞职,合伙创办一家服装公司,对于他这种整天梦想干一番大事的人来说,这次机会让他很动心,所以他是来找简白商量的。

简白把林厂长找他的事和虞胜凡说了,虞胜凡连说好,提议下班后,四个人到宝带桥一家有名的苏帮菜馆为他践行。同时,他把准备辞职下海的想法和简白大致透露了一些,并叮嘱他,先不要和厂里的人透露风声。简白知道他的性格向来不受约束,辞职是早晚的事,也表示支持。

当天晚上,虞胜凡替简白践行,四个人都喝了些酒,从菜馆出来后,经风一吹,简白觉得整个人晕晕乎乎,后来怎么回到家的,也记不清了。

第二天一整天,他心神不定,想着晚上无论如何要见向锦一面。古人说"一日不见如隔三秋",他现在就是那个和古人心有戚戚焉的人。

下班后,他们四人照例约了一道回家,经过一家商店时,赵思露敲虞胜凡的竹杠,拉他进去买冷饮,简白和向锦站在外面等,趁着这个当口,简白对她说道:"晚上去你家里,好不好?今天一天都在想……"话刚说到这里,恰好有一辆装水泥的货车开过,像是有意要捣乱似的,发出轰轰轰的噪声,把他后面的话全吃掉了,他看到向锦抿着嘴,脸转向马路,避免再去看他,但她脸上的表情分明是快乐的。他瞬时觉得天地间满满都是快乐,连带着这世界上的噪声,匆匆而过的行人,路边奔跑的小狗,好像都是这快乐的见证人,因而看着无比亲切。

他还是第一次上一个女孩子家,心里难免忐忑不安。等他提着路上买的一兜时令鲜果走到她家楼下时,向锦已经早早等在那里了。她照旧穿着白天那件月牙白衬衫,一条藏青褶裙,在前面带路,引他往楼梯上走时,她告诉他,姐姐向珠在家,母亲今晚在医院值夜班,要明天早上才回来。她说这些,似乎是看他紧张才有意安慰他的,他也不由得稍稍松了口气。

她家住三楼,她姐姐闻声开了门,他看她第一眼,竟以为是向锦,再仔细一看,其实她比向锦处处大一号,像是放大镜下看出来的效果图。看样子,她已经知道他是妹妹新交的男朋友了,所以对他十分热情,把他让进房间,端茶倒水忙个不停。简白急忙说道:"我和向锦是老朋友了,用不着这么客气。"话刚说完,就觉这话说得有失水准,好像他们瞒着她家人,已经偷偷好了很久。好在她姐姐正专心削苹果,没仔细分辨他的话。

没过多久,有人敲门,向锦去开门,迎进一个长相清瘦、个子奇高的小伙子,简白正思忖这是什么人,就见向珠立起身,向他介绍来人,可是没等她开口,小伙子已抢先自我介绍起来:"我是范敬亭,范仲淹的范,独坐敬亭山的敬亭,幸会幸会!"说着,双手抱拳作揖。

简白听他的名字起得文绉绉,说话老夫子腔调,就连相貌举止也是照搬古人,便也学着他的样子,说道:"幸会幸会!我是简白,简单的简,李白的白。"说完,大家都笑了。

四个人坐下来,正准备吃水果,简白却发现那个范敬亭直直盯着自己的手看,冷不防问了一句:"会不会下围棋?"倒吓了他一跳,急忙说道:"下不了,最多走两步。"

对方的眼睛马上放出光来,问道:"下一盘?"

一句话问得简白不明就里,向珠连忙解围道:"别理他,他是个棋疯子,见人就要下棋,你要是答应他,以后就像狗皮膏药甩不掉啦!"说着推了范敬亭一把,说道:"人家第一次来家里,你可不要吓坏人家!走,我们看电影去!"说着就把他往外拽,那范敬亭却不死心,边走边回头道:"改天我们下一盘,一言为定!"

7

房间里仅剩下他们两人时,简白才觉得人自在了一些,想到刚才的情景,便随口问道:"你姐姐的男朋友是干什么的?"

"他呀,"向锦笑道,"是棋院的老师,教小孩子下围棋。平时没其他爱好,唯一的爱好,就是下棋。我姐姐说他上大学的时候,因为太痴迷于围棋,还闹出不少笑话来呢。"

简白一听,来了兴趣,问道:"什么笑话?讲来听听。"

说他有次半夜做梦,突然叫道:"打劫!"害得宿舍里的人都爬起来抓盗贼,后来灯亮了,却连盗贼的影子都没见着。他倒好,从梦里醒来怪别人:"你们在闹什么呀,一盘好棋被你们搅乱了!"

"还真是个棋呆子!"简白笑道。

"对了,你也会下棋?"向锦问道。

"我不好跟他比,"简白急忙解释道:"人家是专业棋手,我是野路子。"他说的野路子,指的是他的围棋是小时候和舅舅学的,他人聪明,一学就会,后来下着下着,舅舅就不是他的对手了,再后来,只能和他下让子棋,但每次都输得甚是得意,自诩名师才能出高徒。

"那你下次可要小心,"向锦笑道:"一旦给范敬亭逮住,他可是要吃定你这个野路子上来的!"

说笑间,她领他来到自己房间。他刚才打量她家里的情形,房间不算大,却收拾得很干净,家具都是半旧的红木,泛着油光,质地比较考究,与他之前猜想的境况不大一样。现在看她的房间,第一眼又觉得不像女孩子的闺房,更像一间服装工作室,进门处是一台缝纫机,脚踏边放着一只针线笸箩,里面尽是些针头线脑和服装辅料。地下摆放着两张床,中间用一张书桌隔开,上面堆满了书、纸、笔及服装设计图之类的东西。他注意到,桌上有一张旗袍手稿图,仔细看过不由得十分惊讶,心想,平时只听到赵思露夸赞她手艺如何如何了得,以为只是女孩子之间的相互恭维,没料到她还有这种才华,却从不见她拿出来招摇显摆,好像是武林中身怀绝技的人,轻易不肯露一招一式出来,这样想着,心里不由得对她多了几分敬佩。

看他盯着自己的手稿,向锦怕他笑话,急忙用书一盖,拉他坐到椅子上。他借机捉住她的手腕不肯放掉,她于是也不再挣脱。两人默默地坐了会儿,简白想到过两天就要动身,心里不免又有些不舍,于是问道:"我走了,你会不会想我?"

向锦抿着嘴只是微笑,他再问得紧,她就故意含含糊糊,支支吾吾,看他急了作势要挠她时,才连忙讨饶,但等她刚说出"想"字的时候,他已经把她的人拉进怀里,准备要吻她了。这时,突然听到旁边有人尖叫道:"亲一个!亲一个!"

两人着实给吓了一大跳,再一看,又不觉大笑起来。原来姊妹俩住的这间房子,朝南带阳台,阳台悬空处挂着一只鸟笼,养了两只虎皮鹦鹉,一雄一雌,一只钴蓝,一只亮绿,十分招人喜爱,是去年向珠过生日时,范敬亭送她的礼物。那只雌鸟性子比较温顺,平时不大叫唤。那只雄鸟却顽皮可爱,很通人性。由于它听惯了范敬亭和向珠在这房间里亲热时常说的话,便一见他们亲热,就要在旁边瞎起哄,于是才有了这场虚惊。

  两人看着那只调皮的鹦鹉,在笼子里,兴奋得上蹿下跳,撞来撞去,都觉得好玩,便坐在那里看它表演。这时候,一抬眼,偏巧看到窗外的月亮,正好落在对面楼顶上,像一颗白净的圆珠镶嵌在那里,四周白蒙蒙地笼罩着一圈光雾。渐渐地,那圆珠离开楼顶,遥遥地升到半空去了。

  简白动身的那天,赶早上七点钟的火车,向锦执意要到火车站送他。他见她带来一大堆路上吃的东西,便笑道:"怎么买这么多?早知道让你破费,我就不让你大老远跑过来了。"

  她笑道:"这么早的车子,我猜你一定是饿着肚子上车,所以带了点吃的来。另外,买了两条香烟,你带在身边,慢慢抽,但要记着,每天要少抽,水果要多吃。"

  简白笑她这个人说话自相矛盾,却冷不防看到,有枚亮晶晶的东西在她眼里,泫然欲滴,便也沉默了。快发车时,他看到她站在月台上,突然想起什么来,从窗口递上来一个纸包。他打开来看时,却是一件男式纯棉衬衫,猜到一定是她连夜缝制的,白底暗蓝细方格子,他摸着那绵密的针脚,有种说不出的异样感觉,仿佛听到咔咔咔的机器声,赶夜路似的冲过来,"砰砰砰"地敲打着他的门,直敲得他心神俱往。

  那件衬衫他一直穿到发白,都没舍得扔掉,后来被放进一只樟木箱底,从此便像一个梦,静静躺了好多年。

  简白到湛江火车站后,省培训中心派来统一接站的车,把各个地方前来报到的人接到宾馆,一切安顿停当后,他立刻给向锦电话里报了平安,并告诉她寄信的地址,好像从那一刻起,他就预备着读她的信了。

这期间,他们一直鸿雁传书。她每次写信,都不肯写长,信来得却频繁。他因为一个人在外地,人生地不熟,又十分想念她,便希望知道她的情况越详细越好,于是总要她多写。他自己则变得絮絮叨叨,除了向她汇报这边的学习情况,还把遇到的好玩的人和事讲给她听。譬如,他发现这边人,无论吃什么水果,都喜欢在上面抹点细盐,据当地人讲,这样吃才美味生津。他看到很多女孩走在街上,吃着切成条状,蘸着辣椒盐的芒果,就觉得新奇有趣,便要第一时间讲给向锦听。再譬如,他在饭店吃饭时,看到门口常备有一种特殊的竹筒制成的水烟,供客人茶前饭后吸用。他还是第一次见到这种奇怪的水烟,那竹筒大约有七八十厘米长,竹节前端有个小竹管,是点烟丝的地方,上端开口处用于吸烟。那烟要经过竹筒中的水,过滤后方被吸入口中。吸食的人,一边吸一边发出"咕咕"的声响,周围的人会立刻被一股奇异的香气所吸引。

他在房间写下这些话的时候,想象着向锦读信时,一定和他有着同样的感受,便不觉得日脚走得慢了。

8

等到简白从湛江学习回来,虞胜凡已经辞职下海,和朋友创办起了凡美服装公司。若干年后,这家服装公司已经跻身上市公司的行列,这恐怕是精明一世的李姐,打破脑袋也想不到的一件事。

那段时间,虞胜凡整天忙于公司开业之际的各项事务,所以他们四个人也就不大在一起。简白偶尔和虞胜凡电话里谈起,听他讲赵思露如何如何主动追求他,总是一副虚荣心自我膨胀的腔调,好像他的女人缘好到甩不脱手的地步。有时候,他也会问向锦的近况,却像是对于两个女孩子,必须一碗水端平的口气。简白和他只是大致说了一些,他倒听得十分专注,并没有急于挂掉电话的意思。

那时候,简白和向锦已处于热恋之中。有时候,他去她家,也会碰到范敬亭。有一天,他终于拗不过这个棋痴,答应和他对弈一局。两人摆好棋盘,很快下起来。向珠和向锦姊妹俩看着好玩,便静悄悄在旁观阵。

范敬亭起初没把简白放在眼里,他不过每次只要听到别人会下棋,便不管水平高低,都要拉来对弈。布局之初,他走得顺风顺水,但是到了中盘,他的眉头就渐渐锁住了,下着下着,表情也跟着凝重起来。他因为求胜心切,一味图快,反而越下阵脚越乱。懂棋的人都知道,下围棋很忌讳一个"快"字,而简白学的是野路子,通常不喜欢拘泥于定式,落子又灵活多变,加上他原本就带着一种与人消遣、无为不争的心态,收官时反而赢他半目。

这下好了,范敬亭好不容易棋逢对手,大呼痛快,再也不肯轻易放他走。于是,纠缠了半天,简白不得已,又陪他下了两局,看他一副不赢棋绝不罢休的样子,就故意放水输给他。

正在这时,门外传来一阵沓沓沓的皮鞋声,走进一个女人,向锦说道:"妈回来了!"简白这才知道来人是她母亲。他注意到,她虽然已过中年,但是年轻时肯定长得很好看。

简白自从和向锦谈朋友以来,上她家里的次数也不算少,但一次都不曾碰到她母亲,现在突然见到,心里不免有些紧张,急忙站起身来,恭恭敬敬地行了个礼。她母亲却像早已知道他是什么人,立刻双眸炯炯,上下打量了他一番,笑道:"哦,你就是简白?向锦和我提起过你,你看,我平时医院里忙得不可开交,不然早要请你来家里做客了。"她说这些客套话时,一眼瞥到茶几上的残棋,又笑道:"怎么,你也会下围棋?这下好了,你和敬亭也算是棋友了。你们继续下,我去烧几样菜,晚饭就在这里吃吧。"说着,她让姊妹俩招呼好客人,自己就去忙了。

向锦盛了一碟瓜子、糖果放在茶几上,又把电视机打开,招呼他们边吃边聊。她则进了厨房,去帮母亲择菜烧饭。向珠一扭身就不见了,也不知跑到哪里去了。

向锦走进厨房,见母亲正坐在那里剥毛豆,这个东西好吃却费功夫,剥了半天,也只见碗底那么多,于是也拉过一只方凳,坐下来帮她一起剥。这时,听她母亲说道:"简白这个小伙子看上去还不错,长得一副斯文相,只是好像太老实,没敬亭人活络。"

"妈有些偏心眼呢,"向锦说道,"见人家第一面,就要拿来和范哥哥比,人里面像范哥哥那样活络的,有几个呀!再说了,我倒没觉得老实有什么不好,总比油嘴滑舌好。"她因为说着话,没留心把择下的毛豆当豆荚扔掉了,发现后又赶快捡回碗里。

"我又没说老实不好,"她母亲解释道,"只是现在社会上不流行老实这一套,老实人总是要吃亏的。我也只是这么一说,又没讲他的坏话,你倒是要和我急。"

她母亲见女儿平时好脾气,现在谈了男朋友,一副处处维护男朋友的口气,生怕别人说半个不好,心里就觉得不大自在,女孩子家,还没嫁出去,胳膊肘已经往外拐了。她因为年轻时就守寡,带大两个孩子不容易,当年身边如果没个人帮衬,简直不知道如何把孩子带大。现在女儿大了,便不愿意再受管教,想想真是可怜天下父母心。

向锦看母亲的脸色不大好,想着简白第一次和母亲见面,总要给人家留下一个好印象,于是就把话放软了,说道:"妈放心好了,相信你女儿的眼光不会差。简白现在也是他们厂的业务骨干,厂长对他很器重,他人聪明肯学,又是大学毕业,以后发展起来,也是很有前途的。"

"唔,那倒是不错。"她母亲听了,心里略微宽慰一些。一会儿,又忽然想起什么似的,问道:"他家里呢,条件怎么样?几个兄弟姐妹?"

"就知道你要查户口,"向锦笑道,"他是家里的独子,他家里的情况和咱们家很像,也是父亲过世得早,由母亲带大。"

向锦这话里,有一半是她瞎编的。简白曾经和她大致说过父母当年离婚的事情,但这种事情的原委本身就不大好说出口,又是老一辈的事情,小辈不好乱嚼舌根子。但是照实说出来,又怕母亲对他的家庭有看法,于是就顺口编出他父亲早已过世这种话来,如果有一天她母亲知道了真相,理由倒也说得过去,他父亲这么多年音讯全无,不就等同于不在人世么。

她母亲"哦"了一声,没再问下去。她心里在想,天下的事真是说巧也不巧,巧的是两个孩子都幼年丧父,不巧的是,她因为第一眼看到简白,便隐约觉得他像一个人,而且都姓简,但听到他的父亲早已过世,和她联想到的那个人对不上号,心里的疑惑也就一闪而过了。

她母亲后来高兴,烧了几样拿手菜招待客人,什么笋干烧肉、响油鳝丝、丝瓜毛豆、莲子鲫鱼汤的,一一端上桌来。一会儿,向珠从外面回来,原来她出去买了几样杜三珍的卤菜,当下酒菜吃。几个人坐下来,在温黄的灯光下,边吃边聊,那种融融的气氛,多年后,简白还一直能回想起。

9

日子过得飞快,转眼已近农历新年,他们的感情发展,和大多数谈恋爱的人一样,由热恋期进入了稳定期,正好比汽车上山时,需要加大马力快速爬坡,上到山顶后,只需慢送油门,便可以匀速前进了。

不过,有件事一直让简白闷闷不乐,那就是两人相处已逾一年,向锦却还没见过他家人。好几次,简白提出带她去,因为他已经告诉家人有女朋友的事,他们也几次催他带回来看看,可是向锦不知为何,总以这样或那样的借口推辞,这让他难以理解,心里总在想,是不是她另有所爱,所以才再三推托,但看她每次对自己,又是十二分的用心,分明不像。再不然就是她家人对他不满意,叮嘱她先不要急着上门,处处再看。仔细回想她家人对他的态度,没影子的事情倒给他琢磨出影子来了,心里就有些堵堵的,索性不肯再提此事。然而,实际并非他猜测的那样,向锦这个人在这方面,的确冷静得有些不近人情,她对于没有十足把握或者不很明朗的事情,一般不大肯去做。而且,她骨子里很传统,认为去见他家人,就意味着去见未来的婆婆,这样一想,就不大肯了,觉得什么准备也没有,就冒冒失失地去,心里一点底都没有,当然也不排除丑媳妇怕见公婆的心理。

但是,女人的这种奇怪心理,男人未必都懂。据说国外曾做过这样一项调查,让113位受访者对50件物品进行归类,判断它们是部分、全部还是根本不属于某一类物品,例如,油漆算工具吗?男性做出的判断都很明确,是或者不是。而女性做出的选择就不那么明确了,她们认为油漆部分属于工具。由此可以判定,男人更容易做出非此即彼的判断,而女人在做选择和决断时,则更为模糊和微妙。后来,这项调查结果发表在性学杂志上。

只可惜,涉及实际的男女恋爱问题,科学家的实验证明也未必能派上用场。在这件事上,两人都觉得自己的理由充足得不容辩驳,但为了避免发生不愉快,都尽量不碰这个话题,就像一个人,在一个地方摔倒过,下次再经过时,一定会想着避开,可是,并不是所有的事情都可以选择逃避。

那天在房间,向锦坐在床边,正往一件成衣上钉钮扣。简白站在窗边,慢慢吸着一支香烟,他心里盘算着,怎么和向锦说起他母亲让她去家里的事。他只吸了半支,就觉得不舒服,撅灭在烟灰缸里。他现在听向锦的劝告,半年来,已很少抽烟。

他走到她跟前,看她低头时,后脖颈露出一块白腻腻的地方,便俯下身子,想去吻那里,被她笑着躲开了。他又不死心,捉住她的手腕,让她把手里的活儿放下来,陪他说说话。

"你小心给针扎了,"她笑道,"你说好了,我听着呢,这钮扣马上就钉好,你坐着不许乱动。"

"还记得我和你提过的凤仪姨妈吗?"简白顿了顿,继续说道,"他们一家今年要来苏州过年。"

"哦,想起来了,她当初嫁到上海去的,"向锦说道,"这下你家里过年热闹了。他们这次来几个人?家里住得下么?"

"就她和姨夫两个人,"简白说道,"家里腾出一间书房给他们住,我妈昨天刷刷洗洗了一天,收拾得也差不多了。"

"他们也有几年没回来了吧,"向锦说道,"估计一见你就会问,'一个月赚多少钱啊''有没有女朋友啊''什么时候结婚啊'……"

简白听她这样讲,觉得机会来了,顺口接过话题:"所以说嘛,我妈让你一起去吃顿年夜饭,正好长辈们都在,见个面,省得他们东打听西打听的,你觉得怎么样?"

"哈,"向锦这才回味过来,笑道:"我说你弯弯绕了半天,原来是想着怎么套我的话呢!"

"向锦,"简白突然脸色正经起来,说道:"你不觉得我们交往这么长时间,是该和家里人正式见个面么?我家里你不是不知道,他们怕我在外面乱交朋友,只凭我嘴上说说,又不见带人回去,他们准会猜疑我在瞎编。就算他们不猜疑,我们谈了这么久,不往家里领,他们也难保不会有看法。"

"生我的气啦?"向锦马上赔着笑脸道:"你看看,人家还没说什么呢,你就板起面孔来,搬出一大堆道理来,我有说过不见吗?"

他见她终于松了口,不由得转忧为喜,连忙问道:"这么说,你答应去了?"

"嗯,"向锦点点头,又觉得有必要和他解释清楚自己原来的想法,便说道:"以前是因为谈了没几天,就去你家里,太唐突了,万一有什么地方做得不好,他们不满意,还不是你夹在中间为难嘛。现在既然我们相处也不算短了,去见见你家里人,有什么不可以的?我之所以这样想,还不是希望我们的事——你怎么就不懂呢。"

"我知道你这都是为我们考虑,"简白说道:"不过——不知道为什么,我有点恨你……"他其实想说,恨她这个人太冷静,别人都说女人是感性动物,可是向锦却理性得出奇,他有时甚至怀疑她是不是真爱自己,不然何以这么冷静,想到这里,他又像怕失去她,低低说道:"向锦,以后你就叫我阿牵,这样你就是走到天涯海角,也必须牵着我引着我。"说着,他已经把她的手紧紧地攥住了,好像她现在就要往天涯海角去了。

向锦给他这样一说,心里也软软的,两人一时默默无语。不料阳台上那只虎皮鹦鹉,如今才艺大涨,学会了现学现卖,冷不丁一迭声尖声尖气地叫道:"阿牵!阿牵!阿牵……"好像一个人阿嚏连连,伤风感冒老治不好似的,他们不由得被它逗乐了。

锦 瑟 / 221

10

没过几天,简白去火车站接了凤仪姨妈和姨夫,还没到家门口,就见他们三个人,巴巴地倚在门边,远远地朝这边望着了。一家人见面,免不了问长问短,唏嘘不已。简白把行李拎到房间,回到客厅时,他们已经坐着吃茶聊天了。

几个姨妈里,凤仪姨妈排行老大,比母亲大好几岁,但因为生活适意,反而看起来比较年轻。她身上的珠光宝气,让客厅也跟着增光添彩,陡然金碧辉煌了起来。她这次见简白,比两年前要成熟许多,不由得笑道:"凤珍,小白虚龄也有二十四了吧,我记得属龙,过年要本命年了。"

"可不是,"他母亲笑道,"看着他,我们才觉得自己一天天老了,皱纹生得都不敢照镜子喽。"她说这话,也是女人恐老的一种普遍心理,女人年纪一大起来,儿女简直是自己的照妖镜,只不过这种镜子,虽然照出了沧桑,但比起伟大的母爱来,又实在是微乎其微。

"本命年可是要冲太岁的,一定要戴玉器来辟邪助运,改天我来送你一块观音。"姨夫是生意场上做惯了的人,即使说再正经的话,也是一副眉开眼笑的样子。他是广东人,年纪轻轻就跑到上海闯荡,先开始干一行赔一行,倒霉到摔个仰天跤还蹭破鼻子的地步。后来幸亏碰到去上海工作的凤仪姨妈,从此鸿运当头照,玉器生意做得顺风顺水,人也像财富滚雪球似的发起福来。一个人一旦有了钱,说话也会变得很有分量。当年,就是他让凤仪姨妈出面,将自己的好友简士奇介绍给凤珍。当然,好友变成连襟,也是常有的事。只可惜,后来不做连襟,连朋友也没得做了。

"姐夫这么一说,我倒想起来了,"凤珍说道。"观音我倒是有一块,对了,还有一块玉佛,都是雕得非常好的,还是老早以前在阊门吊桥买的,压箱底不少年头了,现在正经派上用场,我这就去找来,你帮我看看玉质如何。"她说风就是雨,叫外婆和她一起回房间找,两人翻箱倒箧了半天,手上拿着一只红锦缎盒子出来了。

姨夫用行家的眼光,把玩那两块玉,只见他眼睛眯成一条缝,嘴巴却张成大写的"O"。说来有趣,生活中常有这种人,不论做什么,都要用到嘴巴,比如看书时要张着嘴看,睡觉时要张着嘴睡,就连表示惊讶都要烦劳到嘴,不然不足以表示他的惊讶程度。

经过姨夫的专业鉴定,这两块玉的身价徒然翻了两倍不止。凤珍听得高兴,忙思忖着那块玉佛,给未来的儿媳妇,也算拿得出手,便对简白说道:"这块玉佛,等向锦过来,送她当见面礼吧。"

"哟,小白有女朋友啦?什么时候带回来看看呢。"凤仪姨妈闻听此事,兴致骤起。

母亲见简白有些发窘,意识到自己嘴巴太快,有些不好意思了,又开始把话头往回搬:"哎呀,他们年轻人的事,谁搞得清楚,这不正好你们也来了,一起聚聚。"

外公半天没讲话,这时候却要替爱孙说话:"小白是我一手带大的,他的眼光我还能没数吗?错不了!错不了!"老爷子一言九鼎,众人听了,连声附和好。

临近过年,他母亲就开始忙活,又是祭祖宗,又是掸檐尘,精神头大得很,忙完这些,还亲手做了肉圆、蛋饺、团子和各种腊腌的东西,堆得满坑满谷的。对联、福字从街上买来,也早早贴起来,他家里这些年都没这么过年了,简直要称得上隆重了。除夕那天,他母亲烧了一大桌菜肴,文秀外公也被请了过来。

他家人见了向锦后,对她的相貌举止,都暗自满意。向锦那天特意穿了件藏青色羊毛大衣,里面是身藕粉色毛衣裙装,人看起来像电影明星,光彩熠熠,让简白觉得特别有面子。

他母亲趁没人的时候,把那份见面礼送给了向锦,并嘱咐那玉佛和简白挂的玉观音,买来就是一对。简白见母亲一团高兴,也就放心释虑了。唯独凤仪姨妈,看向锦第一眼时,便觉得她活像一个人,又一时想不起。吃饭中,凤仪姨妈一边帮向锦用筷子攃菜,一边问道:"你兄弟姊妹几个呀?"

"就只有一个姐姐。"向锦笑道。

"哦,那你父母是上班还是已经退休了呢?"

"我妈还在医院上班,再过两三年也要退了。我爸已过世好多年了。"

"唔,那是——你妈妈不容易,"凤仪姨妈说道,话头一转,又问道:"你们以前有没有在上海住过呀?"

"住过两三年,不过还是我小时候的事,都记不大清了。"向锦不好意思地笑道。

凤仪姨妈突然脱口说道:"对了!"

所有人都停下筷子望向她,等着她说下文,可是,她怎么能够说出来——她居然就是梅瑛的女儿!怪不得看着这样眼熟呢!

这事说来话长。梅瑛一家很早以前住在上海,凤仪姨妈到上海后,才和她认上亲,便时常邀她去家里,日子久了,她认识了常去那里串门的简士奇。她老公过世时,向珠和向锦还小,凤仪姨妈同情她们孤儿寡母,便隔三岔五要捎些东西上门探望。有一次,巧得很,在她家里碰到简士奇也在。凤仪姨妈生性敏感,隐隐嗅出了其中的异常。再后来,居然又撞到一次,那次看他们像喝醉了酒,脸色通红,几乎要被她人赃并获。从此以后,她们便形同陌路。凤珍知道这一切,也是凤仪告诉她的。

凤仪姨妈见众人都望着她,便顿了顿,望向姨夫笑道:"你看我这记性,上海带过来的石库门黄酒怎么不拿上来呢,你快去拿过来呀。"

姨夫如梦方醒,连连点头,笑道:"对啊,没酒怎么行。"说完,跑进房间取酒去了。

"这个你倒还记得,"外公笑道:"人老了,酒也要少喝了,文秀,你说是不是啊?"文秀外公点头称是。

姨夫拿来酒,给每人都斟上,大家举杯祝贺新年时,听到电视里传来春晚开始的锣鼓喧天声,便边吃边看节目表演。吃好饭,一家人又坐着聊老皇历,不知不觉,夜已经深了,突然听到外面鞭炮礼花声大作,紧接着就听到十二点钟声敲响,算是一起和和美美地辞旧迎新了。简白送向锦出来时,才发现天上已簌簌飘着雪花了。

11

第二天午饭后,简白正准备约向锦去西园烧香祈福,被母亲叫到房间,他见她神色黯然,正想发问时,听她语气低沉地说道:"小白——向锦家以后你——别再去了——你们的事——不合适!"他吓了一跳,以为听错了,可是看母亲的态度并不像开玩笑,便一下愣住了。

昨晚简白送向锦走后,凤仪便和凤珍说道:"你不觉得小白的女朋友像一个人吗?"

"像谁呀?"凤珍正在收拾桌上的碗碟,脑子糊涂,一时半会儿没转过弯来。

"哎呀,"凤仪道。"我说你是有些糊涂呢,你难道忘了梅瑛,她是梅瑛的女儿呀!"

"什么?"凤珍惊得差点将手中的盘子掉在地上。"怎么会有这么巧的事?"

"可不是说呢,"凤仪道。"她一进门,我就看着眼熟,肯定是梅瑛的女儿,不然也不会那么像。论年龄也差不多,该有这么大了,也是只有姊妹两个,她们小时候的样子,我到现在还记得清清楚楚呢。"

凤珍再仔细一回想,可不就是!头脑里顿时轰一声,像一阵滚雷经过,半响回不过神来,隔了好一会儿,才喃喃说道:"照你这么说,那肯定就是了。怎么偏偏会找上她的女儿!"她心里又是恨又是痛,恨的是,他们造的孽竟然报应到自己儿子头上;痛的是,她心里实在不忍,老一辈的事要把小辈也搅和进来,让他跟着受罪,老天爷真的作孽的!

凤仪看她这副神情,也不知该如何安慰,这件事说到底也怪自己,老话说,不做中不做保,不做媒人三代好,不是没有道理!

两人枯坐了半天,只觉得头脑昏昏的,如一堆乱麻,理不出头绪来。第二天上午,凤珍又独自盘算了半天,思前想后,还是决定把这件事告诉简白。

母亲把过去的事一一告诉简白听,这些陈年旧事,被她钩深索隐,简直像淘也淘不尽的历史悲剧。他从没想到,他和向锦之间,竟然还有这样一个天大的秘密!他听母亲讲这些时,只觉得被震得一愣一愣,原以为电影里才有的桥段,居然发生在自己身上!他半天反应不过来,一旦反应过来,却像麻醉过后,一阵阵牵肉扯心的痛!他母亲的意思已经很明确:和向锦一刀两断!她这样说时,他似乎已经听到了刀起头落的声音。

凤珍见儿子始终不语,人像桩木头,痴痴地坐在那里,心里又懊悔话说得太绝,可是,这件事但凡有半点缓和的余地,她这个做母亲的,也不至于如此硬心肠——她宁可他现在恨她,也不要走她的老路!何况,她也清楚,年轻人的感情,热起来快,冷下去也快,有什么东西能熬得过时间?

又过了很久,简白像是走了很长的路,衰弱地望着母亲说:"妈,你不是主张婚恋自主的吗?"

"是的,可是……总得是好人家的女儿呀!"他母亲叫道。

"可是,向锦是个好女孩!"简白的声音也不自主地扬上去,他突然对母亲憎恨起来——为什么上一辈人的债要小辈来偿还!

"我没说她不好,可是这种人家出身的女孩子,我们怎么……你……你不想想我的感受!"说到这里,他母亲禁不住呜呜哭了起来。

话都说到了这个分上,还叫他说什么!

他走出家门,神经麻木,也不觉得冷,头脑纷乱得像一群失魂的蚊虫,被装进玻璃罐里,横冲直撞,嗡嗡乱响。新年的鞭炮声每"砰"一声,就会把他从纷乱的意识中震回到现实中来,一次又一次,彼此交接班似的,不肯有个间隙。那散乱的心思渐渐集中起来,他开始觉得伤心,失恋的痛苦不请自来,并且像老鼠的利爪,在拼命挠他的心了!他无处可去,只能东游西荡,走着走着,一抬头,却发现不远处就是向锦家。此时的心情与彼时完全不同了,他不想上去,又不肯离开,只是站在原地发呆,身心迟钝得不知所以。

这时,突然看到向锦和虞胜凡从楼门口走出来,他急忙一个闪身,躲进路边的灌木丛。他大概有半年没见虞胜凡了,却怎么都没想到会在这里看见他。他们站在楼道口说话,也不知说到什么,惹得虞胜凡笑声不断,每一次笑声,都能准确无误地刺到他的痛感神经,他真是奇怪了,他们私下里居然有联系,如果不是他亲眼看见,到现在还蒙在鼓里。他想到母亲对梅瑛的痛恨,好像每一句都在点醒他:有其母必有其女!他这样一想,那伤心又增添了痛恨的成分在里面,他突然一扭身,像是要甩掉痛苦似的,急急地离开了原地。

向锦送走虞胜凡后,回到房间。想到虞胜凡今天突然登门拜访,也不提从前四个人在一起的事,也不提大家过年聚聚的事,像是早有准备,专程来看望她一个人,这就奇怪了。不过,他现在看着比以前派头大多了,一副前程似锦、宏图大志的样子,讲话更加口若悬河,极力劝说她辞职,并承诺高薪聘请她做服装设计师,被她婉言拒绝了。从她个人的经验判断来看,这种虚荣心极强的人,不值得深交。

昨晚送她回家的路上,简白说好了今天过来,可是她等了一下午,他也没打电话来。向锦疑心他是不是昨晚冷风吹得受凉了,或者说不定家里有什么事情走不开。向珠和范敬亭出去看电影,她一个人在房里,走来走去,一会儿又伏在窗台上往下看。看了半天,无情无绪地走到隔壁房间里来,她母亲笑道:"简白今天怎么不过来了?"

"他家里可能有事吧,要晚上才过来。"向锦顺着自己的一厢情愿说道。她母亲听完笑笑,转身就到别的房间做事去了。

可是,到了晚上,简白既不见人来,也不见电话来。接下来两天,更像失踪了,悄无声息。向锦先开始生他的气,又猜想他会不会真病了,但不至于连个电话也不打呀。再想下去,又觉得他家人会不会对她有什么看法,这样一想,仔细回味那天吃饭时的情形,特别是当凤仪姨妈问到她家里的情况时,好像有什么地方不对劲,又说不上哪里不对劲,于是想来想去,觉得与其这样胡思乱想,不如明天去他家里看看。这样一想,心思才渐渐收束。

12

第二天一大早,简白听说向锦来了,急忙从床上爬起来,顺手抓起桌上的镜子,看到自己胡子拉碴,一副邋遢相,正准备整理一下,母亲已经把向锦送到门口,她临走时看他的眼神,让他心乱如麻。

来的路上,向锦虽然抱有各种猜测,但是简白母亲见到她时,竟然连一句寒暄的话也没有,向锦觉得很奇怪,怎么仅仅几天时间,她就判若两人。简白母亲看向锦时,那满心的喜欢也早已换作一肚子的怨怒,但是又不好当面发作,便冷着脸带她进去。等到向锦看到简白那副模样,又着实吓了一大跳,以为他果真生了什么大病,心里不由得又急又气,对着他的肩膀就是一顿乱摇,过后方想质问他时,却不知怎么的,说不出话来,只觉得有一股热流往喉咙眼睛里涌,终于忍不住"哇"一声哭了起来。

被她这么一哭,简白这几日郁积的痛苦,也排山倒海般涌过来,只是他这痛苦里,因为还有嫉妒之火在燃烧,便再难过,也不至于有眼泪流出来,向锦听到的,只是一声长叹,过了许久,她听到他说:"向锦……我们分手吧!"

这句话对向锦来说,犹如一记闷锤砸在心上,她怔了半天才说道:"你在说什么呢?什么分手不分手的,到底发生了什么,你倒是说呀!"

简白却不响,她更认定他是害了什么大病,便抓住他的胳膊拼命摇晃:"你要急死我——你是不是——得了什么大病不肯告诉我?"

他听她这样一说,反倒觉得生场大病是求之不得的好事,总比心如刀绞要好受。既然长痛不如短痛,还是和她讲清楚得好,于是把那些陈年往事一一讲给她听。她字字听了进去,却感觉字字像铁锤一样,抡起来很高,砸下来又很实在,耳边尽是"轰——轰——轰"的响声,痛感倒没有多少,只是木肤肤的,好像已经感觉不到自己了。她的这种感觉,和简白当时的感受是一样的,但不同之处在于,他是从他母亲一个受害者的角度,来讲述这件事,她却像是来代母受过,听凭他字里行间的谴责和拷问,如此一来,他和她就不像是恋人关系,而是站在道德法庭上的原告与被告。她慢慢回味过来时,心里不由得升起一阵悲凉,她低低说道:"我知道,你母亲现在一定恨死我家里人了。"

她见简白不说话,只当他默认,心里早已灰成一片,说道:"既然如此,这件事早知道总比晚知道要好——我们早了断也比晚了断要好!"

他看她刚才还很难过,现在又十分冷静,想必是有候补队员随时待命,等着接替他的位置,就觉得一阵阵刺痛。富有失恋经验的人都知道,忘记前任的最好办法,就是重新开始一段新恋情,这条经验想必也是从她母亲那里学来的,既然如此,他又何必糟蹋自己呢!他想到这里,冷笑道:"那是——早死早托生!"

话说到这个分上,谁也不想和对方低头,她却替母亲叫屈,又说道:"你放心,既然分手,我绝不会拖住你不放!只是这件事,过去这么多年,你我都不是当事人,要论谁对谁错,应该不是你我说了算,只有当事人最清楚,要知道,这种事——一个巴掌拍不响!"

简白没料到她会说出这种话,但又句句在理,无可辩驳,便唯有一言不发,默默地坐在那里,让这苦痛的沉默一直延长下去。

向锦见简白不说话,想到再说下去已是自讨无趣,便站起身来,往门口走去,到了门口,被一股穿堂风吹醒了似的,从脖颈上取下那只玉佛,转身往桌上一放,就疾步走了出去。

从简白家出来,向锦神思恍惚,也不知道怎么走回去的,一回到家,便将自己锁进房间,向床上一倒,把脸伏在枕头上。她先是一动不动,半天才回过神来,就再也止不住,大哭起来。才哭了几声,又怕被母亲听到,跑进来盘问,她实在怕了——她当年做的那些好事,让她这个做女儿的怎么抬头!想到这里,她越发难受,把脸拼命埋进枕头里,想压制住哭声,但越是急于抑制,就越是无法做到。一个人痛哭时,往往就是这样,不到哭不动时,那眼泪是轻易不肯撤退的。

幸而这时隔壁有人家在放鞭炮,她听到这喜庆的噼啪声,又仿佛是为他们的分手奏响的哀鸣曲,便觉得无比讽刺!她后来慢慢也就不哭了,起床洗了把脸,又想起简白从前写给她的信,一气之下便想付之一炬。想到此,便片刻也不想延迟,火急火燎地从抽屉里翻出来,看到上面熟悉的字迹,眼泪又吧嗒吧嗒地往下落,便连忙点起蜡烛,就着那微弱的火苗,凑了上去。只烧了一小会儿,就听到母亲在外面砰砰砰地敲门,原来她闻到一股烧焦味,又见女儿把自己锁在屋里,半天不出来,才起了疑心。

她母亲走进来,见她倚在床边佯装看书,脸伏在书后,便假装进来找东西,窸窸窣窣了半天,见她依旧不吭声,便挨着床边坐下,笑着问道:"刚才去简白家了?"

向锦只"唔"了一声。

"怎么回事,闹别扭了?"她母亲说着,顺手去拨她脸上的书,却见她放下书,立起身子,责怪道:"妈也真是的,大过年的,讨个吉利好不好,谁要闹别扭呀!"

"那简白这两天怎么不见过来?"她母亲说着,依旧满脸狐疑地盯着她,按她的想法,既然是女儿的男朋友,至少该来给她这个准丈母娘拜个年,这点规矩,想必他不会不清楚吧。

"你又不是不知道他家里有亲戚在,"向锦不耐烦地说道:"等忙过这几天,自然要来的。"她表面上在克制,心里却泫然得很:他这辈子恐怕再也不会来了!想到这里,顿时觉得万箭穿心,几乎要伪装不下去了,便急忙将母亲往门外推,信口编道:"好了好了,你别再问了好不好,我昨晚没睡好,困得要死,你就让我睡一会儿吧。"

她母亲见此情景,便退了出来,心里越发断定两人是闹了别扭,那满屋子焦哄哄的怪味道,也不知道她在玩什么鬼把戏,算了,小情侣之间吵吵闹闹也是常有的事,用不了两天自然会和好如初,她又何必去追根刨底,这样一想,便去做别的事了。

母亲走后,向锦重又躺在床上,这才觉得浑身软塌塌的,像是被人抽去了主筋骨,一丝力气也没了。窗玻璃上射进来的阳光,楼底下小孩的吵嚷声,零星响起的礼炮声,她都感觉不到,听不到了,仿佛身心已游离于尘世之外,与世隔绝了。

13

那天简白和向锦说起过去的恩怨,好像在讲别人的故事,只有痴钝并无其他感觉。等她人一走,才仿佛从昏睡中醒来,就像睡觉时压麻了四肢,到伸直时方才血液回流,就觉得到处刺痛。他现在虽不比哪吒救母,也算是替母讨债,却丝毫不轻松,像是这笔旧情债,半天没讨到,反而换到自己肩上,身上立刻像受了千钧重负,每挪一步,都觉得艰难无比,又只能硬着头皮往下扛,心里便怀着一种痴人的梦想,希望能有一条时间隧道,带他逃离眼前这无边的黑夜。

或许是老天犹怜,简白的舅舅在峨眉山下开了几家特产连锁店,正缺人打点,于是,简白便办了停薪留职,往峨眉山去了。

他在那里待了一段时日,帮舅舅将店铺的生意一一打点清爽,他舅舅在给姐姐的电话里,对简白大加赞赏,并希望他能够留下来,帮他把这边的局面彻底打开。他母亲觉得这样也好,又寄了些春天的衣物,他的心也就渐渐定下来。

峨眉山自古以来就是文人雅士的流连之地,简白的性格原本就喜静不喜动,再加上初来时的心绪烦乱,很快就喜欢上这里。空闲的时候,他常一个人上山,看云卷云舒,听鸟鸣水潺,心里的嘈嘈切切,也像被山泉和梵钟净化过,渐渐平静下来。

两个月很快过去,一天,简白接到母亲的电话,说外公身体不好,便匆匆赶回去探望。外公是老年病,住了几天医院,就闹着要出院。那天,办好出院手续,送他回家后,他想起当时办停薪留职时,因为走得急,有个手续没办,于是又回了趟厂里。办好手续出来时,正赶上下班时间,他走在来往的人流里,看着眼前的一草一木,都是再熟悉不过的情景,却好像隔了一个世纪。他记得他们四个人,这条路不知道来回走了多少次,当时的心情,是单纯而又明快的,现在却完全两样。他走着走着,就到了服装厂门口,那大门上,挂着一把锃黑发亮的大铁锁,像是把一个人的嘴巴牢牢地锁住了。他恍惚间看到向锦走出来,一闪眼又不见了。门口的保安室,"豁啦"一声拉开半道窗户,一个保安探出脑袋,对他看了看,说道:"下班了,要找人明天来吧。"

他听到有人和他说话,连忙笑着问道:"向锦是不是下班了?"他这句纯粹是多问,只因心里藏着一个渺茫的希望,想她万一延宕了下班时间,凑巧被他碰到。那保安是新来的,对厂里的人员还没全部摸清,只记得有两个漂亮女孩,整天形影不离,其中一个头发卷卷的,样子活泼,好像叫向锦,想了想便说道:"这个人啊,上个月就辞职了。"

简白心里一沉,问道:"你知道去哪里了?"

保安喃喃道:"这个倒不清楚,不过……好像是……跳槽到一家服装公司去了。我只是听说,你最好再去别处打听清楚。"说完,又"哗啦"一下,把窗户拉上。

服装公司?无疑是虞胜凡的凡美服装公司,他叹口气,觉得自己当初的猜忌居然一一应验,虞胜凡有此心,向锦有此意,他们在一起,互相帮衬,夫唱妇随,这才是最好的姻缘。他想起那次在虎丘山上,虞胜凡问僧人的那句话,现在他该满意了。他苦笑了一下,闷头闷脑地向前走了一会儿,转念一想又不对,那保安看上去像是新来的,未必对厂里的每个人都熟悉,兴许他说的人是赵思露呢,这样一想,那渺茫的希望又猛然间死灰复燃,由一小簇红光转

锦瑟 / 233

眼变成一团烈火,呼啦啦燃烧起来,到最后,他已经确定是赵思露无疑了,想到这里,心里真像有火在烧似的,恨不能马上就见到向锦。而且,他因为经过这段时间的冷静,想法也成熟了许多,父母之间的恩怨,毕竟都已过去很久,如果因为这个原因就放弃他们的爱情,他一定会终生遗憾。并且他也自信能够说服母亲,毕竟他是母亲唯一的希望,她不至于因为怀恨过去的事而毁掉儿子现在的幸福吧。他怀着这样一种单纯的急于挽回感情的想法,直奔向锦家去了。

14

到了她家门口,没想到铁将军把门,他不死心马上走掉,又兜兜转转了半天,在楼下一个僻静处坐下来等。他坐的地方,望过去正对着向锦那间卧室的窗户,里面虽然没有灯光,但是看过去,那里面的摆设,却能一件件被他还原起来,一切近在眼前了,心里却开始上下打鼓:她该不会还在气头上不肯原谅他吧,万一她结交了新男友怎么办?她母亲会不会知道他们分手的原因——但愿她没讲出来,万一讲了,那岂不是更糟糕……他这样没头没脑地想了好久,突然看到一对身影从路灯下走来,其中一个是向锦,另一个竟是虞胜凡,他的心不由得猛跳几下,急忙将身体隐藏在树后。

他们到了楼下,停住脚步,这时,昏黄的灯光恰好打在他们脸上,简白隐约听到向锦说:"今天晚了,就不请你上去坐了,改天见吧!"说完,正准备上楼,却被虞胜凡拉住,又和她低语了几句,似乎他的请求遭到向锦拒绝,脸上有些怏怏的,两人站在灯下,又扭扯了一会儿,向锦最终露出不肯的样子,虞胜凡也就放手让她走,只见向锦跨过一小段台阶,一转身,就消失在楼梯拐角处。

虞胜凡目送向锦上楼后,才慢慢踱着步子,走出了简白的视线。

简白默不作声地看着这一幕,心里方才还跳动的那团火苗,像被一阵风吹过,几经摇晃,险些熄灭,但他注意到向锦的反应,并不是很热烈,便又存着一分希望,不肯马上离开。抬眼一看,恰好这时向锦卧室的灯亮了,他心头的火苗陡然一闪,又看到向锦的身影出现在玻璃窗上,朦朦胧胧像舞台灯光下的丽影,突然,那扇窗户被推开,他吓了一跳,以为被她发现,却看到她又"哗啦"一下拉上纱窗,紧接着,窗帘也被拉上了,她的身影也就变得模糊一片。简白踌躇再三,决定还是上楼去找她,他明天就要动身回峨眉山,他想无论如何,要给自己一个彻底的交代。

向锦和简白分手后不久,参加了夜校的服装培训,每天下班后要学到很晚才回来,她这样做,既不想给自己一刻空闲,又不想让虞胜凡有太多接近的机会。虞胜凡近来追求她火力猛烈,让她不堪其扰,她明白这其中有她母亲的良苦用心。她母亲自从得知和简家的这层关系后,态度大变,唯恐女儿和简家有一丝瓜葛,开始极力撮合她和虞胜凡。虞胜凡事业蒸蒸日上,正是春风得意之时,现在有了向锦母亲的里应外合,就像取得了爱情通向证,可以自由追求她心爱的人了,于是每天鞍前马后地接送向锦,可惜向锦对他始终不冷不热,仿佛一块焐不化的冰。

那晚恰好向锦一个人在家,她母亲值夜班,向珠和范敬亭好事将近,正忙着布置婚房,有时候索性就在那里过夜了。向锦听到敲门声,以为又是虞胜凡,便假装睡下,但听那敲门人执拗,就不得已问了声:"谁呀?"

半晌才听到那人回了句"简白",她心里一阵乱跳,定了定神,方才开了门,请他进来。向锦没想到他这么晚来找她,但不知道为什么,一看见他,比以前消瘦不少,马上觉得万种辛酸涌上心头,幸而她背光站着,简白看不见她眼睛里的泪光。

简白跟着她走进房间,四面看看,见她一个人在家,便说道:"不好意思,这么晚来打搅你,你还好吗?"

向锦点点头,停顿了片刻,问道:"你——有事吗?"她尽量让自己语气平常,不让他看出任何破绽。

"没有,只是路过,"简白急忙解释道,迟疑了一下,又说道:"刚才——看到虞胜凡送你回来,就想上来看看你。"

向锦脸一红,立刻想到,方才的一幕全给他看到了,他对她的误会肯定更深了,可是既然已经分手,这误会于她,已经无足轻重了。于是笑道:"你们也好久不见。听胜凡说,你办了停薪留职,去了峨眉山。"

简白听她说到"胜凡"二字,显得他们之间的关系已非同寻常,便"唔"了一声,一时了无心绪,却听到她又说道:"我姐姐快结婚了,就在下个月。"他笑道:"那代我祝贺他们。"说完,便已觉得无话可说。

在沉默中,忽然听见一阵响雷,紧接着就听到瑟瑟的响声,有细密的雨点斜扑进来,打在书桌上,向锦的几张手稿图,全打湿了。简白笑道:"下雨了,你这窗子还是关起来吧。"说着,顺手帮她关好窗户,又拿起那几张手稿图,用手轻轻把上面的水渍擦干了。向锦说道:"随它去吧,都是些草稿图。"但是,简白仍旧很珍惜地把那几张手稿图,一张一张都擦干了,他想起最初在她这间房子里的时候,他第一次看到她的画是怎样的惊诧,现在却已是情形两样。

他终于站起身来,笑道:"走了!"向锦也不再留他,送他到楼下。雨已经下得大起来了,向锦突然想起他来的时候没带雨伞,便要回去帮他取,却被他叫住,他们现在就站在彼此一伸手就能碰到的地方,却像隔着千山万水,向锦的裙角在风里一扫一扫,仿佛一只无望的手,在拼命抓取什么,然而,却什么也抓不住了。

简白一转身就消失在雨雾中。雨点密集地扫射在他身上,他茫然不知,耳边却听到一个清晰的声音在对他说:人和人之间的缘分,有深有浅,你永远不知道,你和有些人的缘分,转身即是永别,回忆徒有惘然!

人生的列车,就这样轰轰轰地,头也不回地向前去了。

后 记

我真正的成熟是从写作开始的。

我是一个晚熟的人。没有在对的时间做对的事,这句话,似乎是在讲我。可是,我非常清楚,即使让我再活一次,我还会晚熟。因为有些人,天性慢,得收集齐不同时令的花蕊、雨露霜雪,细细研磨,静静守候,熬至滴水成珠,他们才会知春。

这是我的首本小说集。

煎熬,才不过刚刚架起炉火。

写作是漫长的回忆。回忆不是复原,也不可能复原,但可以重新领悟。《企鹅溜冰场的月光》写一个女人,人到中年后,回首少女时代的友谊。那青苹果"砰"一声,砸在地上,也砸上心头。如此一来,人生的况味就出来了。《风信子旅馆》同样写回忆。青春时代的迷惘,看不清来路与去途,于是跌跌撞撞地走,糊里糊涂地走,深一脚浅一脚地走,走着走着,有一天就撞开一道门。且不管那门里有什么,先进去再说。风信子的人生,有飞扬的一面,也有安稳的一面。进到哪里,哪里就是岁月静好。

写作是一次次苏醒。苏醒是煎熬出来的,把磨难熬久了,眼睛才能雪亮。《想变成风的女孩》里的方琴,有人物原型。我的大表姐,18岁那年殒于一场车祸。当时我上小学。我记得那年雪夜,一个亲戚半夜三更跑到我家,和我父母在隔壁低低私语:小琴没了,被一辆卡车……我听后的第一反应是惊讶,第二是伤心,第三是很快就睡着了。多年以后,我在南方,同样一个冬夜,写下这个故事。当我用40年的人生,回望18岁女孩的人生时,那个睡着的傻姑娘醒了。等她整个儿睁开眼,想,18岁,对一个姑娘意味着什么,对她的父母意味着什么的那一刻,她苏醒的就不仅仅是身体,还有她沉睡的灵魂,还有她对身边年轻人的怜惜:你们一个个都怀揣珍宝啊!《苏醒》讲的是一个家庭悲剧。一对婚姻濒临破灭的夫妻,遭到痛失爱子的致命打击。他们的爱,在彼此驱寒中苏醒。有人说,故事太冷。我就问我,孩子没的那一刻,你不痛么?我痛。不过,那痛,是写着写着从纸下面渗出来的。那是麻药过后,从神经末梢,一点点起,一段段揭,一寸寸醒,猛地,心缩成酒精棉球那么大小的过程。等我写过几篇死亡的故事后,我就再也不想这么干了。毕竟,死,不是人生的常态。活,才是人生。向死而生,才是置之死地而后生。

写作让人心不那么硬邦邦的。心,软了,柔了;看人,看事,就能换位思考。你过去以为的"恶",可能埋着懦弱、胆小、灰暗、黑夜、无奈、艰难、贫穷、饥饿、伤痕……你过去以为的"善",也许就是平淡、琐细、冲和、温煦、纯真、素朴、慈悲、清明……总之,善与恶,不再非黑即白,而是相互交织。一句话,人性是复杂的,不是一种颜色。《漫漫离山路》讲述的是人世间的理解与悲悯。人生漫漫,谁又不是那个有故事的人呢?《北方大雪》讲父亲之死。每个人,站在自己的立场,替自己辩护,包括亡灵。写完后,长叹息:一路走来,不知该原谅什么,诚觉一切皆可原谅。

写作是在虚构另一种人生。我是个不太安分的人。大学毕业后,总想跳脱常规,另辟蹊径,难免拐入许多弯路。然而,今天看来,这些弯路,是我人生的悖论。没有它们,也就没有现在的我。我曾经希望它们被疯长的野草淹没,被大雨滂沱冲刷,这样我就可以和许多人在大路上会合,这样我的棱角就不那么戳人,这样我的面目就不那么突兀。直到一天,我一个人走在路上,想着这些年写过的小说时,一个戏剧性的画面出现了:我看到,我在小说中虚构的那些人,全都站在路口,像一个家族的人一样向我走来。

我能看清他们脸上那种粗颗粒状的真实感。我能呼唤出他们每一个人的名字。我了解他们所有人的坏脾气和软组织。我见过他们抽什么牌子的香烟,和羽毛一样排在上嘴唇的啤酒沫。我和她们一样爱抹某种香型的香水,留过凤仙花捣碎染成的红指甲。我能体会他们在大雪纷飞的冬夜,倚着墙角慢慢蹲下时的冷。我进入过他们的梦,无论美梦,抑或噩梦。我观察他们的侧脸,犹在镜中。

我是我写下的每一个人。

每一个人,都代表我的来路。

等我发现虚构的人生,与我并肩同行,我的现实人生就没那么逼仄了。它向外延伸,向有光的地方,生长出新路。我的人生道路就天各一方,四通八达了。

这就是为何我一天比一天热爱写作。